Alex Beer

Das schwarze Band

ALEX BEER

DAS SCHWARZE BAND

Ein Fall für August Emmerich

Kriminalroman

blanvalet

Der Verlag behält sich die Verwertung der urheberrechtlich
geschützten Inhalte dieses Werkes für Zwecke des Text- und
Data-Minings nach § 44 b UrhG ausdrücklich vor.
Jegliche unbefugte Nutzung ist hiermit ausgeschlossen.

MIX
Papier | Fördert
gute Waldnutzung
FSC® C014496

Penguin Random House Verlagsgruppe FSC® N001967

4. Auflage
Copyright © 2020 by Alex Beer
Copyright © der Originalausgabe 2020 by Limes Verlag
in der Penguin Random House Verlagsgruppe GmbH,
Neumarkter Straße 28, 81673 München
produktsicherheit@penguinrandomhouse.de
(Vorstehende Angaben sind zugleich
Pflichtinformationen nach GPSR.)

Copyright © dieser Ausgabe 2021 by Blanvalet Verlag
in der Penguin Random House Verlagsgruppe GmbH, München
Dieses Werk wurde vermittelt durch
die Literaturagentur Kai Gathemann
Redaktion: René Stein
Umschlaggestaltung: www.buerosued.de
Umschlagmotiv: akg-images/Imagno
KW · Herstellung: eR
Satz: GGP Media GmbH, Pößneck
Druck und Bindung: GGP Media GmbH, Pößneck
Printed in Germany
ISBN 978-3-7341-1023-8

www.blanvalet.de

»Regeln lenken den weisen Mann.
Der Dummkopf befolgt sie.«

(Oscar Wilde)

PROLOG

»In wenigen Minuten ist es vollbracht.« Er hielt seine Taschenuhr so, dass Emmerich das Ziffernblatt sehen konnte. »Schließen Sie Frieden«, sagte er. »Mit Gott, mit der Welt und vor allem mit sich selbst. Sie haben sich tapfer geschlagen, weit besser, als ich es Ihnen zugetraut hätte. Sie haben keine Schande über sich und die Ihren gebracht.«

Emmerich starrte auf das schwarze Band, das um den Arm seines Widersachers gebunden war, und ließ seinen Blick anschließend zu den Zeigern der Uhr wandern. Unbeirrt zogen sie ihre Kreise, maßen die Zeit, die immer weiter voranschritt, dem scheinbar Unausweichlichen entgegen. »Ich vielleicht nicht, aber Sie.« Er spie die Worte förmlich aus. Spuckte sie dem anderen vor die Füße. »Sie werden als skrupelloser Verbrecher in die Geschichte eingehen.«

»Möglich. Vielleicht werde ich aber auch als Held gesehen werden, als jemand mit Mut, der das Richtige getan hat.«

»Das Richtige? Sie sind kurz davor, unschuldige Menschen zu töten.«

»Manchmal muss man etwas Schlechtes tun, um dadurch etwas Gutes zu erreichen. Gerade Sie müssten das doch wissen.«

Emmerich setzte an, um etwas zu sagen, schluckte die Worte aber wieder hinunter. Kein Argument der Welt würde sein Gegenüber umstimmen können, dessen Verblendung stärker war als jegliche Vernunft. Er wand sich im Staub und rüttelte an den Schnüren, mit denen seine Hände und Füße gefesselt waren, doch sie bewegten sich keinen Millimeter.

»Sehen Sie es doch endlich ein. Es gibt nichts mehr, was Sie noch tun könnten. Machen Sie sich bereit, Ihrem Schöpfer entgegenzutreten.«

»Dem Scheißkerl werd ich was erzählen.« Emmerich drehte sich auf den Bauch, robbte zur nächsten Wand und versuchte, seine Fesseln an einem hervorstehenden Eisenhaken durchzuwetzen.

Sein Peiniger seufzte und schüttelte den Kopf. »Ein kluger Mann weiß, wann es sinnvoll ist zu kämpfen. Er weiß auch, wann es an der Zeit ist zu sterben. Machen Sie Ihren Frieden.«

»Einen Dreck werde ich.« Emmerich schabte und rieb, bis warmes Blut an seinen Handgelenken herunterrann. Noch einmal blickte er auf die Zeiger der Uhr, die sich völlig gleichgültig nicht um das große Morden scherten, das kurz bevorstand. Gleich. Gleich würde er sterben, und mit ihm die Republik.

Montag,
20. Juni 1921

1

»Sie kommen zu spät.«

Kriminalinspektor August Emmerich, der soeben das Vestibül des Polizeipräsidiums betreten hatte, starrte in das genervte Gesicht seines Assistenten. Offenbar hatte Ferdinand Winter schon seit einiger Zeit auf ihn gewartet. »Am liebsten wäre ich gar nicht gekommen.«

»Und wie sehen Sie bloß aus?«, ignorierte Winter den Kommentar. Konsterniert musterte er Emmerichs Aufzug. Sein Blick wanderte über dessen Hose, ein mehr als fadenscheiniges Exemplar, sowie das alte abgetragene Jackett und blieb am linken Hemdsärmel hängen, an dem ein Manschettenknopf fehlte. Er seufzte, zog ein Tuch aus seiner Tasche und faltete es kunstvoll zu einem kleinen Dreieck. »Haben Sie denn nicht gelesen, was auf der Einladung stand?«

»Anwesenheitspflicht.«

»Das andere.« Winter steckte das Tuch in Emmerichs Brusttasche und brachte es in Form, indem er daran herumzupfte. »Wir sollten in Repräsentationsuniform erscheinen.«

Emmerich reagierte nicht, sondern starrte geistesabwesend auf das kleine Stück Stoff. In Gedanken war er noch immer bei jener Frau, mit der er sich vorhin in einem schäbigen Hinterhof getroffen hatte. Helene Wissmayer. Die Alte hatte vor Kurzem Kontakt mit Emmerich aufgenommen und behauptet, den Namen und den Aufenthaltsort seiner

Mutter zu kennen. Oder besser gesagt: jener Frau, die ihn geboren hatte. Wer war sie? Wer war sein Vater? Und warum hatte sie ihn damals wie Unrat vor dem städtischen Waisenhaus abgestellt? Seit vielen Jahren quälten ihn diese Fragen, und noch nie war er den Antworten darauf so nah gewesen wie heute. Es gab da nur ein kleines Problem: Wissmayer wollte Geld für die Informationen, viel Geld, mehr, als er auftreiben konnte.

»Wir sollten in Repräsentationsuniform erscheinen«, wiederholte Winter und schnippte mit den Fingern vor Emmerichs Gesicht herum.

Emmerich sah auf. »Repräsentationsuniform? Die ist verdreckt.« Er blickte an seinem Assistenten vorbei in den prunkvollen Festsaal der Polizeidirektion, wo ungefähr einhundert hochrangige Polizisten, Politiker und einflussreiche Geschäftsleute die Berufung von Polizeipräsident Johann Schober zum neuen Bundeskanzler feierten.

Die geladenen Gäste standen in kleinen Grüppchen zusammen, tranken Sekt und unterhielten sich. »Verdammt«, murmelte Emmerich, als er sah, dass sich tatsächlich alle Anwesenden in Schale geworfen hatten und ausnahmslos im feinsten Zwirn erschienen waren. Blank polierte Manschettenknöpfe glänzten mit dem frisch gewienerten Boden um die Wette. Wohin er auch sah: scharfe Bügelfalten, akkurat gezwirbelte Bärte und stolz zur Schau getragene Verdienstabzeichen.

»Schmutzige Kleidung kann man waschen.« Auch Winter wirkte wie aus dem Ei gepellt. Kein Stäubchen verunzierte seine perfekt sitzende Uniform, keines seiner akkurat geschnittenen, blonden Haare tanzte aus der Reihe. Winter verkörperte die personifizierte Eleganz, und im Gegensatz zu Emmerich waren ihm gute Manieren und perfekte Umgangsformen in die Wiege gelegt worden. Selbst das Adels-aufhebungsgesetz hatte nicht verhindern können, dass seine blaublütige Abstammung am heutigen Abend spürbar wurde.

»Ich habe eine anstrengende Arbeit und drei kleine Kinder, falls dir das entgangen ist.« Emmerich steckte sich eine Selbstgedrehte an und blies Rauch in die Luft. »Ich bin schon froh, wenn ich genügend Zeit finde, um zu schlafen.« Die dunklen Ränder unter seinen Augen und der unge-pflegte Dreitagebart unterstrichen seine Worte. Er klemmte sich die Zigarette in den Mundwinkel und ging in Richtung des Festsaals. Ehe er den Raum betreten konnte, stellte sich ihm ein Amtsdiener in den Weg.

»Ihre Einladung, Herr …?«, fragte ihn der Mann in Livree und musterte ihn missbilligend.

»Nicht dabei.« Emmerich machte einen Schritt auf die große Doppelflügeltüre zu, aber der Amtsdiener fasste ihn am Arm und hielt ihn zurück.

»Ohne Einladung kein Zutritt. Anordnung von ganz oben.«

»Und ich habe Anordnung von ganz oben, dass ich heute hier antanzen muss.« Emmerich schnaubte. »Glauben Sie, dass ich freiwillig hier bin? Glauben Sie, ich hätte nichts Besseres zu tun …« Er holte Luft, um dem livrierten Affen endgültig die Meinung zu geigen, als er eine Hand auf sei-ner Schulter spürte.

Winter hatte sich neben ihn gestellt. »Das ist mein Vorge-setzter, Kriminalinspektor August Emmerich«, sagte er zu dem Amtsdiener, präsentierte das Einladungsschreiben und schob Emmerich in den Festsaal.

»Herrje«, murmelte Emmerich, der sich nun noch deplat-zierter vorkam, als er es befürchtet hatte.

Das Gebäude am Schottenring, in dem sie sich befanden, diente einst als prachtvolles Hotel und war für die Besucher der Weltausstellung 1873 errichtet worden. Zwar hatte man es mittlerweile in den Sitz der Polizeidirektion umgewandelt, aber die Seidentapeten und kristallenen Lüster waren geblieben. Der heutige Abend hauchte dem ehrwürdigen Gemäuer wieder eine Prise imperialer Vergangenheit ein. Der festliche Glanz vergangener Tage erstrahlte für ein paar Stunden und füllte den Raum aus, der normalerweise von so profanen Dingen wie Kriminalität und Bürokratie eingenommen wurde.

»Was die Kinder und den Haushalt anbelangt«, setzte Winter an. »Sie sollten vielleicht mal darüber nachdenken, ob Sie sich eine Ehefrau suchen …«

Emmerich brachte seinen Assistenten mit einem Blick zum Schweigen. »Es ist gerade mal sieben Monate her«, zischte er.

In Wahrheit fühlte es sich an, als wäre seine geliebte Luise erst gestern in seinen Armen gestorben, ermordet von Xaver Koch, ihrem brutalen Ehemann, dem in wenigen Wochen endlich der Prozess gemacht werden würde. Noch immer hatte er ihr Gesicht vor Augen und Kochs dreckiges Lachen im Ohr.

»Ich brauche keine Frau, und was ich schon gar nicht brauche, sind Veranstaltungen wie diese.« Emmerich lockerte seine Krawatte. »Johann Schober wird Bundeskanzler, na und? Wozu das ganze Getue hier?«

»Ist doch schön, dass Schober diese Feier gibt und sich nicht sang- und klanglos in die Politik verabschiedet.«

»Verabschiedet? Von wegen! Schober gibt die Stelle als Polizeipräsident doch gar nicht auf. Rudolf Waldorf hält ihm nur den Stuhl warm.« Emmerich stellte sich einem vorbeieilenden Kellner in den Weg und nahm ein Glas Sekt von dessen Tablett. Abschätzig betrachtete er die kleinen Bläschen, die in der klaren Flüssigkeit perlten. »Das ist wieder einmal typisch. Für so was ist Geld da, aber nicht für anständige Gehälter. Draußen wissen die Mütter nicht, wie sie ihre Kinder satt kriegen sollen, und hier wird geprasst. Schober hat keine Ahnung von den Bedürfnissen der einfachen Leute. Er mag ein guter Polizeipräsident sein, aber als Bundeskanzler wird er nichts taugen.«

»Nicht so laut.« Winter sah sich hektisch um. »Schober hat viele wichtige Freunde, und die sind alle hier.«

»Genau das ist das Problem.« Emmerich dachte nicht daran, sich zu zügeln. »Dieses Land wird von einem Haufen privilegierter Geldsäcke regiert.« Missbilligend deutete er auf die umstehenden Männer. »Schau sie dir nur mal an: ehemaliger Adel und neureiche Emporkömmlinge. Keinem von denen sind je im Schützengraben die Kugeln um die Ohren geflogen. Keiner von denen weiß, wie es ist, wenn der Bauch vor lauter Hunger schmerzt, oder wie es sich anfühlt, wenn einem im Winter die Haare in der Nacht am Kissen festfrieren, weil man die Wohnung nicht heizen …«

Ferdinand Winter riss plötzlich die Augen auf und packte Emmerich am Arm. »Wussten Sie eigentlich, dass man von hier aus einen sehr schönen Ausblick auf die Ringstraße hat?«, fragte er eilig und versuchte, seinen Vorgesetzten in Richtung Fenster zu ziehen.

Er war nicht schnell genug.

»Na sieh mal einer an: Emmerich und Winter. Wie erfreulich, dass Sie uns auch endlich beehren.« Kriminalinspektor Peter Brühl hatte die beiden entdeckt. Er musterte Emmerich und rümpfte die Nase. »Da hat sich aber jemand dem Anlass entsprechend herausgeputzt.« Seine Stimme triefte vor Zynismus. »*La belle et la bête.*« Er grinste, wohlwissend, dass Emmerich des Französischen nicht mächtig war.

»Die Schöne und das Bi …«, setzte Winter zu einer Erklärung an, doch Emmerich winkte ab.

»Schon klar, dass es sich um einen Affront handelt.«

Zwischen den beiden Männern bestand eine ausgeprägte Rivalität, und keiner ließ sich die Chance entgehen, dem anderen das Leben schwerzumachen. »Der Herr Bundeskanzler weiß Ihren Aufwand sicher zu würdigen.« Demonstrativ fuhr Brühl sich über das Haar, das mit Brillantine in Form gebracht und zu einem akkuraten Scheitel gekämmt war.

»Da drüben gibt es was zu essen. Sehe ich da nicht sogar Schinken?«, versuchte es Winter erneut und fasste Emmerich am Oberarm, um ihn sachte wegzuziehen, bevor die beiden Widersacher so richtig aneinandergeraten konnten. »Kommen Sie.« Doch Emmerich wich keinen Millimeter vor seinem Kontrahenten zurück.

»Was war das mit den festgefrorenen Haaren?« Brühl hatte wohl gelauscht.

»Ich sagte, dass Schober und Konsorten keine Ahnung davon haben, wie es den einfachen Leuten geht. Das ganze Monarchistenpack, die Industriellensöhnchen und Kriegsgewinnler wissen doch gar nicht, was das Volk braucht. Die machen Politik für sich und ihresgleichen. Die Reichen werden immer reicher, und die Armen können in der Gosse krepieren.«

Brühl sah an Emmerich vorbei, und für den Bruchteil einer Sekunde umspielte ein Lächeln seine Lippen. Er trat so nah an Emmerich heran, dass dieser sein Rasierwasser riechen konnte, und senkte die Stimme. »Sie glauben also, dass Schober kein guter Kanzler sein wird?«

Winter schien die Sache nicht ganz geheuer zu sein. Er festigte seinen Griff und zog erneut am Arm seines Vorgesetzten. »Da drüben. Das Essen.«

Doch es war zu spät. Emmerich hatte den Köder geschluckt. »Schober hat seine Wurzeln vergessen. Er wird ein miserabler Kanzler sein und sich nicht lange halten können«, sagte er und wurde lauter. »Waldorf sollte sich jedenfalls nicht an den Posten als Polizeipräsident gewöhnen. Ich wette, dass Schober bald den Zorn der Massen zu spüren kriegt und in wenigen Wochen wieder hier angekrochen kommt.«

Mit einem Mal verstummte das heitere Gemurmel, das Brühl, Emmerich und Winter bis jetzt umgeben hatte. Gespenstische Stille erfüllte den Raum.

»So sehen Sie das also«, bemerkte eine sonore Stimme hinter ihnen. »Interessant.«

Winter fuhr herum, wurde kreidebleich und schlug die Hand vor den Mund. »Oh Gott«, murmelte er.

Emmerich wunderte sich über diese Reaktion. Er folgte dem Blick seines Assistenten und erstarrte. Direkt hinter ihm stand kein Geringerer als Bundeskanzler Johann Schober. »Schei …« Er schluckte den Rest der unflätigen Verwünschung hinunter. »Ich …« Es kam nicht oft vor, dass ihm die Worte fehlten. Hier und heute war einer jener raren Momente. »Ich wollte Sie nicht …«

»Schon gut.« Schobers Miene blieb völlig ausdruckslos. Er musterte Emmerich kurz, dann nickte er und ging weiter. Nach zwei Schritten blieb er stehen, drehte sich noch einmal um und rückte seinen Zwicker zurecht. »Wie war gleich nochmal Ihr Name?«

Emmerich presste die Lippen aufeinander. »Emmerich«, sagte er schließlich und seufzte. »August Emmerich.«

Ohne ein weiteres Wort zu verlieren, wandte Schober sich ab und wurde sogleich von mehreren hochrangigen Polizeibeamten umringt, die ihn in ein Gespräch verwickelten. Die umstehenden Männer sahen Emmerich abschätzig an, während er versuchte, seine Fassung wiederzuerlangen.

Brühl schnappte sich ein Glas Sekt und prostete Emmerich grinsend zu. »Das wird bestimmt Konsequenzen haben«, raunte er im Vorbeigehen und folgte Schober in die Menge.

Emmerich fuhr sich mit beiden Händen durch sein ungekämmtes Haar und starrte ausdruckslos zu Boden. Brühl hatte höchstwahrscheinlich recht: Dieser Vorfall würde nicht ohne Folgen bleiben.

Zweiundzwanzig Tage später ...

Dienstag,
12. Juli 1921

2

Ein lästiges Geräusch stahl sich in seine Träume, irrte darin herum wie ein ungebetener Gast und nahm schließlich immer mehr Raum ein. Es wurde lauter und immer lauter, bis er endlich hochschreckte und die Augen aufriss.

Schlaftrunken und orientierungslos sah er sich um und versuchte den Ursprung des Lärms auszumachen. Was war das für ein Schrillen? Was ging hier vor sich? Es dauerte ein paar Augenblicke, bis er erkannte, woher das Geräusch kam – aus seinem Arbeitszimmer.

Er blickte zum Fenster hinaus, betrachtete den nachtschwarzen Himmel, der nur von ein paar hellen Punkten durchbrochen wurde, schlug die Bettdecke zur Seite und stand auf.

Noch immer läutete das Telefon. »Schon gut«, murmelte er. »Ich komme ja schon.« Er zog sich einen Morgenmantel über und schaltete das Licht ein.

Während er durch den Flur ging, warf er einen Blick auf die große Standuhr, deren Pendel stoisch hin und her schwang. Hin und her. Hin und her. Nichts konnte sie aus der Ruhe bringen. Er hingegen war alles andere als gefasst. Sein Herz raste, sein Mund war staubtrocken. Ein Anruf um diese Zeit konnte nichts Gutes bedeuten.

Es war drei Uhr morgens. Die Stunde des Wolfs, in der die Finsternis ihren Zenit erreicht hatte und das Chaos regierte – so wie es in der Welt gerade der Fall war.

Sein Ziel war es, das Dunkel zu vertreiben. Licht zu bringen. Er hatte sich auf einem guten Weg befunden, doch nun beschlich ihn das beklemmende Gefühl der Vorahnung, dass seine Pläne womöglich durchkreuzt werden würden.

Im Arbeitszimmer angekommen, streckte er den Rücken durch und hob den Hörer von der Gabel. »Ja?«

Rauschen drang in sein Ohr, durchbrochen von leisen, unregelmäßigen Atemzügen.

Er wartete.

»Ich bin's.« Die Stimme am anderen Ende der Leitung bebte.

Er kannte den Mann, hatte gehofft, dass sich ihre Wege nie wieder kreuzen würden – vor allem nicht unter diesen Umständen, nicht um diese Zeit. »Was ist passiert?«

»Ich kann unseren gemeinsamen Freund nicht erreichen.«

»Warum würden Sie das wollen?« Er atmete schwer, wollte die Antwort nicht hören. Musste aber.

»Es gibt ein Problem.«

Sein Magen verkrampfte sich. »Was ist passiert?«, wiederholte er.

»Die Tasche. Sie war nicht in der Wohnung.«

»Irgendeine Vermutung, wo sie sonst sein könnte?«

»Nein. Keine Ahnung. Wahrscheinlich bei irgendeinem Hehler oder auf einer Müllkippe.«

»Was, wenn sie in die falschen Hände geraten ist?«

Eine längere Pause entstand. »Und wenn schon«, sagte der andere schließlich. »Mit dem Inhalt kann doch sowieso keiner was anfangen. Wozu also das ganze Theater?«

Er überlegte. Wog ab. Sollte er das Risiko eingehen und die Sache auf sich beruhen lassen? Nein. Das war zu gefährlich. »Es steht viel auf dem Spiel. Sicher ist sicher. Ich will keine losen Enden, keine bösen Überraschungen. Wir dürfen nicht scheitern. Nicht schon wieder.«

»Das werden wir nicht. Alles wird gut gehen.« Der Anrufer redete in jenem Tonfall, den Männer ihren betrogenen Ehefrauen gegenüber anschlugen, ein kleiner Fauxpas, nichts weiter. Er wollte beschwichtigen und Sicherheit vorgaukeln, wie jemand, der Mist gebaut hatte und nicht das Rückgrat besaß, für seine Fehler geradezustehen.

»Schon gut«, erwiderte er, doch der Anrufer hörte nicht auf, Ausflüchte vorzubringen. Er redete und redete wie eine Schallplatte mit Sprung. Es waren die Worte eines Feiglings, eines Opportunisten. Er hätte niemals erlauben dürfen, dass jemand wie er eingeweiht wurde. Dieser Mann war ein Fehler. Dieser Mann war ein Problem.

Als wollte er seine Gedanken bestätigen, sprach der dumme Kerl in diesem Moment das aus, was niemals hätte laut gesagt werden dürfen.

»Ruhe!«, schrie er ins Telefon. »Hören Sie auf zu sprechen. Seien Sie still, und zwar sofort.«

Der Anrufer atmete schwer und rang nach Fassung. »Entschuldigung.«

»Wo sind Sie?«

»In einer Telefonzelle. Niemand ist in der Nähe«, fügte der andere schnell hinzu. »Nicht um diese Uhrzeit.«

»Sind Sie sicher?«

»Ja.«

Sein Puls normalisierte sich, doch sein Groll blieb. »Erinnern Sie sich an die oberste Maxime: keine Namen. Keine Daten. Niemals.«

»Entschuldigung«, wiederholte der Anrufer. »Es ist nur so …«

Er wartete, dass der Einfaltspinsel den Satz beendete. Die Uhr im Flur tickte. Wie viel Zeit war vergangen, seit das Läuten des Telefons ihn aus dem Schlaf gerissen hatte? Zwei Minuten? Vielleicht drei? Es war immer wieder verwunderlich und erschreckend, wie ein kurzer Augenblick den Lauf der Welt verändern konnte. Die Entdeckung Amerikas hatte eine globale Macht begründet. Das Attentat von Sarajevo, das den Großen Krieg ausgelöst hatte, führte zum Untergang eines Weltreichs. Was, wenn diese Ereignisse niemals geschehen wären? Wie würde die Welt dann heute aussehen?

»Es ist nur so, dass ich ein bisschen durch den Wind bin«, unterbrach der Anrufer seine Überlegungen. Er räusperte sich. »Es gab da ein Problem.«

»Was denn noch?«

»Es geht um die Mädchen. Die Mädchen, die in der Wohnung lebten.«

»*Lebten?*« Seine Schultern spannten sich an. Ein pochender Schmerz zog ausgehend von seinem Nacken über seine Schläfen bis in seine Stirn. Er setzte sich. »Was ist mit ihnen?« Er war auf einiges gefasst, doch der nun folgende Bericht übertraf seine schlimmsten Erwartungen.

3

Emmerich verließ das Polizeigebäude und starrte in den Himmel.

»Der Wetterbericht hat angekündigt, dass es heute wieder hochsommerlich werden wird.« Winter trat gemeinsam mit seinem Vorgesetzten auf die Rossauer Lände.

»Es ist schon jetzt unerträglich.« Emmerich zog sein Jackett aus, klemmte es sich unter den Arm und lockerte seine Krawatte. »Nicht mal acht Uhr und die gelbe Sau heizt schon wieder ein, als würde es kein Morgen geben.« Er deutete hinauf in das wolkenlose Blau, das nur von der gnadenlos herunterbrennenden Sonne durchbrochen wurde. »Diese verdammte Hitze treibt die ganze Stadt in den Wahnsinn. Kein Wunder, dass sich die Leute gegenseitig umbringen. Apropos … Womit haben wir es zu tun?«

»Drei tote Frauen in der Brigittenau«, erklärte Winter und blickte auf den Zettel, auf dem er sich die Adresse notiert hatte. »In der Jägerstraße.«

»In der Hochburg des Lumpenproletariats.« Emmerich zündete sich eine Zigarette an und musterte seinen Assistenten, der trotz der vorherrschenden Temperaturen einen Dreiteiler aus Tweed, ein gestärktes Baumwollhemd und eine perfekt gebundene Krawatte trug. »Feine Herrschaften werden wohl ohne Schweißdrüsen geboren.«

»Doch, die haben wir schon, aber halt auch Disziplin.«

Emmerich zog eine Augenbraue hoch und blickte Winter

von der Seite an. Dann blies er Rauchkringel in die Luft, als wolle er damit die Sonne vernebeln, und marschierte los.

Schweigend folgten die beiden Kriminalbeamten dem Donaukanal bis zur Brigittabrücke. Obwohl es noch so früh war, herrschte dort bereits reges Treiben. Die Stadt bereitete sich auf einen weiteren Hundstag vor: Schiffsleute und Uferarbeiter versuchten, so gut es ging die Stunden vor der großen Mittagshitze zu nutzen, um die anstrengendsten Tätigkeiten zu verrichten. Angler spannten alte, löchrige Regenschirme auf, die ihnen Schatten spenden sollten, während sie darauf warteten, dass einer anbiss. Obdachlose kletterten die Böschung hinunter, um erst sich selbst und anschließend ihre Kleidung – oder wie man es auch immer nennen mochte – in dem leise dahinplätschernden Wasserlauf zu waschen.

Emmerich und Winter überquerten die Brücke, die den 9. mit dem 20. Bezirk verband, und liefen an blankgefahrenen Straßenbahnschienen entlang. Immer weiter drangen sie in die Brigittenau vor, wo von den eng aneinandergebauten Mietskasernen jene Wärme abstrahlte, die sich seit Tagen in ihren Mauern angereichert hatte.

»Von oben, von unten, von links und von rechts. Ein Backofen ist nichts dagegen.« Emmerich blieb vor einem großen Zinshaus stehen, öffnete die obersten Knöpfe seines Hemds, krempelte die Ärmel hoch und rieb sich mit dem Taschentuch den Schweiß aus dem Nacken. Die Tatsache, dass sein Assistent noch immer wie aus dem Ei gepellt aussah, entlockte ihm ein ungläubiges Kopfschütteln. »Das kann doch nicht gesund sein«, murmelte er und drückte gegen die Eingangstür, die sich problemlos öffnen ließ.

Es war nicht schwer, den Tatort zu lokalisieren. Aufgeregtes Stimmengewirr wies den beiden Polizisten den Weg durch einen heruntergekommenen Innenhof bis ins Hinterhaus. Ausgetretene Stufen führten in den Halbstock, das sogenannte Mezzanin. In dem Zwischengeschoss fanden sie einen langen, schmalen Flur vor, in dem sich eine Tür an die nächste reihte.

»Ach du Schande«, murmelte Winter, als er durch einen offenen Türspalt spähte, hinter dem sich das Elend der Wohnanlage schonungslos offenbarte.

»Was hast du erwartet?«, fragte Emmerich.

»Nicht so was.« Ungläubig warf sein Assistent einen erneuten Blick in das stickige Loch, das nicht einmal über ein Fenster verfügte. Die Unterkunft bestand aus nur einem einzigen Raum, in dem alle Tätigkeiten verrichtet wurden: Kochen, Waschen, Wohnen und Schlafen.

»Komm«, beschied Emmerich und ging weiter, dem Lärm der Stimmen entgegen.

»Man kann die Leichen schon riechen.« Winter hielt sich eine Hand vor Mund und Nase.

»Der Gestank kommt nicht von den Leichen. Das ist das Aroma der Armut.« Emmerich sah sich um und wies auf eine klapprige kleine Tür am Anfang des Flurs. »Es gibt nur eine Toilette für die gesamte Etage, wahrscheinlich ein Plumpsklo. Bei solchen Temperaturen kann keine Abdeckung der Welt den Gestank davon abhalten, sich im ganzen Haus zu verteilen.«

»Das ist schrecklich. Ich habe gelesen, dass die Hygieniker ...«

»Sie müssen die Herren von der Kieberei sein«, wurde Winter von einem alten Mann unterbrochen, der nicht mehr als eine sehr kurze Hose trug.

»Na, von der Philharmonie sind wir jedenfalls nicht.« Emmerich zückte seine Dienstmarke und blickte geradeaus, wo eine Menschentraube den Flur verstopfte.

Die Leute sprachen und gestikulierten wild durcheinander, während eine Horde kleiner Kinder zwischen ihnen Fangen spielte.

»Also mich wundert's nicht«, sagte eine Frau, während sie versuchte, ihre kleine Tochter einzufangen, die auf Kollisionskurs mit Emmerichs Beinen war.

»Meine Red. Wer si mit Hunden ins Bett legt, derf sie net wundern, wenn er mit Flöh' aufwacht.« Ein dicker Mann, dessen schmutziges, völlig ausgeleiertes Unterhemd gerade mal die Hälfte seines Bauchs bedeckte, lachte dreckig.

Hinter dem Pulk konnte Emmerich eine offene Tür erkennen, die von einem uniformierten Schutzpolizisten bewacht wurde.

Der junge Mann hatte alle Mühe, die Meute im Zaum zu halten. »Wie oft soll ich es wiederholen?«, schimpfte er, als sich eine weißhaarige Frau an ihm vorbeischleichen wollte. »Kein Zutritt.«

Völlig ungerührt zwängte sich Emmerich durch den Menschenauflauf und ignorierte die Fragen, die wie Trommelfeuer auf ihn einprasselten. »Worauf wartest du?«, wandte er sich an seinen Assistenten, als dieser ihm nicht folgte.

»Entschuldigung«, murmelte Winter und bedeutete den Hausbewohnern, einen Schritt zur Seite zu treten. »Entschul-di-gung!«, wiederholte er mit etwas mehr Nachdruck, doch sie ignorierten ihn einfach.

»Komm endlich«, rief Emmerich und sah seinem Assistenten nicht ohne Schadenfreude dabei zu, wie er sich in seinem feinen Zwirn durch die verschwitzten Leiber schlängelte, peinlich darauf bedacht, den Umstehenden nicht auf ihre bloßen Füße zu steigen. Als er sich an einer verhärmten Frau mit dunklen Ringen unter den Augen und schreiendem Säugling im Arm vorbeidrängte, holte sie eine Brust aus der Bluse, um ihr Kind zu stillen. Winter lief rot an und legte endlich einen Zahn zu.

»Waren die Kollegen von der Spurensicherung schon da?«, wandte Emmerich sich an den Uniformierten.

Der Angesprochene nickte. »Sind gerade gegangen. Sie müssen sich knapp verpasst haben.«

»Gerichtsmedizin?«

»Schon unterwegs. Sollte jeden Moment eintreffen.«

»Wer hat die Toten gefunden?«

Noch ehe der Uniformierte antworten konnte, riss eine ältere Frau mit roten Backen einen Arm in die Höhe. »Hier. I!«, rief sie und trat zu ihnen. Strähnen ihres grau melierten Haars klebten an ihrem runden Gesicht, auf ihrer knielangen Kittelschürze zeichneten sich unter den Achseln und am Brustbein große Schweißflecken ab. Eine säuerliche Ausdünstung umwehte sie.

»Und Sie sind?«

»Roswitha Benisch, die Hausbesorgerin.«

»Sie bleiben hier.« Emmerich wandte sich dem Menschenauflauf zu. »Alle anderen zurück in ihre Wohnungen!«, befahl er. »Halten Sie sich dort zu unserer Verfügung.«

Die Leute hörten zwar auf zu reden, doch sie folgten der Aufforderung nicht, stattdessen sahen sie einander verhalten an. Sie hatten wohl keine Lust, in ihre dunklen, stickigen Löcher zurückzukehren.

Emmerich konnte es ihnen nicht verdenken. »Ab in die Wohnungen!«, befahl er erneut, dieses Mal um einiges lauter. Zur Untermauerung seiner Worte hob er seine Marke in die Höhe. »Oder soll ich Sie abführen lassen?«

Nur widerwillig gehorchten die Schaulustigen.

»Gemma! Geht scho!« Emmerich klatschte in die Hände und drehte sich schließlich zu Frau Benisch um. »Erzählen Sie mir alles.«

»Die Tür war offen«, sagte sie, sichtlich erfreut darüber, endlich das Zentrum der Aufmerksamkeit zu sein. »Erst hab i ma nix dabei gedacht, aber dann hab i das gesehen.« Sie deutete auf eine blutige Schliere am Türrahmen. »I hab den Kopf in die Wohnung gesteckt und es sofort g'rochen. Hat g'stunken wie beim Schlachter.«

»Haben Sie den Tatort betreten?«

»No na ned. Hab ja schauen müssen, was genau da los is. Ned sche, ned sche. So viel kann i Ihnen schon amal verraten.« Die alte Benisch stemmte die Hände in die Hüften. »Wer soll das denn jetzt alles putzen? I mach das nämlich sicher ned.«

»Haben Sie etwas angefasst?«, lenkte Emmerich das Gespräch zurück auf das eigentliche Thema.

»Natürlich ned«, beteuerte sie. »I hab gleich nach der Polizei schicken lassen.«

»So ein Rotzbub ist gegen sieben in die Wachstube in der Othmargasse gestürmt«, erklärte der Uniformierte. »Der Kleine schrie Zeter und Mordio, hat irgendwas von Blut und Umbringen gefaselt. Also bin ich ihm hierher gefolgt. Als ich gesehen habe, was los ist, habe ich sofort in der Polizeizentrale angerufen. Ich hoffe, das entspricht dem Protokoll.«

»Alles richtig gemacht.« Emmerich klopfte ihm auf die Schulter. »Dann wollen wir mal sehen, womit wir es hier genau zu tun haben.« Er betrat die finstere Küche, die direkt hinter der Eingangstür lag. Nach einem Lichtschalter tastete er vergeblich, doch er brauchte keine Beleuchtung: Der Geruch verriet ihm auch so, was er wissen musste. *Hat g'stunken wie beim Schlachter.* Damit hatte die Hausbesorgerin recht gehabt. Der unverwechselbare Gestank des Todes hing schwer und metallisch in der Luft.

Blut, Angstschweiß und drückende Hitze. Das war eine Kombination, die Emmerich nur zu gut kannte. Damals, an der Front, hatte er sie öfter erlebt, als ihm lieb gewesen war. Er hielt inne. Für den Bruchteil einer Sekunde war er wieder im Schützengraben, hörte das Donnern der Granaten, spürte das Vibrieren ihrer Einschläge, sah die Leichenteile und die Fratzen der Männer, die vor lauter Grauen den Verstand verloren hatten. Mit einem Mal tauchte Luises Antlitz auf. Ihre Lippen waren blass, ihr Blick voller Wehmut. Er schloss die Augen, versuchte die Erinnerungen zu verscheuchen. »Gehen wir's an«, sagte er, mehr zu sich selbst als zu Winter, und durchschritt die Küche.

Sein Assistent blieb dicht hinter ihm.

Das angrenzende Zimmer war ungefähr fünfzehn Quadratmeter groß und hatte ein schmales Fenster, das in den Innenhof mündete. Es war stickig und düster, obwohl draußen die Sonne strahlte.

Emmerich blieb in der Tür stehen. Es dauerte ein paar Sekunden, bis sich seine Augen an die Lichtverhältnisse gewöhnt hatten und er das Chaos, das sich vor ihm ausbreitete, erfassen konnte: ein umgestürzter Schrank, aus dem Kleider und Schuhe quollen, zerbrochenes Geschirr und aufgeschlitzte Matratzen. Mittendrin zwei tote Frauen. Eine lag mit dem Gesicht nach unten auf dem Boden, um ihren Kopf eine dunkle Lache aus getrocknetem Blut. Die andere saß in einer Ecke, das Kinn auf die Brust gesunken, die Beine ausgestreckt – wie eine Marionette, deren Fäden durchtrennt worden waren.

»Sieht aus, als wären sie erschlagen worden«, sagte Emmerich.

Winter hatte seinem Vorgesetzten über die Schulter geschaut. »Herr im Himmel«, murmelte er. Seine Stimme war gedämpft, da er sich ein Taschentuch vor Mund und Nase hielt. »Dieser Gestank …«

»Wie oft soll ich es dir noch sagen?« Emmerich zog seinem Assistenten das Taschentuch vom Gesicht. »Wenn du bei Leib und Leben Karriere machen möchtest, dann musst du dich abhärten. Wie war das nochmal gleich mit dem Adel und der Disziplin?«

Winter würgte leise, während er angestrengt nickte. »Ist das die dritte?« Er deutete auf einen Vorhang, der aus der Halterung über dem Fensterrahmen gerissen worden war. Darunter zeichnete sich eine Silhouette ab.

»Welche dritte?«

»In der Meldung, die ich von Fräulein Grete erhalten habe, war von drei Opfern die Rede.« Winter wies auf den Boden. »Außerdem gibt es drei Matratzen und drei Garnituren Bettwäsche.«

»Tatsächlich.« Emmerich stieg vorsichtig über einen zersplitterten Stuhl und hob den Vorhang in die Höhe. Darunter entdeckte er ein zerbeultes Grammophon, aber keine weitere Leiche. »Die dritte Bewohnerin ist nicht hier.« Er sah sich um. Überall lagen Schallplatten und farbenfrohe Kleider verstreut, an den Wänden hingen Postkarten und Plakate. »Bunt und lebenslustig«, murmelte er und betrachtete das wilde Durcheinander. »Die jungen Dinger haben sich nicht kampflos ihrem Schicksal ergeben.«

Gefolgt von Winter verließ Emmerich den Raum, ging durch die Küche und trat zurück auf den Hausflur. »Die Wände sind dünn hier. Irgendwer muss doch gehört haben, was passiert ist. Warum hat denn keiner was gemacht? Warum hat ihnen keiner geholfen?«

Die alte Benisch, die die ganze Zeit neugierig an dem Uniformierten vorbei in die Wohnung gespäht hatte, verschränkte die Arme vor der Brust. »Wenn i mi wegen jedem Bahö aufregen würd, hätt i schon längst einen Herzkasperl kriegt. Hier im Haus ist's fast immer laut. Auch in der Nacht. Eheleut streiten, Gschroppen plärren, Hundsviecher bellen … Die drei Luder waren auch ned immer die Ruhigsten. Die ham gern g'feiert und g'lacht und no ganz andere Sachen.« Sie nickte wissend. »I wohn direkt d'runter. Dauernd hat es g'rumpelt und g'pumpelt.«

»Und heute Nacht?«, fragte Emmerich ungeduldig. »Hat es da auch gerumpelt und gepumpelt?«

»Eh«, sagte sie. »Wie so oft halt. I hab drum mim Besen gegen die Decke klopft und kurz aufebrüllt, dann war a Ruh. I hab ja ned wissen können, dass …« Sie deutete in die Wohnung.

»Wann war das ungefähr?«

Sie überlegte. »Zwei? Drei? Jedenfalls zu einer unheiligen Zeit.« Ihr Blick blieb an der blutigen Schliere hängen. »Wer soll denn das jetzt bloß alles putzen?«, fragte sie erneut.

»Putzen?«, mischte Winter sich ein. »Halten Sie es für angemessen, in der gegebenen Situation …«

»Jetzt sag i Ihnen amal was, Sie feiner Herr.« Die Hausbesorgerin bedachte Winter mit einem abfälligen Blick. »Die *gegebene Situation* schaut so aus: Unsereins rackert sich von früh bis spät ab, und keinen interessiert's, ob das angemessen is.« Sie schnaubte. »Die Sauerei da drin, die bleibt am End sicher wieder an mir hängen. Weil die drei werden ja schwer selber sauber machen können. Immer …«

»Der feine Herr hier neben mir ist immer noch ein Kriminalinspektor, und Sie sind jetzt einmal schön ruhig«, ging

Emmerich dazwischen. »Es sind übrigens nur zwei Leichen. Haben Sie irgendeine Ahnung, wo das dritte Fräulein sein könnte?«

»Nur zwei?« Roswitha Benisch kratzte sich am Kinn. »Wenn i mi recht entsinn, lag am Boden die Mizzi Proll. An der Wand lehnt die Traude Rechberger, und unter dem Vorhang ...«

»... lag ein Grammophon«, vollendete Winter den Satz.

Benischs Miene hellte sich auf.

Emmerich vermutete, dass ihre Entzückung weniger dem Überleben der jungen Frau geschuldet war, als mehr der Tatsache, dass es nun doch jemanden gab, der die Wohnung putzen würde.

»Die Irina Novotny fehlt«, erklärte sie.

»Und?« Emmerich sah sie erwartungsvoll an. »Irgendeine Ahnung, warum diese Irina nicht hier ist? Irgendeine Ahnung, wo sie sein könnte? Irgendeine Ahnung, warum jemand die beiden anderen Fräulein umgebracht hat?«

»Woher soll i denn des alles wissen? Sie san doch von der Kieberei.«

»Erinnern Sie sich noch einmal an heute Nacht«, hakte Winter nach. »Jedes Detail kann hilfreich sein. Haben die Damen vielleicht etwas gerufen? Namen zum Beispiel.«

Die Hausbesorgerin wischte sich Schweißtropfen von der Oberlippe und überlegte. »I bin aufg'wacht wegen dem Gepolter«, erzählte sie. »I war no völlig verschlafen. Sie wissen eh: Der Kreislauf bei dera Hitz ...« Als wolle sie ihre Worte untermauern, nahm sie den Stoff ihrer Kittelschürze und fächelte ihren stämmigen Beinen damit Luft zu. »I hab an die Decke 'klopft und aufe g'schrie'n, dann war a Ruh. Also bin i wieder eing'schlaf'n.«

»Das ist alles?«, ließ Winter nicht locker. »Zwei Frauen

wurden brutal ermordet, eine dritte ist spurlos verschwunden.«

»Fragen S' die Traxlers. Die wohnen direkt daneben.« Sie deutete auf eine Tür, die einen Spaltbreit offen stand. Dahinter bewegten sich Schatten.

»Die sind als Nächstes dran«, sagte Emmerich laut. »Was waren die Opfer für Frauen?«, wandte er sich wieder an die Benisch. »Sie bezeichneten Sie vorhin als Luder.«

»Najo, wissen S' eh. Jung, fesch, ledig. Immer aufg'mascherlt. Haben viel Parfüm und Schminke 'tragen, aber dafür umso weniger G'wand. Die haben die Wohnung am Nachmittag verlassen und sind oft erst in den frühen Morgenstunden heim'kommen. Manchmal ham s' an Herrenbesuch dabeig'habt. In einer Fabrik oder einem Büro ham die sicher ned g'arbeitet.«

Emmerich verstand. Mehr Frauen als je zuvor mussten sich heutzutage als Prostituierte verdingen. Der Krieg hatte vielen Familien den Ernährer geraubt, und so sahen sich Tausende von Frauen aus allen Schichten und Milieus genötigt, das Geldverdienen zu übernehmen. Aus Mangel an Alternativen boten sich die meisten von ihnen auf den Gassen feil, oder sie arbeiteten in einschlägigen Lokalen. Selbst Beamtinnen, Offiziersgattinnen und verarmte Baronessen mussten ihre Körper verkaufen, um über die Runden zu kommen. »Haben die drei Fräulein auf der Straße gearbeitet oder in einem Etablissement?«

»Woher soll i das wissen? I bin eine anständige Frau. Mit so was hab i nix zu tun.«

Emmerich sah ein, dass er wohl nicht mehr aus der alten Benisch herausbekommen würde. »Halten Sie sich zu unserer Verfügung«, wies er sie an und ging zur Tür der Familie Traxler.

Noch bevor er anklopfen konnte, wurde diese aufgerissen, und die verhärmte Frau von vorhin, jene mit dem Säugling, erschien im Türrahmen. Mittlerweile hatte sie ihren Busen wieder eingepackt und eine Schürze umgebunden. Hinter ihr standen, aufgereiht wie die Orgelpfeifen, sechs weitere Kinder, die die beiden Polizisten mit großen Augen anstarrten. »Ich hab auch nix gehört«, sagte sie und gähnte demonstrativ. »Wissen Sie, wie anstrengend die G'fraster sein können?« Sie deutete auf die Kinderschar. »Wenn endlich alle a Ruh' geben, schlaf ich so fest, dass man das Haus um mich herum abreißen könnt', und ich würd's nicht merken.«

»Da drüben wurden zwei Frauen ermordet. Es gab ganz offensichtlich einen Kampf«, begann Winter. »Sie können mir doch nicht erzählen, dass …«

»Warte, bis du Kinder hast«, unterbrach ihn Emmerich.

»Ich hab' was gehört«, platzte es aus dem ältesten Kind heraus, einem etwa sechsjährigen Jungen mit strubbeligen roten Haaren.

»Ach ja?« Emmerich beugte sich zu ihm hinunter.

Der Junge nickte ernst. »Du depperte Fut.«

Winter riss die Augen auf, aber Emmerich tätschelte dem Kleinen ungerührt das Haar. »Das hast du dir aber gut gemerkt.«

Der Kleine strahlte.

»Die drei haben übrigens im *La Belle* gearbeitet«, sagte Frau Traxler, die das Lokal deutsch aussprach und jede Silbe einzeln betonte. »Drüben im Ersten, in der Naglergasse. Das waren eigentlich ganz nette Mädels. Manchmal ein bissl überdreht, aber als Nachbarinnen recht angenehm. Die Irina hat sogar ab und zu auf die Kleinen aufgepasst.«

»Irina Novotny. Wissen Sie vielleicht, wo sie abgeblieben ist?«

»Keine Ahnung.« Die Frau schüttelte den Kopf. »Ich versteh das alles nicht. Die waren noch halberte Kinder. Die haben halt einfach von einem besseren Leben geträumt. Die wollten sicher niemandem was Böses. Die …«

»Kriminalinspektor Winter, adrett wie immer«, tönte da plötzlich die Stimme von Doktor Hirschkron durch den Flur. Der Gerichtsmediziner trug seine Arbeitskleidung, ein gestärktes Hemd, am Kragen eine Fliege, darüber einen dünnen weißen Arbeitsmantel. »Und Kriminalinspektor Emmerich.« Er ließ seinen Blick über Emmerich wandern, unter dessen Achseln sich mittlerweile tellergroße Schweißflecken gebildet hatten. »Auch wie immer.« Hirschkron lächelte und zwirbelte seinen Schnurrbart. »Wie schön, dass zumindest manche Sachen in dieser schnelllebigen Zeit Bestand haben.«

Emmerich vermutete, dass der Gerichtsmediziner auf die neue Regierung unter Johann Schober anspielte. Unwillkürlich musste er an die unangenehme Begegnung mit dem jetzigen Bundeskanzler bei dessen Abschiedsfeier denken, die mittlerweile drei Wochen zurücklag. »Den beiden Fräulein da drin wäre es wohl auch lieber gewesen, alles wäre beim Alten geblieben«, lenkte er seine Gedanken wieder auf den Fall.

Er verabschiedete sich von Hirschkron, nickte der Nachbarin und deren Kindern zu und wandte sich anschließend an Winter. »Gehen wir's an«, sagte er. »Wir haben einen Fall zu lösen.«

4

Es war kurz vor zehn Uhr, als Emmerich und Winter den Tatort endlich verließen. Obwohl die Sonne ihren Zenit noch lange nicht erreicht hatte, war die Hitze bereits unerträglich. Die Luft flirrte, nach Wolken hielt man vergebens Ausschau, und das laue Lüftchen, das durch die Gassen wehte, fühlte sich an, als würde einem Satan höchstpersönlich in den Nacken hauchen.

»Nicht einmal in der Hölle ist es so heiß wie hier in Wien«, murrte Emmerich.

Winter widersprach nicht. Schweißperlen rannen über seine Schläfen, verstohlen lockerte er seine Krawatte. »Der Asphalt ist schon ganz weich«, stellte er fest. »Es fühlt sich an, als würde man auf türkischem Honig stehen.«

»Gehen wir, bevor wir uns in Dörrobst verwandeln.« Emmerich öffnete einen weiteren Knopf an seinem Hemd und lief los.

Am Donaukanal herrschte noch mehr Trubel als zwei Stunden zuvor. Zwar waren die meisten Arbeiter verschwunden, doch an ihrer statt suchte nun eine Vielzahl von Menschen im Schatten von Bäumen oder im Flusswasser nach Abkühlung. Die Einzigen, denen die Affenhitze nichts auszumachen schien, war eine Horde von kleinen Mädchen und Buben. Seit Beginn der Sommerferien waren viele Kinder tagsüber auf sich allein gestellt und trieben sich nun unbeaufsichtigt in der Stadt herum. Das Areal rund um die

Brigittabrücke übte eine ganz besondere Anziehungskraft auf sie aus.

Sie tobten über die Uferböschung und hielten dabei nach Dingen Ausschau, die beim Be- und Entladen der Lastenschiffe verloren gegangen waren. Ein kleines Mädchen jauchzte freudig, als es eine Kartoffel fand, sofort kam der Rest der Bande angelaufen und versuchte, ihr das wertvolle Gut abzunehmen.

»Schleichts euch!«, schrie ein alter Fischer. »Raufts euch woanders!« Er hob einen Stein auf und hielt ihn drohend in die Höhe.

Die Kinder stoben wie eine aufgescheuchte Hühnerschar kreischend auseinander und rannten lachend fort.

Emmerich betrachtete das Treiben und wurde von Traurigkeit erfüllt. Den Rest des Weges dachte er an Emil, Ida und Paul, seine drei Stiefkinder, die nach dem brutalen Mord an ihrer Mutter einen Teil ihrer Unbekümmertheit verloren hatten. Dass ihr Vater im Gefängnis saß und auf seinen Prozess wartete, machte die Sache nicht gerade besser. Emmerich dachte an seine Zeit im Waisenhaus. Gebrochene Kinderseelen – er konnte ein Lied davon singen.

»Herrlich«, riss Winter ihn aus seinen trüben Gedanken, als sie wenig später das Polizeigebäude betraten. Die Wände des Vestibüls waren mit Marmor ausgekleidet, wodurch das Gemäuer zumindest im Eingangsbereich halbwegs kühl blieb.

»Nicht viel los heute.« Emmerich zündete sich eine Zigarette an und sah sich um. Abgesehen von einer feinen Dame, die auf einer Wartebank saß, war keine Menschenseele zu sehen.

»Es ist zu heiß für Verbrechen«, sagte der Mann am Empfang.

»Sagen Sie das unserem Mörder.«

»Und sagen Sie das den Einbrechern, die unsere Villa ausgeraubt haben«, rief die Frau. »Wir waren auf Sommerfrische in Bad Ischl, und als wir zurückgekommen sind, war alles weg. Das Silber, die Pelze ... Bei den Torbergs ist genau dasselbe passiert, und bei den von Hohenaus auch.«

Emmerich verdrehte die Augen, sein Mitleid mit den Reichen hielt sich in Grenzen. »Wer sich Sommerfrische oder sogar zwei Wohnsitze leisten kann, den sollte so etwas nicht sonderlich schmerzen«, murmelte er in Winters Richtung.

»Was haben Sie da gesagt?« Die Frau kniff die Augen zusammen und legte den Kopf schief.

»Nichts.« Winter bugsierte seinen Vorgesetzten zur Treppe. »Er meinte nur, dass der Verlust Sie sicher schmerzt.«

Als Emmerich nach oben stieg, machte sich seine Kriegsverletzung bemerkbar. In seinem rechten Bein steckte seit der Schlacht von Vittorio Veneto ein Granatsplitter, der nicht entfernt werden konnte und ihm ständig Probleme bereitete. Arthrofibrose hatten die Ärzte diagnostiziert. Für die Mediziner nur ein Wort, aber er musste mit dem elenden Zustand leben.

Unauffällig versuchte er, sein rechtes Bein weniger zu belasten. Im ersten Stock angekommen, legte er eine kurze Pause ein, sah über die Balustrade nach unten und musterte die Dame. »Sommer in Wien ist eine Zeit der Armen«, murrte er. »Die Gestopften fliehen wie die Ratten aus der Stadt, während der Pöbel darbt und schwitzt. Das wahre Verbrechen sind nicht die paar gestohlenen Dinge – es sind die Zustände, in denen der Großteil der Bevölkerung leben muss. Wie zum Beispiel unsere beiden Opfer.«

»Wir können die sozialen Umstände nicht ändern, aber wir können den Mörder fassen und zumindest so für ein bisschen Gerechtigkeit sorgen.«

Emmerich nickte. »Hast ja recht, Ferdinand. Legen wir los.«

Auch in der Abteilung Leib und Leben war wenig von der sonst üblichen Betriebsamkeit zu spüren. Gewöhnlich huschten Sekretärinnen mit Aktenordnern beladen durch die Flure, und hinter den dunkelbraunen Holztüren aus Nussbaum klingelten Telefone und klapperten Schreibmaschinen. Heute jedoch lag der Gebäudetrakt wie ausgestorben da, jeder einzelne Schritt der beiden Kriminalpolizisten hallte durch die gespenstische Ruhe des verwaisten Flurs.

»Am besten, wir beginnen mit …«, setzte Emmerich an, als plötzlich eine Tür aufgerissen wurde und Peter Brühl aus seinem Büro trat.

»Emmerich und Winter.« Brühl ließ seinen Blick über Emmerichs verschwitztes Hemd wandern, das bis zum Brustbein aufgeknöpft war. »In puncto Repräsentation könnten Sie sich ein Beispiel an Ihrem Assistenten nehmen.«

»Ich repräsentiere die Abteilung, indem ich eine gute Aufklärungsquote vorweisen kann.« Emmerich trat nah an Brühl heran und schnippte eine imaginäre Fluse von dessen Revers. »Die beste derzeit«, fügte er hinzu und grinste.

»Sie sind mir gerade mal um einen Fall voraus«, konterte Brühl. »Bis zum Ende des Jahres habe ich Sie locker ein-, wenn nicht gar überholt.«

»Wenn Sie meinen.« Emmerich zog an seiner Zigarette und hüllte Brühl in eine Wolke aus Tabakrauch. »Wir sind da gerade an etwas Neuem dran. Es würde mich nicht wundern, wenn bald ein weiterer gelöster Fall auf unser Konto ginge.«

Brühl ließ sich ausnahmsweise weder von dem Zigarettenrauch noch von Emmerichs großem Mundwerk stören. Er blieb sonderbar ruhig. »Wie heißt es so schön? Man soll den Tag nicht vor dem Abend loben.« Mit beschwingtem Schritt ging er davon.

Winter starrte ihm hinterher. »Das war seltsam. Finden Sie nicht?«

»Seltsam?« Emmerich runzelte die Stirn. »Ich finde, er war so affektiert wie immer. Er hat wohl die Tatsache, dass wir das große Büro bekommen haben, noch immer nicht verschmerzt.«

»Nein«, überlegte Winter laut. »Es ist nicht die alte Bürosache. Irgendetwas war anders. Irgendetwas, das mir nicht gefällt.«

»Nichts an dem Kerl hat mir je gefallen.« Emmerich deutete geradeaus zu ihrem Arbeitszimmer. »Komm, vergiss den Trottel. Kümmern wir uns lieber um die toten Frauen.«

Wie aufs Stichwort kam Arnold Zech von der Spurensicherung um die Ecke gebogen. »Inspektor Emmerich«, rief er. »Gut, dass Sie schon hier sind. Ich habe die ersten Ergebnisse von Ihrem Tatort, und irgendetwas gefällt mir da nicht.«

Emmerich ließ seinen Blick zwischen Winter und Zech hin und her wandern. »Wohl ein sehr missfälliger Tag heute«, murmelte er. Dann schüttelte er sich und ging voran ins Büro, einen großen und hellen Raum, der mit hochwertigem Mobiliar eingerichtet war. Ein dicker Teppich dämpfte ihre Schritte, bodenlange Vorhänge verliehen dem Zimmer eine herrschaftliche Eleganz, und zwei massive Schreibtische strahlten Autorität aus. Noch immer fand es Emmerich befremdlich, dieses Amtszimmer als sein Reich zu betrachten. Immerhin nahm sich das Büro größer und luxuriöser aus als viele Wohnungen in der Stadt. »Schießen Sie los«, sagte er, nachdem sie sich gesetzt hatten. »Was stimmt nicht?«

»Es ist nur so ein Bauchgefühl.« Zech rieb sich das Kinn. »Aber wenn Sie mich fragen, ist der Tatort zu sauber.«

»Zu sauber?«, fragte Winter. »Alles war voller Blut und Kampfspuren.«

»Eben«, sagte Zech.

»Ich verstehe nicht.« Winter runzelte die Stirn.

»Lass ihn ausreden.« Emmerich lehnte sich zurück.

»In der Wohnung haben drei Frauen gelebt. Die Hausbesorgerin ließ es sich nicht nehmen, uns zu erzählen, dass die jungen Dinger wild und chaotisch waren und auch öfters mal Besuch empfangen haben. Normalerweise hätten wir also viele Fingerabdrücke, Haare oder sonstige Spuren finden müssen, doch die meisten Gegenstände waren vollkommen sauber. Jemand – ich gehe davon aus, dass es der Täter war – hat alles penibel gereinigt.«

»Interessant.« Nachdenklich blies Emmerich Zigarettenrauch in die Luft.

»Wir haben keine Einbruchsspuren gefunden«, redete Zech weiter. »Wenn die Frauen den Mörder nicht freiwillig hereingelassen haben, dann …«

»… kannte er sich mit Schlössern aus«, vervollständigte Winter den Satz. »Oder er war im Besitz eines Dietrichs.«

Zech nickte. »Ich glaube, der Mörder hat gewusst, was er tat. Gut möglich, dass hinter der ganzen Sache mehr Planung und Kaltblütigkeit steckt, als auf den ersten Blick ersichtlich wird. Ich dachte, Sie sollten das wissen, bevor Sie mit den Ermittlungen beginnen.«

»Danke«, sagte Emmerich. »Das ist eine wirklich wichtige Information.«

»Ich mache mich dann wieder an die Arbeit.« Zech erhob sich. »Sobald ich mehr weiß, gebe ich Bescheid. Ach ja, bevor ich's vergesse …« Er hielt inne und schlug eine Akte auf. »Diese Fotografie haben wir am Tatort gefunden.« Er legte ein Bild vor Emmerich auf den Schreibtisch. Drei junge Frauen lächelten ihnen entgegen, sie wirkten fröhlich und ausgelassen.

»Die beiden links sind die Opfer«, stellte Winter fest. »Und die hier …« Er deutete auf eine groß gewachsene Schönheit, deren dunkles Haar zu einem modernen Bubikopf geschnitten war. »Das muss dann wohl die verschwundene Irina Novotny sein.« Er überlegte. »Mörderin, Opfer, Zeugin, Komplizin – welche Rolle sie wohl spielt?«

»Wir werden's hoffentlich bald herausfinden.« Emmerich verabschiedete Zech, griff nach der Fotografie und betrachtete sie näher. Beim Anblick der strahlenden Gesichter überkam ihn ein Hauch von Traurigkeit. Sie waren so jung gewesen, so hoffnungsfroh.

»Gut möglich, dass diese Irina ihre beiden Mitbewohnerinnen getötet hat«, sagte Winter. »Sie wirkt groß und kräftig. Vielleicht haben sie sich um Geld gestritten, oder um einen Mann.«

»Ich glaube nicht, dass so ein blutjunges Ding abgebrüht genug ist, erst ihre Freundinnen zu erschlagen und anschließend alle Spuren zu verwischen.« Emmerich sah Winter zweifelnd an.

»Es würde aber erklären, warum nichts auf einen Einbruch hindeutet, und außerdem wäre es nicht das erste Mal, dass wir es mit einer kaltblütigen Mörderin zu tun haben«, hielt dieser dagegen.

Emmerich zog einen überquellenden Aschenbecher zu sich heran und drückte seine Zigarette darin aus. »Wer auch immer es war, eines steht fest: Wir haben es mit einem äußerst durchtriebenen Menschen zu tun.«

»Und jetzt? Wie sollen wir die Ermittlungen beginnen? Wo setzen wir an?«

»Wir müssen ins *La Belle*.« Emmerich blickte auf die Uhr. »Aber ich fürchte, das öffnet frühestens um acht.« Er sah Winter mit einem fragenden Blick an.

»Keine Ahnung. Woher soll ich das wissen?«

Emmerich wischte sich Schweiß aus dem Nacken. »Die Hitze schlägt mir wohl aufs Hirn. Ich hab ganz vergessen, dass du ja solche Etablissements meidest wie der Teufel das Weihwasser.« Er betrachtete seinen jungen Assistenten.

»Ich weiß nicht, was an vulgären Frauen, rüpelhaften Trunkenbolden und überteuerten Getränken toll sein soll.« Winter seufzte leise. »Acht Uhr also.«

Emmerich nickte und zündete sich eine neue Zigarette an. »Bis dahin kümmern wir uns ums Aufschreiben der Zeugenaussagen und hoffen, dass die Gutachten der Gerichtsmedizin und Spurensicherung bald fertig sind.«

»Sehr schön.« Winter wollte sich gerade an seinen Schreibtisch setzen, als jemand an der Tür klopfte.

»Ja bitte«, rief Emmerich, woraufhin Fräulein Grete ihren Kopf zur Tür hereinstreckte.

Wie immer, wenn sie Winter sah, röteten sich ihre Wangen. Sie senkte den Blick und lächelte.

»Was gibt es denn?«, fragte Emmerich.

Fräulein Grete trat zu ihm an den Schreibtisch und streckte ihm einen Brief entgegen. »Der wurde für Sie abgegeben«, sagte sie. »Der Bote meinte, es sei wichtig.«

»Von wem ist das Schreiben?«, fragte Winter. »Sieht sehr offiziell aus.«

Emmerich runzelte die Stirn und betrachtete das Kuvert.

»Bundesministerium für Inneres und Unterricht.« Er riss den Umschlag auf, holte ein Blatt Papier daraus hervor und überflog es. Zornesröte stieg ihm ins Gesicht, und er presste die Lippen so fest aufeinander, dass sie sich in dünne, blutleere Striche verwandelten. »Diese Schei …«

»Ich geh dann mal wieder.« Fräulein Grete machte auf dem Absatz kehrt. »Auf Wiedersehen, Inspektor Winter. Inspektor Emmerich.« Sie nickte ihm zu und verschwand nach draußen.

Winter sah seinen Vorgesetzten an. »Was will das Ministerium von Ihnen?«

Anstatt zu antworten, überreichte Emmerich ihm den Brief. »Das darf ja wohl nicht wahr sein. Das ist ja wohl ein schlechter Scherz.« Er fing an, mit den Fingern auf die Tischplatte zu trommeln.

Winter überflog den Brief und blies Luft durch die Zähne. »Ich fürchte nicht.«

»Ich geh da auf keinen Fall hin«, erklärte Emmerich. »Nur über meine Leiche.«

»*Vorladung zum Disziplinarkursus für repräsentatives Auftreten und adäquates Benehmen im Polizeidienst*«, zitierte Winter laut den Betreff des Schreibens.

»Verdammtes Beamtendeutsch«, schimpfte Emmerich. »Verdammte Paragrafenreiter. Sind nicht in der Lage, die Sache beim Namen zu nennen: Bestrafung. Erniedrigung. Demütigung …« Das Trommeln auf der Tischplatte wurde intensiver.

»*Finden Sie sich am Mittwoch, dem 13. Juli 1921, um 08:00 Uhr in der Schwarzenbergkaserne, 3., Marokkanergasse 4 ein.*«, las Winter weiter. »*Für die Dauer der Schulung (13. Juli bis 22. Juli) ist den Teilnehmern das Verlassen des Geländes verboten. Bringen Sie daher eine entsprechende Ausstattung (Kleidung,*

Hygieneartikel) mit. Eine Fortsetzung des Polizeidienstes erfolgt nach positivem Abschluss des Kursus. Gezeichnet: Bundesminister für Inneres, i.A. Dr. Sebastian Schäfer.« Er blickte hoch. »Ich fürchte, Sie haben keine Wahl.«

Emmerich hörte auf, den Schreibtisch zu malträtieren und riss seinem Assistenten das Schreiben aus der Hand.

Ohne ein weiteres Wort zu verlieren, humpelte er hinaus auf den Flur und ließ die schwere Holztür mit einem dumpfen Knall hinter sich ins Schloss fallen. »Das werden wir noch sehen.«

5

»Waren Sie wirklich so naiv und haben geglaubt, der Vorfall mit Bundeskanzler Schober bliebe ohne Konsequenzen?« Oberinspektor Gonska gab Emmerich die Vorladung zurück und strich über seinen Backenbart.

»Mit einem Verweis könnte ich leben. Aber doch nicht mit so einem Mist.« Emmerich schmiss das Schreiben vor Gonska auf den Tisch und streckte den Rücken durch. »Ich werde auf keinen Fall zu diesem Disziplinarkursus gehen.«

Ohne seinen Blick von Emmerich abzuwenden, strich Gonska bedächtig über einen Stapel Dokumente. Die große Standuhr hinter seinem Schreibtisch tickte laut, draußen war das Klappern von Pferdehufen und das Hupen eines Autos zu hören. »Ihnen wird nichts anderes übrig bleiben«, sagte er schließlich.

»Ich habe einen Fall. Zwei Frauen wurden brutal erschlagen, eine dritte wird vermisst. Inspektor Winter und ich … Wir stecken mitten in den Ermittlungen. So wie es aussieht …«

»So wie es aussieht, wird Inspektor Winter bis auf Weiteres alleine ermitteln müssen. Bis zum erfolgreichen Abschluss des Kurses sind Sie nämlich suspendiert.«

Emmerich riss die Augen auf. »Suspendiert? Ich? Winter ohne mich?«, stotterte er. »Bei den Opfern handelt es sich um Nackttänzerinnen aus dem *La Belle*. Ich kann den Kleinen doch auf keinen Fall allein dort hinschicken. Der ist so unschuldig wie ein Ministrant. Der hat keinen blassen Schimmer von dem Milieu.«

»Vielleicht ist es ganz gut für den jungen Kollegen, wenn er sich mal beweisen kann. Lassen Sie ihn von der Leine, Sie werden sehen, er wird sich besser schlagen, als Sie es ihm zutrauen.«

»Aber doch nicht im *La Belle*. Erinnern Sie sich an die Messerstecherei vor zwei Wochen? Die war erst der Anfang. Seit Veit Kolja sich offiziell aus dem Schleichhandel und Valutenschmuggel zurückgezogen hat, ist in der Unterwelt ein Machtvakuum entstanden. Sämtliche Verbrecherorganisationen, die etwas auf sich halten, tragen erbitterte Revierkämpfe aus. Und das *La Belle* liegt genau zwischen den Fronten. Für einen Ermittler ohne Erfahrung ist es viel zu gefährlich, dort herumzuschnüffeln.«

Gonska setzte sich aufrecht hin und lehnte sich nach vorn. »Inspektor Emmerich«, sagte er. »Ich möchte Ihnen nicht zu nahe treten, aber erlauben Sie mir, Ihnen folgenden gutgemeinten Ratschlag zu geben: Sie haben drei Kinder. Ferdinand Winter ist keines davon. Der junge Mann ist Kriminalinspektor. Er wird lernen müssen, sich auch in Etablissements wie dem *La Belle* zurechtzufinden.«

Emmerich schien nicht überzeugt.

»Wie heißt es so schön: Man wächst mit seinen Aufgaben«, legte Gonska nach. »Die harte Schule hat noch keinem geschadet.« Er betonte das Wort Schule und schenkte Emmerich einen vielsagenden Blick.

»Aber …«

»Kein Aber, Emmerich.« Gonska wurde lauter. »Es gibt genau zwei Optionen: Entweder Inspektor Winter kommt ein paar Tage allein zurecht, oder die toten Nackttänzerinnen gehen an Brühl und Szepanek.«

»Auf keinen Fall!«

»Gut, dann wäre die Sache ja geklärt.« Demonstrativ blickte Gonska erst auf die Standuhr und anschließend zur Tür.

Emmerich ignorierte die Geste und blieb sitzen.

»Was denn noch?« Gonska seufzte.

»Es gibt eine dritte Option.« Emmerich deutete auf den Brief. »Sie könnten intervenieren. Wenn Sie bei diesem Schäfer anrufen und darauf bestehen, dass ich unabkömmlich bin, wird er sicher auf Sie hören. Immerhin sind Sie der Leiter der Abteilung Leib und Leben.«

Gonska schüttelte ungeduldig den Kopf. »Die Anweisung kommt von ganz oben, da sind selbst mir die Hände gebunden. Und übrigens …« Er hielt inne und zwirbelte schweigend die Spitzen seines Bartes.

»Übrigens?«, hakte Emmerich nach.

»Übrigens finde ich, dass Ihnen ein paar Manieren nicht schaden könnten.« Ohne ein weiteres Wort zu verlieren, zog Gonska eine Akte aus dem Dokumentenstapel und setzte seinen Zwicker auf.

»Aber …«

»Auch auf die Gefahr hin, dass ich mich wiederhole: kein Aber. Es tut nicht weh, Sie werden schon sehen. Außerdem können Sie sicher von dem Kurs profitieren. Und noch eins, Emmerich.« Gonska hatte die Akte wieder zur Seite gelegt und klang jetzt beinahe väterlich. »Sie sind einer meiner besten Männer. Ihre Aufklärungsquote ist hervorragend, aber ihre Methoden sind mehr als fragwürdig. Ich will ganz ehrlich mit Ihnen sein – ich bin es leid, Sie immer wieder vor Ihren Kollegen verteidigen zu müssen. Wenn Sie nicht lernen, sich an die Regeln zu halten, werden Sie es trotz Ihres Talentes nicht mehr viel weiterbringen.«

Emmerich setzte an, erneut etwas zu sagen, doch Gonska bedeutete ihm, still zu sein.

»Empfinden Sie diesen Kurs nicht als Bestrafung.« Er drückte Emmerich den Brief in die Hand. »Erkennen Sie ihn als das an, was er ist, nämlich eine Chance.« Er zeigte auf die Tür. »Wir sehen uns in zehn Tagen wieder. Bis dahin halten Sie sich an die Anweisungen. Verstanden?«

Emmerich erhob sich und murmelte etwas Unverständliches.

»Tun Sie bitte ein einziges Mal das, was von Ihnen verlangt wird«, seufzte Gonska. »Absolvieren Sie die Schulung. Halten Sie sich an die Regeln. Eignen Sie sich endlich mal etwas Disziplin an.« Er senkte die Stimme. »Ach ja, und das mit der Suspendierung ist ernst gemeint. Sie sind mit sofortiger Wirkung vom aktiven Dienst freigestellt, und wenn ich mit sofortiger Wirkung sage, dann meine ich genau das. Falls mir diesbezüglich auch nur die kleinste Angelegenheit zu Ohren kommt, wandert der Fall sofort zu den Kollegen. Haben wir uns verstanden?«

Weil ihm nichts mehr einfiel, was er noch hätte sagen können, nickte Emmerich, wenn auch widerwillig.

»Sehr gut.« Demonstrativ wandte sich Gonska wieder seinen Unterlagen zu. »Sie können gehen, und zwar nach Hause. Ich will Sie nicht mehr im Polizeigebäude sehen.«

Emmerich presste die Zähne so fest aufeinander, dass sein Kiefer knackte. Ohne ein weiteres Wort zu verlieren, trat er hinaus auf den Flur.

»Und?«, fragte Winter, als sein Vorgesetzter zurück ins Büro kam.

»Du musst erst einmal ohne mich auskommen.« Emmerich massierte seine Nasenwurzel und zog die Schultern hoch.

Winter schien die Botschaft sehr gefasst aufzunehmen. »Gonska konnte also nichts tun?«

»Er wollte nicht.« Emmerich zündete sich eine Zigarette an. »Ich bin so lange suspendiert, bis ich den Kurs abgeschlossen habe.«

»Das heißt …«

»Das heißt, du musst fürs Erste allein ermitteln.«

Winters Miene hellte sich auf. »Das schaffe …«

»Mir schmeckt es ja auch nicht«, unterbrach Emmerich. »Aber wie es scheint, haben wir keine Wahl.«

»Chef, ich schaffe …«

»Entweder du ermittelst vorübergehend allein, oder der Fall geht an Brühl und Szepanek.«

»Schon gut. Ich schaffe das. Ganz sicher«, gelang es Winter endlich, den Satz zu vollenden.

Emmerich hingegen war keinesfalls so überzeugt. Er musterte seinen Assistenten, ließ seinen Blick über dessen makellosen Aufzug und seine zarten Hände wandern. »Im *La Belle* geht es teilweise sehr derb und hart zu«, sagte er schließlich. »Nackte Frauen, betrunkene Männer, dazu die gewalttätigen Revierkämpfe der Verbrecherorganisationen. Und dabei ist das Lokal noch eines der harmloseren Etablissements, da gibt es noch weitaus schlimmere. Was, wenn deine Ermittlungen dich ins *Pirelli* führen? Oder ins *Gruber*? Oder, Gott bewahre, ins *Para* …«

»Sie haben es doch vorhin am Tatort selbst gesagt«, unterbrach Winter ihn. »Wenn ich es bei Leib und Leben zu etwas bringen will, dann muss ich mich abhärten. Ich muss mich an solche Einrichtungen gewöhnen. Da ist es doch gut, wenn ich endlich einmal ins kalte Wasser springen kann.«

»Ganz schön gefährlich, so ein Haifischbecken für einen Schwimmanfänger.« Emmerich seufzte und fasste seinen

Assistenten an den Schultern. »Ferdinand, ich fühle mich nicht wohl dabei, dich allein in dieses Umfeld zu schicken.«

»Ich habe in den letzten Monaten viel von Ihnen gelernt«, versicherte Winter. »Ich mache mir ehrlich gesagt mehr Sorgen darum, wie Sie sich in dem Kurs schlagen werden.«

Emmerich setzte zu einer Antwort an, da hörte er, dass Gonskas Bürotür geöffnet wurde und Schritte auf dem Flur erklangen. *Ich will Sie im Polizeigebäude nicht mehr sehen.* Hastig griff er nach seiner Jacke. »Ich muss gehen«, flüsterte er.

»Haben Sie noch irgendwelche Ratschläge für mich?«, fragte Winter.

Emmerich dachte kurz nach und seufzte erneut. »Tu einfach immer genau das Gegenteil von dem, was du normalerweise tun würdest.«

6

Nachdem Emmerich fort war, setzte Winter sich an seinen Schreibtisch und starrte in den Raum. Es war sonderbar, das Büro plötzlich ganz für sich allein zu haben.

Er erhob sich wieder, ging auf und ab und versuchte, sich an seine neue Rolle als leitender Ermittler zu gewöhnen – denn genau das war er nun: der Chef.

Das Adelsaufhebungsgesetz hatte ihm und seiner Familie die Titel geraubt, die Inflation das Geld vernichtet und die politische Lage das Ansehen ramponiert. Seit dem Ende der Monarchie hatte er eine Demütigung nach der anderen einstecken müssen. Konnte es tatsächlich sein, dass es für ihn endlich wieder bergauf ging? Emmerich war kein schlechter Vorgesetzter, doch der Gedanke, mehr Verantwortung zu tragen, war reizvoll.

»Kriminalinspektor Ferdinand Winter«, sagte er leise. »Ich bin für den Fall verantwortlich.« Die Worte fühlten sich gut an. Er streckte den Rücken durch, reckte das Kinn in die Höhe und lächelte. »Aus kleinem Anfang entspringen alle Dinge«, fiel ihm ein Ausspruch von Cicero ein.

Guten Mutes trat er hinaus auf den Flur und lief in Richtung Sekretariat, da er Fräulein Grete die Neuigkeiten erzählen wollte.

»Da ist aber einer fröhlich.« Peter Brühl kam ihm entgegen, stellte sich ihm in den Weg und grinste.

»Na und?«, fragte Winter. »Das ist ja wohl nicht verboten,

oder? Und wie es scheint, haben Sie selbst ziemlich gute Laune.«

Brühls Grinsen wurde breiter. »So ist es.«

»Schön.« Winter machte einen Bogen um Brühl und ging weiter.

»Genießen Sie die Heiterkeit«, rief Brühl ihm hinterher. »Genießen Sie sie, so lange sie anhält. Oft ist so ein Anflug von Freude schneller vorbei, als man denkt.«

Winter blieb stehen und drehte sich um. »Was meinen Sie damit?«, fragte er.

»Ach nichts«, sagte Brühl, doch seine Miene strafte ihn Lügen. Langsam öffnete er die Tür zu seinem Büro und verschwand darin, während er leise die Melodie von *Das Glück is a Vogerl* pfiff.

Winter starrte ihm hinterher. Das gute Gefühl von gerade eben war verpufft, und an seine Stelle war ein diffuses Unbehagen getreten.

7

Auf der Straße schlugen Emmerich eine Wand aus Hitze und der beißende Geruch nach Ammoniak entgegen. Der Urin der Polizeipferde, deren Stallungen sich ganz in der Nähe befanden, stank im wahrsten Sinne des Wortes zum Himmel.

Er ging bis in die Berggasse, blieb kurz im Schatten des Tandelmarktes stehen und dachte über seine Lage nach: Zehn Tage würde er in der Schwarzenbergkaserne interniert sein. Zehn Tage, in denen er nicht an dem Fall der toten Nackttänzerinnen arbeiten konnte. Selbst wenn Winter etwas herausfand – was unwahrscheinlich war –, würden bis zu seiner Rückkehr alle Spuren kalt sein. Brühl würde frohlocken.

Und dann gab es da noch Emil, Ida und Paul – Luises Kinder, um die er sich seit ihrem Tod ganz allein kümmerte.

Emmerichs Vermieterin, Frau Seidl, die momentan eher unfreiwillig auf die Kleinen aufpasste, riss langsam der Geduldsfaden. »Ich bin Hofratswitwe, kein Kindermädchen«, hatte sie vor wenigen Tagen verkündet. »Es ist an der Zeit, dass Sie endlich eine Lösung finden.« Wie würde sie die Ankündigung aufnehmen, dass sie eineinhalb Wochen ganz alleine mit den dreien zurechtkommen musste?

Und was würden die Kinder sagen? Seit dem Tod ihrer Mutter waren sie voll und ganz auf ihn fixiert.

Emmerich schob die Sorgen beiseite und überlegte, was es noch zu tun galt, bis er den vermaledeiten Kurs antreten musste. Er wischte sich mit einem Taschentuch den Schweiß von der Stirn und wollte schon sein Hemd weiter aufknöpfen, als er das kleine, silberne Amulett berührte, das an einem Lederband um seinen Hals hing. Er erstarrte. Der Anhänger mit der Schlange, die sich selbst in den Schwanz biss, war das einzige Zeugnis, das er von seiner Mutter hatte. Und dank des verfluchten Kurses bot sich ihm heute die letzte Chance herauszufinden, wer sie war und wo sie lebte.

Alles hatte vergangene Weihnachten begonnen. Nachdem ein Artikel samt Foto über ihn in der *Wiener Illustrierten* erschienen war, hatte er einen Brief erhalten. ICH WEISS, WO IHRE MUTTER IST, hatte darin gestanden. Gesendet hatte das Ganze eine gewisse Helene Wissmayer, eine alte Dienstmagd, die behauptete, seine Mutter zu kennen.

Der Gedanke an die gierige Kuh ließ Emmerichs Laune ins Bodenlose sinken. Sie hatte sich nämlich nicht aus Nächstenliebe, sondern aus reiner Habsucht an ihn gewandt. Satte fünftausend Kronen wollte sie für die Information haben – Geld, das er sich über mehrere Monate mühselig vom Mund hatte absparen müssen. Als er die Summe dann im Juni endlich zusammengekratzt hatte, verlangte sie plötzlich noch mehr, und zwar sage und schreibe einhundert Dollar. Das waren umgerechnet fast achttausend Kronen. Ein kleines Vermögen, das er nicht besaß. Kinderschuhe kosteten dreihundert Kronen, ein Ei dreizehn, eine Fahrt mit der Straßenbahn sieben.

»Beeilen Sie sich mit dem Auftreiben«, hatte Wissmayer ihm damals nachgerufen. »Am 15. Juli wandere ich nämlich aus. Nach Chicago.« Bei der Erwähnung der Stadt – bei ihr klang es wie »Tschickägo« – hatten ihre Augen angefangen zu glitzern.

»Verdammt«, hatte er gemurrt und war zu Schobers Verabschiedung gegangen.

Emmerich strich über den Anhänger. Alles in ihm sträubte sich dagegen, der alten Wissmayer so viel Geld in den Rachen zu werfen. Was, wenn sie eine Betrügerin war? Aber selbst wenn nicht, wenn sie seine Mutter tatsächlich kannte: Wollte er die Frau, die ihn einfach so ausgesetzt hatte, wirklich kennen lernen?

Er seufzte und humpelte in Richtung Ringstraße.

»An Lavendel hab i da, wer nimmt ma an a?«, rief eine alte Frau am Schlickplatz und hielt Emmerich einen Bund violetter Blüten entgegen. Die Lavendelfrauen machten dieser Tage ein gutes Geschäft, da die Hitze den Gestank von Schweiß, Müll und Pferdemist, der in allen Poren der Stadt hing, noch weiter intensivierte.

»Es gibt Wichtigeres, als gut zu riechen«, winkte Emmerich ab und ging weiter. Er hatte kein Geld für solche Späße. Er brauchte jeden Heller.

Auf der Terrasse des Café Landtmann saßen elegant gekleidete Frauen mit großen Hüten und nippten an ihren Kaffeetassen. Bei Emmerichs Anblick rümpften sie die Nasen und fingen an zu tuscheln.

Er beschloss, sich jeglichen Kommentar zu verkneifen – er brauchte seine Energie und seine Nerven für einen ganz bestimmten Mann, der sehr wahrscheinlich im Inneren des noblen Lokals saß und Hof hielt: Veit Kolja. Er war der Einzige, den er kannte, der über Devisen verfügte.

Seit seinem Einzug ins Parlament residierte der ehemalige Unterweltboss nicht mehr im Café Central, sondern war ins Café Landtmann gewechselt. Und tatsächlich: Bereits von

Weitem sah Emmerich, wie Kolja ganz hinten an einem der typischen runden Kaffeehaustische mit den hellen Marmorplatten thronte. Er war mit zwei wohlgenährten, breitbeinig dasitzenden, Zigarre rauchenden Männern im Gespräch. Als Emmerich das Café betrat, verabschiedeten sich die beiden gerade mit einem festen Handschlag von Kolja, der sich lächelnd eine Notiz in ein Heft machte, das vor ihm auf dem Tisch lag.

Emmerich seufzte leise. Er und Kolja hatten als Kinder dieselbe Hölle durchlebt. Die Schläge und Demütigungen im städtischen Waisenhaus, den Hunger und die Verzweiflung. Schon komisch, wie unterschiedlich ihre Lebenswege verlaufen waren. Das Schicksal hatte sie an völlig gegensätzliche Enden des Gesetzes gespült. Und nun machte ausgerechnet der Ganove Kolja auf Politiker.

Emmerich steuerte direkt auf ihn zu und wollte sich gerade bemerkbar machen, als ein drahtiger kleiner Kerl auf ihn zustürzte.

»He«, rief er. »Sie können sich nicht einfach vordrängeln.«

Erst jetzt sah Emmerich, dass am Nebentisch eine Reihe weiterer Männer saß, die offenbar auf eine Audienz mit dem neuen Parlamentsabgeordneten wartete. »Und ob ich das kann«, herrschte er den Mann an.

»Emmerich.« Kolja sah hoch und deutete auf die Polizeimarke, die Emmerich in der Hand hielt. »Noch im Dienst?« Er zog die Mundwinkel hoch und ließ das für ihn typische Haifischgrinsen erstrahlen.

»Ich bin immer im Dienst.«

»Ach ja?« Kolja nahm genüsslich einen Schluck von seinem Einspänner, einem kleinen Mokka, der von einer üppigen Haube aus Schlagobers bedeckt war.

»Und du bist schon wieder dabei, das Gesetz zu brechen. Einmal ein Lump, immer ein Lump. Daran kann auch ein gekauftes Mandat nichts ändern.« Emmerich zeigte auf die Tasse in Koljas Hand. »Schlagobers ist und bleibt ein gesetzlich verbotenes Luxusgut – genau wie Kipferl, Semmeln und Stritzeln.«

»Ich kann nichts dafür, ich hab nur bestellt. Da musst du schon dem Herrn Kaffeehausbesitzer eine Anzeige schreiben. Aber halt!« Kolja machte eine theatralische Pause und legte den Kopf schief. »Du kannst ja momentan gar keine Amtshandlungen vornehmen.«

Emmerich schaute ihn fragend an.

Kolja lehnte sich zurück und verschränkte die Arme vor der Brust. »Die Spatzen pfeifen von den Dächern, dass du beurlaubt bist. Es geht sogar das Gerücht um, dass dir mal ordentliche Manieren beigebracht werden sollen.« Er lachte schallend, nahm noch einen Schluck von seinem Einspänner und wies auf den leeren Stuhl gegenüber. »Was kann ich für dich tun, alter Freund? Brauchst du eine neue Arbeit? Wenn deine Position nämlich von deinen Umgangsformen abhängt, sehe ich schwarz für dich. Einmal ein Sauprolet, immer ein Sauprolet.« Erneut lachte er so laut, dass es wohl bis nach draußen hörbar war.

Die Männer, die am Nebentisch auf ihre Unterredung mit Kolja warteten, bedachten Emmerich mit giftigen Blicken, als sich dieser setzte.

»Es geht um etwas Privates.«

»Verstehe.« Kolja senkte die Stimme. »Ist dir das Heroin ausgegangen? Ich kann dir welches besorgen. Das wird dich aber was kosten.« Gönnerhaft sah er Emmerich an.

»Ich bin sauber.« Emmerich beugte sich über den Tisch. »Ich brauche Devisen. Einhundert Dollar. Noch heute.«

Kolja pfiff leise durch die Zähne. »Hundert Dollar. Was willst du denn damit?«

»Ja oder nein?«

Kolja zog eine Augenbraue hoch. »Was habe ich davon?«

Emmerich schwieg.

»Schau, das ganze Leben ist doch ein Geben und ein Nehmen. Du willst etwas von mir, und ich bekomme dafür etwas von dir. Sagen wir …« Kolja blätterte in seinem Notizbuch. »Letzte Woche habt ihr den Balaka verhaftet. Einige Leute wären froh, wenn sich alles als Irrtum herausstellt und er ohne Anklage wieder rauskäme.«

Emmerich schüttelte den Kopf.

Kolja schlug die nächste Seite auf. »Wie wär's mit der Schanklizenz von der alten Schwenderin? Seit die Behörde ihr die entzogen hat, stehen sie und ihre Mädels kurz vor dem Ruin.«

Emmerich seufzte und machte Anstalten aufzustehen. »Dann halt nicht.«

Kolja schwieg und überlegte. »Fünfzehn Prozent Zinsen«, sagte er schließlich.

»Zehn.«

»Weil du's bist.« Kolja griff in seine Jackentasche und zog einen dicken Packen Scheine daraus hervor. »Hier«, sagte er und streckte Emmerich ein Bündel Kronen entgegen.

»Hast du was auf den Ohren? Ich brauche Dollar.«

Kolja blätterte durch das Geld, als ob es wertloses Papier wäre. »Ich hab nur achtzig. Den Rest kann ich dir bis morgen Mittag besorgen.«

»Morgen Mittag ist zu spät.« Emmerich seufzte und steckte die achtzig Dollar ein. Anschließend griff er sich Koljas Tasse sowie einen Löffel und schöpfte das Schlagobers aus dem Kaffee. Dann steckte er eine von Koljas

Zigarren ein, stand auf und wandte sich grußlos Richtung Ausgang.

»Dir gute Umgangsformen beizubringen«, rief Kolja ihm nach, »ist, als wolle man einem Schwein das Pfeifen lehren.« Er winkte den nächsten Bittsteller zu sich an den Tisch. »Eher friert die Hölle zu, als dass der sich jemals ordentlich benimmt«, murmelte er und sah Emmerich dabei zu, wie er nach draußen trat. »Eher friert die Hölle zu.«

Als Emmerich das Café verließ, traf ihn die Gluthitze des Nachmittags wie ein Schlag. Er zündete sich die Zigarre an und atmete deren würzigen Rauch ein. *Als wolle man einem Schwein das Pfeifen lehren*, hallten Koljas Worte in seinem Ohr nach. Apropos lehren: Was sie ihm wohl morgen eintrichtern wollten? Wie man höflich grüßte und sich bei förmlichen Gelegenheiten über Belanglosigkeiten austauschte? Wann man welches Besteck verwendete? Wie man sich richtig verbeugte?

»Alles totaler Blödsinn«, murmelte er und überquerte den Ring. »Überkandidelter Mist, und währenddessen läuft ein gerissener Mörder frei in der Stadt herum.«

Zwei elegant gekleidete Damen bedachten ihn mit einem pikierten Blick und wechselten die Straßenseite.

Emmerich schnaubte und ging schweigend weiter. Seinem Mund konnte er Einhalt gebieten, das Gedankenkarussell drehte sich jedoch ungebremst weiter. Er dachte an Winter und versuchte sich auszumalen, wie dieser sich heute Abend im *La Belle* schlagen würde. Die Vorstellung war amüsant und besorgniserregend zugleich.

Er blieb stehen, streckte sein schmerzendes Bein und entschied, sich wieder auf das Hier und Jetzt zu konzentrieren. Es war Dienstagnachmittag, und Helene Wissmayer war höchstwahrscheinlich in der *Goldenen Traube* in Ottakring anzutreffen. Den langen Weg in die Vorstadt konnte er jedoch unmöglich zu Fuß bewältigen, schon gar nicht bei diesen Temperaturen. Er humpelte zur nächsten Straßenbahnhaltestelle und wartete auf die Tramway. Als diese endlich vorfuhr, war sie so voll, dass er nicht einmal auf der offenen Plattform am Ende des hinteren Wagens einen Platz ergattern konnte. Zu dicht gedrängt standen die Menschen, zu eng waren ihre Leiber aneinandergepresst.

Die nächste Straßenbahn bot ein ähnliches Bild, und so entschied Emmerich, einen Fiaker heranzuwinken. »16. Bezirk. Goldene Traube«, sagte er und stieg ein.

»Zu Ihren Diensten.« Der Kutscher ließ die Zügel knallen.

Während sie über das glühende Kopfsteinpflaster polterten, lehnte Emmerich seinen Kopf gegen das kühle Glas der Fensterscheibe und blickte hinaus. Dabei stachen ihm die vielen Plakate ins Auge, die seit Neuestem die Stadt überzogen, als hätte ein bunter Ausschlag von ihr Besitz ergriffen. Sie alle priesen den Komfort und die Gastfreundschaft diverser Bars und Varietés an. Wie konnte es nur sein, fragte er sich, dass neben der zermürbenden Not, die in Wien herrschte, solch ein hemmungsloser Taumel möglich war? Wie konnten bitteres Elend und ausschweifender Luxus so völlig selbstverständlich nebeneinander bestehen? Er hoffte, dass bald der Tag kommen würde, an dem diese Ungerechtigkeit endlich ein Ende fand.

Emmerichs Gedanken wurden unterbrochen, als sie vor einem heruntergekommenen Wirtshaus stehen blieben, und der Kutscher den Fahrpreis nannte.

Emmerich traute seinen Ohren nicht. »Das kann nicht stimmen.«

»Doch, tut es.« Der Kutscher wiederholte die Summe.

»Das ist Wucher. Dafür könnte ich Sie einsperren.« Anstelle von Geld präsentierte er seine Marke.

»Von wegen Wucher«, gab der Kutscher sich wenig beeindruckt. »Lesen der Herr denn keine Zeitung? Wir haben seit heute Früh neue Preise. Wissen S', die Inflation …«

»Ja, aber Sie können doch über Nacht nicht hundert Mal teurer werden.«

»Sind wir eh ned, nur sechzig Mal. Hochoffizielle Anordnung der Fiakergenossenschaft. Ich kann nichts dafür.« Der Kutscher hielt die offene Handfläche hin und wartete auf seinen Lohn.

Die paar Kronen, die Emmerich dabeihatte, reichten nicht, um zu bezahlen. Widerwillig zog er drei Dollar aus dem Geldbündel, das er von Kolja erhalten hatte.

Der Kutscher grinste breit, als er die Devisen sah, und tippte sich an seinen Stösser, den typischen Fiakerhut.

Emmerich stieg aus.

»Danke, gnädiger Herr. Einen schönen Tag noch, gehaben Sie sich wohl.« Der Kutscher schnalzte mit der Zunge, und die Pferde setzten sich in Bewegung.

Emmerich wandte sich dem Wirtshaus zu, in dem Helene Wissmayer als Dienstmagd arbeitete, und betrachtete anschließend die siebenundsiebzig Dollar, die er in der Hand hielt. Es waren dreiundzwanzig zu wenig, trotzdem musste es reichen. Er würde ihr die Information entlocken, hier und heute, denn sobald die Alte das Schiff nach »Tschickägo« bestiegen hatte, würde das Geheimnis seiner Herkunft gemeinsam mit ihrem Dampfer über den großen Teich entschwinden und für immer ungelöst bleiben.

Er betrat die Gaststube der Goldenen Traube, eines klassischen Vorstadtlokals, und sah sich um. Der Raum mit den schweren Tischen aus dunklem Holz war heute so gut wie leer. Es roch nach abgestandenem Fett, die Tapeten und Vorhänge waren vergilbt, fast jede der braunen Fliesen, die den Boden bedeckten, hatte einen Sprung. Von der Eleganz eines Café Landtmann war hier nichts zu spüren, hier verkehrten die einfachen Leute. Dies war die Welt des Proletariats, das sich vom harten Arbeitsleben erholte. Hier trafen sich Dienstmädchen, Tagelöhner und einfache Arbeiter, um für wenige Stunden ihren beschwerlichen Alltag hinter sich zu lassen.

»Gar nix los heut?«, fragte Emmerich einen Kellner, der hinter dem Ausschank stand und gerade einen Doppler aus dem Kühlkasten holte.

»Hocken alle im Hof.« Der Mann zeigte auf eine Tür.

»Helene Wissmayer?«

»Sollte auch draußen sein.«

»Danke.« Emmerich nickte ihm zu, ging durch das Hinterzimmer und betrat den schattigen Gastgarten, der von einer hohen Mauer umzäunt wurde.

Unter großen Kastanienbäumen saß eine Vielzahl von Leuten an windschiefen Holztischen. Die Stimmung war gut, vermutlich waren alle froh, ein halbwegs kühles Plätzchen gefunden zu haben, und der Wein tat sein Übriges. Es wurde laut gelacht und wild durcheinandergesprochen, während eine Horde kleiner Kinder zwischen den Stühlen herumtollte.

Emmerich blickte sich um und entdeckte Helene Wissmayer im hinteren Teil der Anlage, wo sie gerade dabei war, einen völlig verdreckten Grillrost sauberzuschrubben.

Ihre Augen weiteten sich, als sie ihn sah. »Schau, schau, der Herr Inspektor.« Grinsend richtete sie sich auf und stemmte die Hände in die Hüften. »Ich wusste, dass wir uns vor meiner Abreise noch einmal wiedersehen würden.«

»Können wir uns irgendwo ungestört unterhalten?«

Sie deutete auf eine kleine Tür in der Mauer, und Emmerich folgte ihr in einen schmutzigen Hinterhof. Eine dicke Ratte huschte zwischen überquellenden Mülltonnen hindurch, die einen bestialischen Gestank verbreiteten.

»Bitte sehr.« Er hielt die Luft an und reichte ihr seine Dollar.

Wissmayer leckte sich über den Daumen und fing an, das Geld genüsslich einmal durchzuzählen. Sie wiederholte die Prozedur und kniff die Augen zusammen. »Hundert. Wir sagten hundert.«

»Mehr konnte ich auf die Schnelle nicht beschaffen. Und mehr werde ich bis zu Ihrer Abreise auch nicht auftreiben können. Das muss reichen.«

Wissmayer schien sich damit nicht abspeisen zu lassen. Sie versenkte die Scheine in ihrem Dekolleté, verschränkte die Arme vor der Brust und sah ihn trotzig an. »Wir hatten eine Abmachung.«

Emmerich stieg die Zornesröte ins Gesicht. Er trat ganz nah an sie heran. »Jetzt hören Sie mir mal genau zu. Meine Lebensgefährtin wurde ermordet. Seither muss ich mich allein um ihre drei Kinder kümmern. Die Preise steigen jeden Tag, aber mein Gehalt nicht. Ich brauche jeden Heller. Für Nahrung, Kleidung und Schuhe. Ich muss Schulhefte kaufen und Bücher, Spielsachen und Medikamente.«

Wissmayer zuckte mit den Schultern. »Und wenn schon«, zeigte sie sich wenig gerührt. »Drei G'schroppen sind eh überschaubar. Viele Kriegerwitwen haben fünf, sechs oder mehr. Stellen Sie sich nicht so an, Herr Inspektor.«

»Hören Sie …«

»Nein, Sie hören zu! Sie können so viel auf die Tränendrüse drücken, wie Sie wollen, aber die Mitleidsschiene zieht bei mir nicht. Ich hab mein Leben lang in Fabriken malocht und in Elendsquartieren gehaust. Und im Krieg hab ich im Lazarett gearbeitet, ich weiß, was Elend ist, und was Sterben bedeutet. Amerika ist meine letzte Chance auf ein gutes Leben. Also, wo ist mein Geld?«

Emmerich zeigte auf ihren Busen. »Sie können die siebenundsiebzig Dollar haben, oder Sie bekommen gar nichts. Mit meinem Gehalt und meiner privaten Situation ist nicht mehr drin. Es ist ein Wunder, dass ich überhaupt so viel habe auftreiben können.«

Sie stemmte die Hände in die Hüften und legte den Kopf schief. »Sie sind Polizist. Sie haben Mittel und Wege, um an Devisen zu gelangen.«

»Sie wollen, dass ich mich strafbar mache?«

»Jetzt stellen Sie sich nicht so an.« Sie sah ihn herausfordernd an. »Sie wären nicht der Erste und auch nicht der Letzte, der sich aus der Asservatenkammer bedient, sich schmieren lässt oder ein bisschen Schutzgeld eintreibt.«

»Wo kommen wir denn da hin? Es gibt Regeln, und zwar aus gutem Grund.«

»Wie Sie meinen.« Sie zuckte mit den Schultern und setzte an, zurück in den Gastgarten zu gehen. »Eine Mutter ...« Sie hielt inne und fasste an den Türknauf. »Das Wissen über die eigene Herkunft ...« Sie seufzte theatralisch und machte eine Handbewegung, als würde sie etwas wegwerfen. »Alles völlig überbewertet. Da sind Regeln und Gesetze natürlich viel wichtiger.«

Emmerich spürte, wie der Zorn in ihm weiter anwuchs, wie er zu einem großen, heißen Ball wurde, der ihn innerlich zu sprengen drohte. Was bildete sich dieses Weib bloß ein? Sie hatte kein Recht, ihm die Information vorzuenthalten. Den Schlüssel zu seiner Identität, die Antworten auf die vielen Fragen, die er sich im Laufe seines Lebens wieder und wieder gestellt hatte. »Halt!«

Wissmayer drehte sich um, ein triumphales Lächeln umspielte ihre Mundwinkel. »Ich nehme die siebenundsiebzig Dollar als Anzahlung. Den Rest ...« Sie erstarrte, als sich das kalte Metall von Emmerichs Handschellen um ihr Handgelenk legte.

»Den Rest bereden wir auf der Inspektion.«

Wissmayer schien völlig überrumpelt. »Auf der Inspektion?«

Emmerich nickte. »Anstiftung zu einer Straftat – dafür kriegen Sie auf jeden Fall ein paar Jahre«, erklärte er. »Die Reise nach Amerika können Sie jedenfalls vergessen.«

»Anstiftung? Ich hab doch gar nichts gesagt. Oder haben Sie Zeugen?«

Emmerich packte sie an der Schulter. »Mein Wort gegen Ihres. Das Wort eines Kriminalinspektors gegen das einer vorbestraften Dienstmagd.« Nun war er an der Reihe, an den Türknauf zu fassen. »Weiß Ihr Arbeitgeber denn von den drei Monaten Zuchthaus wegen schwerem Diebstahl im vorigen Jahr?«

Wissmayer schluckte. »Sie ...«

»Was haben Sie denn gedacht? Haben Sie wirklich geglaubt, ich würde nicht Erkundigungen über Sie einziehen?« Er öffnete die Tür zum Gastgarten einen Spaltbreit.

Sie drückte sie mit ihrer freien Hand sofort wieder zu.

Dieses Mal war es an Emmerich, triumphierend zu grinsen. »Wusste ich's doch. Her mit den Informationen. Wie heißt meine Mutter, und wo finde ich sie?«

Wissmayer kaute schweigend auf ihrer Unterlippe herum und nickte schließlich. »Da hinten.« Sie zeigte auf die Backsteinmauer am Ende des Hofs. »Schauen Sie drüber.«

»Drüber?«

»Ich bin keine Frau großer Worte. Tun Sie's einfach. Sie werden schon verstehen.«

Emmerich zögerte, dann kettete er das andere Ende der Handschelle an ein eisernes Rohr, das an der Wand entlang verlief, und vergewisserte sich, dass alles fest saß. Dann trat er an die Mauer. Umständlich stieg er über eine zerbrochene Holzkiste und auf eine der stinkenden Mülltonnen. Sein Knie machte sich bemerkbar, aber er biss die Zähne zusammen und streckte die Arme nach oben. Gerade als er sich hochziehen wollte, hörte er hinter sich ein lautes Knacken. Er drehte den Kopf und sah, wie Helene Wissmayer sich aus der Handschelle wand. »Wie zur Hölle …«

Triumphierend streckte sie ihm ihre Hand entgegen, von der der Daumen sonderbar verrenkt abstand. »Dreiundzwanzig Dollar«, sagte sie. »Und nochmal zehn für das ganze Theater, das Sie schon wieder veranstaltet haben.« Sie öffnete die Tür zum Gastgarten. »In drei Tagen bin ich weg. Es ist Ihre Entscheidung.«

»Haben Sie sich den Daumen ausgekugelt? Oder gar gebrochen?« Emmerich, der noch immer auf der Mülltonne balancierte, starrte auf den malträtierten Finger. »Sie sind ja wohl verrückt«, sagte er. »Wegen Geld tun Sie sich das an?«

»Es geht ja nicht nur um Geld. Es geht um meine Zukunft. Und außerdem: Schmerz ist vergänglich, die Devisen verschaffen mir ein neues Leben. Es ist alles eine Frage der Perspektive.« Sie blickte Emmerich direkt ins Gesicht, biss die Zähne aufeinander und renkte den Daumen wieder ein. Kurz schloss sie die Augen vor Schmerz.

»Sie spinnen.« Emmerich versuchte, von der Tonne zu klettern, was gar kein so einfaches Unterfangen darstellte.

»Es kommt immer darauf an, wie sehr man etwas wirklich will.« Wissmayer lachte. »Wie sehr wollen Sie die Wahrheit über Ihre Herkunft erfahren?« Sie wartete kurz auf eine Antwort, doch als sie ausblieb, schlüpfte sie durch den Türspalt und verschwand.

Emmerich setzte ihr nach, so schnell er konnte, aber sein vermaledeites Bein machte der Verfolgung einen Strich durch die Rechnung. »Wo ist die Frau?«, rief er den Gästen entgegen, da Helene Wissmayer nirgends mehr zu sehen war. »Sie muss eben hier durchgekommen sein.«

Niemand schenkte ihm Beachtung. Der Wein, die Kinder, das bisschen Schatten – all das schien den Anwesenden um Welten wichtiger zu sein als Emmerichs Problem.

»Na warte«, murmelte er. »Früher oder später krieg ich dich. Früher oder später werde ich herausfinden, was du über meine Mutter weißt.«

8

Die Schatten der Häuser waren länger geworden, doch die Hitze schien unverändert. Jede Mauer und jeder Pflasterstein strahlte Wärme ab, und die Luft flirrte wie in einem wirren Fiebertraum.

Eine weitere Kutschfahrt konnte und wollte Emmerich sich nicht leisten, also schleppte er sich zu Fuß den langen Weg von Ottakring bis in die Josefstadt, wo er mit den drei Kindern von Luise wohnte. Nach einer gefühlten Ewigkeit kam er endlich in der Piaristengasse an und stieg völlig durchgeschwitzt die Treppe hoch in den ersten Stock. Der Schmerz in seinem Knie verwandelte sich dabei von einem leisen Brennen zu einem schrillen Pulsieren, und er musste immer wieder innehalten. »Verdammte Italiener«, murmelte er und humpelte mit zusammengebissenen Zähnen an der Bassena vorbei. »Als hätte ich nicht schon Probleme und Sorgen genug.« Er öffnete die Wohnungstür und hielt inne.

Irgendetwas stimmte nicht.

Normalerweise drang lautes Gezanke oder das Getrappel von kleinen Kinderfüßen aus der Wohnung, doch heute war es merkwürdig still. Stiller als es an einem Ort, an dem drei Kinder lebten, sein sollte.

»Bitte nicht«, murmelte Emmerich. »Nicht noch mehr Ärger.« Mit angehaltenem Atem ging er durch den Flur und setzte langsam einen Fuß vor den anderen. Die Dielen knarzten unter seinen Schuhen, und dann war da plötzlich ein Knirschen zu vernehmen.

Er schaute nach unten und sah, dass der Boden mit Scherben und vertrockneten Blumen bedeckt war. Ein kurzer Blick auf die Kommode bestätigte seine Befürchtung: Dort, wo sonst unter gewölbtem Glas Frau Seidls Hochzeitsbuketts standen, herrschte gähnende Leere. »Schei …«, setzte er an und schluckte den Rest des Wortes hinunter. Frau Seidl hatte Fluchen strengstens untersagt, genauso wie das Rennen, das Schreien und das Rauchen – dabei hätte er nichts lieber getan, als sich eine Zigarette anzuzünden.

»Ich bin zu Hause«, rief er. »Wo sind denn alle?«

Plötzlich ertönte ein leises Schluchzen aus dem Wohnzimmer und beantwortete seine Frage.

Emmerich holte tief Luft, bereitete sich auf das Schlimmste vor und öffnete die Tür.

Auf dem Sofa lag Frau Seidl und weinte, während die Kinder mit betroffenen Mienen um sie herumstanden.

»August«, rief Ida und eilte mit ausgebreiteten Armen auf ihn zu.

Er hob sie hoch. Sie war leicht wie ein kleiner Vogel. »Ist dir etwas passiert? Geht es dir gut?«

Das Mädchen nickte.

Emmerich versicherte sich, dass auch die beiden Jungen unverletzt waren, und atmete erleichtert auf. »Was ist hier los?«, fragte er.

»Es war keine Absicht«, murmelte Emil.

»Genau«, bestätigte der kleine Paul.

»Doch«, flüsterte Ida in Emmerichs Ohr. »War es schon.«

Emmerich blickte zu Frau Seidl, die sich mittlerweile aufgesetzt hatte und mit einem spitzenbesetzten Taschentuch über ihre Wangen tupfte.

»Ich kann nicht mehr«, sagte sie mit belegter Stimme. »Es ist zu viel.«

»Was ist passiert?«, versuchte Emmerich noch einmal herauszufinden, was geschehen war.

»Emil und Paul sind herumgerannt und haben Feuerwehr gespielt«, erklärte Ida.

»Stimmt überhaupt nicht, du blöde Kuh!«, rief Emil.

Ida zeigte ihm die Zunge. »Der Paul hat erst ein Häferl kaputtgemacht, und dann haben sie die Hochzeitsblumen runtergeschmissen«, petzte Ida munter weiter.

»Das war das Einzige, das mir von meinem Ludwig geblieben ist«, schluchzte Frau Seidl. »Mein lieber, guter Ludwig. Gott hab ihn selig.«

Emmerich verkniff sich die Bemerkung, dass sie noch Schmuck von ihm hatte – und eine satte Witwenpension. »Das tut mir sehr leid«, sagte er. »Und den Kindern sicher auch. Nicht wahr?«

Emil und Ida nickten stumm. Emmerich bedeutete ihnen, sich bei Frau Seidl zu entschuldigen. Paul kletterte auf das Sofa, schlang seine Ärmchen um sie und vergrub sein Gesicht in ihrem üppigen Busen. »So leid«, murmelte er.

Sie erwiderte die Umarmung, strich dem Jungen übers Haar und blickte Emmerich ernst an. »Sie wissen, dass ich die Kinder sehr ins Herz geschlossen habe«, sagte sie. »Doch bei aller Liebe, Herr Emmerich, es ist zu viel. Zu viel Lärm. Zu viel Aufregung. Zu viel Chaos. Ich bin eine alte Frau mit einem schwachen Herzen. Ich passe sehr gern hie und da mal auf die drei auf, aber jeden Tag …« Sie schüttelte den Kopf. »Sie hatten mir versprochen, dass dieses Arrangement nur vorübergehend ist und Sie sich eine eigene Wohnung suchen. Mittlerweile sind es fast acht Monate.«

»Ich weiß«, gab sich Emmerich schuldbewusst. »Und wir wären auch schon längst ausgezogen, wenn es nicht so verdammt schwierig wäre, eine Bleibe zu finden, die ich mir leisten kann.« Ida zappelte auf Emmerichs Arm. Er strich ihr beruhigend über den Kopf.

»Wie weit sind Sie denn mit der Suche nach Ihrer Mutter? Wenn Sie sie endlich finden, kann sie ja vielleicht auf die Kinder aufpassen. Oder noch besser …« Frau Seidls Augen weiteten sich. »Vielleicht könnten Sie und die Kinder ja bei ihr unterkommen.«

»Sackgasse«, erklärte Emmerich kurz und knapp. »Die Frau, die weiß, wo meine Mutter ist, will Geld von mir. Mehr Geld, als ich habe.«

»Verstehe.« Frau Seidl schnäuzte sich und starrte ein paar Sekunden lang Löcher in die Luft. »Jedenfalls kann es so nicht weitergehen«, erklärte sie schließlich.

Emmerich stellte Ida zurück auf den Boden und beugte sich zu ihr hinunter. »Schau, ob du noch ein paar von den Blumen retten kannst. Pass aber gut auf, dass du dich nicht an den Scherben schneidest«, wies er sie an und zeigte auf Emil. »Und du holst den Besen, und du, Paul, holst einen Kübel.«

»Aber …«, setzte Emil an.

»Keine Widerrede.« Sein Tonfall war streng, und die Kinder verließen mit gesenkten Köpfen den Raum.

»Ich habe es ernst gemeint.« Frau Seidl stand auf und ging zu einem schmalen Bücherregal, auf dem neben kleinen Porzellanengeln und einem gerahmten Bild von Kaiser Franz Joseph auch eine halb volle Flasche Likör stand. Sie holte ein Glas, schenkte sich nicht zu knapp ein, nahm einen Schluck, schloss die Augen, atmete durch und drehte sich zu Emmerich. »Es kann so nicht weitergehen.«

Emmerich dachte an den Disziplinarkursus und schluckte. Der Zeitpunkt konnte nicht schlechter sein. »Frau Seidl, Sie sind ein echter Schatz, und ich möchte Ihre Geduld nicht länger als nötig ausreizen. Es ist nur so …«

»Sie müssen ausziehen«, erklärte sie. »Meine Gesundheit macht das nicht mehr länger mit.«

Er sah sie an. Ihre Miene war eindeutig. Sie meinte es genau so, wie sie es sagte.

»Ich kümmere mich darum, sobald ich …« Er hielt inne und schluckte. »… sobald ich zurück bin.«

Frau Seidl kniff die Augen zusammen und legte den Kopf schief. »Zurück von was?«

Emmerich streckte seine Hände abwehrend von sich. »Es ist nicht meine Schuld«, sagte er. »Ich bin zu einem Kurs verdonnert worden. Ich werde für zehn Tage in der Schwarzenbergkaserne interniert. Ich habe versucht, aus der Chose wieder rauszukommen, aber mein Vorgesetzter …«

Frau Seidls Gesicht nahm eine ungesund rote Farbe an. »Zehn volle Tage?«, rief sie und bewegte ihre Hände fahrig in der Luft, sodass der Likör aus dem kleinen Glas schwappte. »Wie stellen Sie sich das vor?« Sie schenkte sich nach und stellte die Flasche mit einem lauten Knall auf den Tisch. Dabei schüttelte sie energisch den Kopf. »Auf keinen Fall. Die drei bringen mich noch ins Grab.« Demonstrativ atmete sie ein und fasste sich ans Herz.

»Ich werde Frau Blecha und Frau Orowitz bitten, Ihnen zu helfen. Oder jemand anderen aus dem Haus. Sobald ich zurück bin, lasse ich mir eine Lösung einfallen.« Emmerich trat hinaus auf den Flur, wo die Kinder gerade damit beschäftigt waren, den Schlamassel aufzuräumen. Emil, der Älteste, fegte sorgfältig die letzten Splitter der Glaskuppel zur Seite und half dann seiner Schwester, die vertrockneten

Blumen vom Boden aufzusammeln. Viel war von Frau Seidls Hochzeitsbukett nicht mehr übrig. Emmerich beobachtete, wie die drei konzentriert auf dem Boden knieten und versuchten, Ordnung in das Chaos zu bringen. Selbst Paul half mit seinen kleinen Händchen mit und zupfte einzelne Blüten aus dem Scherbenhaufen.

Frau Seidl hatte recht. Er musste endlich eine eigene Bleibe finden. Diese Wohnung war nicht für Kinder gemacht. Sie war zu klein, zu dunkel, und es gab zu viele Verbote. Emmerich konnte ihnen nicht die Mutter ersetzen, aber eine bessere Umgebung mit genügend Platz und einer freundlichen Betreuung war er ihnen schuldig. Sie sollten es besser haben als er damals. Koste es, was es wolle.

Er zwängte sich an den Kindern vorbei und holte eine kleine Schaufel aus der Besenkammer. Dann kniete er sich unter großen Schmerzen neben Emil auf den Boden und half ihm, die Glasscherben aufzukehren. »Ab jetzt macht ihr keinen Unsinn mehr, ja?«

Sie nickten stumm.

»Ich meine es ernst. Hört zu«, setzte er an. »Ich muss für zehn Tage zu einem Kurs.«

»Was für ein Kurs?«, fragte Paul.

»Einem Kurs für … Einem, also, äh, also ich muss ein paar Dinge lernen.«

»Du musst in die Schule?«

»So ähnlich. In eine Art Schule für Erwachsene. Eigentlich eher so was wie ein Internat.«

Die drei sahen ihn fragend an.

»Egal«, winkte Emmerich ab und leerte die Scherben in den Eimer. »Ich muss jedenfalls eineinhalb Wochen weg.«

»So lange?« Pauls Oberlippe begann zu beben.

Emmerich nahm ihn in den Arm. »Du wirst sehen, die Zeit vergeht ganz schnell.« Er sah sie ernst an. »Ihr müsst mir versprechen, dass ihr brav seid. Kein Streit, kein Rennen, keine Scherben.«

Ida schürzte die Lippen. »Immer müssen wir still sein. Gar nichts dürfen wir. Seit Mama ...« Ihre Stimme begann zu zittern, ihre Augen wurden feucht.

»Wenn ich zurück bin, unternehmen wir gemeinsam etwas Schönes«, sagte Emmerich schnell. »Dann gehen wir in den Zoo oder in den Zirkus.«

»Ich will auf den Rummel«, rief Paul. »Den im Volksgarten.«

»Au ja«, stimmte auch Ida mit ein, und selbst Emil nickte, der die Ideen seiner kleinen Geschwister meist als Kinderkram abtat.

»Versprochen?«

»Versprochen«, sagte Emmerich und nahm sich fest vor, dass es der schönste und aufregendste Tag in ihrem Leben werden sollte.

9

Er saß in seinem Arbeitszimmer, warmer Wind blies durch das offene Fenster, trug den Geruch des Sommers zu ihm herein: den Duft von Flieder und frisch gemähtem Gras, unterlegt mit dem beißenden Unterton von heißem Teer. Grillen zirpten im Garten, eine einsame Nachtigall sang, als würde ihr Leben davon abhängen.

Die Karaffe, die vor ihm auf dem Schreibtisch stand, war beschlagen. Kondenswasser rann an ihrer Seite herab und bildete eine kleine, kalte Pfütze auf dem dunklen Nussbaumholz.

Normalerweise würde er die Feuchtigkeit schnell aufwischen, bevor sie in die Pläne und Notizen, die er gerade bearbeitete, einziehen und sie verunstalten konnte, doch heute hatte er keinen Blick dafür. Zu sehr waren seine Gedanken noch immer mit dem Anruf beschäftigt, der ihn in der vergangenen Nacht ereilt hatte.

Es gab da ein Problem …

Zwei tote Mädchen, brutal erschlagen.

Er seufzte, stand auf und schloss das Fenster. Anschließend griff er nach dem Telefon. Der Tod der jungen Frauen – so tragisch er auch sein mochte – hatte ihn nicht abgeschreckt. Im Gegenteil. Er hatte ihn in seinem Vorhaben bestärkt. Was er zu tun gedachte, war richtig und nötig. Das Chaos an allen Fronten wurde immer größer, und die Dunkelheit, die die Welt zu verschlingen drohte, von Tag zu Tag mächtiger. Lange hatte er alle Für und Wider abgewogen und war zu dem Schluss gelangt, dass er das Unterfangen wagen musste. Es war riskant, doch es gab keine Alternative. Alles was er tun konnte, war das Risiko zu minimieren und zu versuchen, die Zügel in der Hand zu behalten.

Er wählte und wartete, bis die Leitung hergestellt war. »Sind Sie allein?«, fragte er, nachdem sich endlich jemand gemeldet hatte.

»Ja.«

»Gut.« Er setzte sich auf die Schreibtischkante. »Ich habe mich entschieden. Wir ziehen es durch. Geben Sie Ihren Kontakten in Budapest Bescheid. Alles verläuft wie geplant.«

»Ich bin froh, das zu hören.«

»Was den Zwischenfall anbelangt …«

»Es tut mir leid, dass ich die Tasche verloren habe. Wie oft soll ich das noch …«

»Schon gut. Was geschehen ist, ist geschehen. Lassen Sie uns den Blick wieder nach vorn richten.« Er schenkte sich Wasser ein. Das Glas fühlte sich angenehm kühl in seiner Hand an. »Wir müssen Schadensbegrenzung betreiben.«

»Es ist kein Schaden entstanden.«

»Zwei junge Frauen sind tot.«

»Die beiden sind selbst schuld an ihrem Schicksal. Außerdem kann niemand ihren Tod mit uns in Verbindung bringen, und schon gar nicht mit unserem Plan.«

»So einfach ist es leider nicht. Ich habe mich umgehört. Der leitende Ermittler in dem Fall ist ein gewisser August Emmerich. Der Kerl soll ein harter Hund sein, zäh wie ein sibirischer Häuselratz. Ein ehemaliges Waisenkind aus der Gosse, dem gescheiterte Existenzen sehr am Herzen liegen. Er war es, der die Misericordiae Nuntius hat auffliegen lassen. Gut möglich, dass er tiefer gräbt, als es gut für uns ist.«

Verhaltenes Lachen drang an sein Ohr. »Keine Sorge. Fortuna ist uns hold. Dieser Emmerich wurde nämlich von dem Fall abgezogen.«

Er nahm einen Schluck und ließ das eiskalte Wasser seine Kehle hinunterrinnen. »Ach ja?«

»Ja.« Das Lachen wurde lauter. »August Emmerich ist der Kerl, der Schober auf der Feier im Juni einen miserablen Kanzler nannte. Können Sie sich erinnern?«

»Natürlich.«

»Der Vorfall hat jetzt ein Nachspiel. Emmerich muss morgen in der Schwarzenbergkaserne zu einem zehntägigen Disziplinarkursus antreten. Sein Assistent, Ferdinand Winter, ermittelt allein.«

»Hmmm.« Er rieb sich das Kinn.

»Dieser Winter ist ein blutiger Anfänger, ein zarter Bursche ohne jegliche Erfahrung und Härte. Der hat zwar, im Gegensatz zu Emmerich, gute Manieren, aber dafür weder Ausdauer noch Durchsetzungsvermögen. Alles wendet sich zu unseren Gunsten.«

Der andere schien auf eine freudige Reaktion zu warten, doch zunächst erfüllte Schweigen die Leitung. »Das gefällt mir nicht«, meinte er schließlich.

»Warum?«

»Weil es ein viel zu großer Zufall ist, und ich glaube nicht an Zufälle. Außerdem: Schobers Abschiedsfeier als Polizeipräsident ist über einen Monat her. Warum folgen die Konsequenzen erst jetzt?«

»Wahrscheinlich wollten die Leute aus dem Innenministerium warten, bis sie genügend Teilnehmer für den Kurs zusammenhatten. Wie das Schicksal es will …« Erneut folgte Stille. Dieses Mal war sie jedoch nicht erwartungsvoll, sondern verunsichert.

»Raus mit der Sprache.«

»Unser Mann ist auch dort.«

»Was?« Vor lauter Schreck fiel ihm das Glas aus der Hand und zerschellte auf dem Boden. »Und das sagen Sie mir erst jetzt?«, zischte er. Er musste sich zusammenreißen, den Mann am anderen Ende der Leitung nicht anzuschreien.

»Ich habe es auch gerade erst erfahren.«

»Herr im Himmel«, murmelte er, bückte sich und hob eine Scherbe auf, ließ sie aber sofort wieder fallen, als er sich an dem scharfen Glas schnitt. »Das ist nicht gut. Das ist gar nicht gut.«

»Was, wenn es wirklich nur ein Zufall ist? So was soll doch immer wieder mal vorkommen.«

»Haben Sie nicht gehört, was ich vorhin gesagt habe? Ich glaube nicht an Zufälle. Finden Sie heraus, was dahintersteckt und …« Er betrachtete den dunkelroten Blutstropfen, der aus seiner Fingerkuppe quoll.

»Was noch?«

»Kümmern Sie sich um diesen Emmerich.«

10

Das Unbehagen war nach Brühls kryptischer Aussage nicht mehr verschwunden und hatte sich nun in Nervosität verwandelt. Mit klopfendem Herzen stand Ferdinand Winter auf der anderen Straßenseite gegenüber dem *La Belle* und fragte sich, woher das beklemmende Gefühl kam. »Es ist nicht das erste Mal, dass du dich in Wiens Halbwelt begibst«, sagte er leise zu sich selbst. *Aber es ist das erste Mal ohne Emmerich*, antwortete eine kleine Stimme in seinem Kopf.

Um sich abzulenken, betrachtete er das Gebäude, in dem sich das Etablissement befand. Es sah völlig unspektakulär aus, ein ganz normales Haus, mit grauer Fassade und einer schlichten, schmalen Eingangstür aus Holz. Wenn nicht darüber in geschwungenen Neonlettern der Name des Klubs geleuchtet hätte, hätte man es für ein ganz gewöhnliches Wohnhaus halten können.

Als drei gut gekleidete Männer vor dem Einlass stehen blieben, wurde die Tür einen Spaltbreit geöffnet. Lautes Lachen und orientalische Klänge drangen hinaus auf die Straße, ein Hauch von Exotik und Ausgelassenheit erfüllte die Luft und gab das *La Belle* als das zu erkennen, was es für die meisten seiner Gäste war: eine bunte Oase von Heiterkeit in einem ansonsten grauen Meer aus Armut und Not.

»*Still durch den Sand der Sahara dahin*«, sang eine Männerstimme. »*Die Karawane sich zieht, welche der Forscher, der junge aus Wien, führt in ein neues Gebiet.*«

Ein breitschultriger Kerl, in dessen Mundwinkel eine Zigarre klemmte, trat auf die Straße, musterte die drei Ankömmlinge und nickte.

»*Salome – schönste Blume des Morgenlands*«, sang die Männerstimme nun lauter, als der Rausschmeißer die Tür weit öffnete, um die neuen Gäste willkommen zu heißen. »*Salome – wirst zur Göttin der Lust im Tanz. Salome – reich den Mund mir wie Blut so rot. Salome – deine Küsse sind süßer Tod.*«

Winter hatte keine Lust auf Küsse und schon gar nicht auf einen süßen Tod. Am liebsten wäre er umgekehrt und hätte sich wieder im Büro an seinen Schreibtisch gesetzt, weit weg vom echten Leben.

Ferdinand, ich fühle mich nicht wohl dabei, dich allein in dieses Umfeld zu schicken. Emmerich hatte ihn verunsichert, hatte so getan, als wäre das *La Belle* eine gefährliche Spelunke, in der er nie und nimmer allein bestehen würde.

Um sich von den unangenehmen Gedanken abzulenken, wandte Winter seine Aufmerksamkeit zwei weiteren elegant gekleideten Männern zu, die eben aus einem Autotaxi gestiegen waren. Ihre Lackschuhe glänzten, sie trugen Anzüge aus feinem Stoff, und im Neonlicht der Leuchtschrift blitzen ihre Siegelringe auf. Lächelnd nickten sie dem Türsteher zu, als wären sie alte Bekannte.

Der grobschlächtige Kerl trat tatsächlich sofort zur Seite, deutete eine leichte Verbeugung an und ließ die Gäste ein.

»Von wegen gefährliches Haifischbecken für einen Schwimmanfänger«, murmelte Winter. Von den Männern, die eben das Lokal betreten hatten, unterschied ihn wenig, und auch sonst wirkte das Lokal ziemlich harmlos.

Er ärgerte sich über die Bevormundung seines Vorgesetzten und überquerte entschlossenen Schrittes die Straße. Seit

Luise tot war, tat Emmerich fast so, als wäre er eines von den Kindern – ein unselbstständiges Gör, das man beschützen und behüten musste. Vielleicht war dieser Disziplinarkursus das Beste, was ihnen beiden hatte passieren können. Emmerich würde endlich Manieren lernen, und er konnte zeigen, was in ihm steckte.

Mit erhobenem Haupt trat er an die Tür und nickte dem Rausschmeißer zu, so wie er es vorhin beobachtet hatte.

Der Kerl sah ihn forschend an, schließlich erwiderte er die Geste.

Leise atmete Winter auf und streckte den Rücken durch. Die erste Hürde hatte er gemeistert. Er würde jetzt hineingehen, wichtige Spuren sammeln, vielleicht sogar den Fall lösen. Er freute sich schon auf Emmerichs Gesicht, wenn er ihn in ein paar Tagen mit seinem Ermittlungserfolg konfrontieren würde. Mit einem Lächeln auf den Lippen betrat er das *La Belle*.

Vor ihm tat sich ein pompös eingerichteter Saal auf, der auf den ersten Blick an ein Theater erinnerte. Vorn befand sich eine Bühne, die von samtbezogenen Stühlen gesäumt wurde, während man an den Flanken logenartige Sitznischen eingebaut hatte. Die meisten dieser Separees waren mit ineinander verschlungenen Pärchen besetzt, vor denen Champagnerflaschen auf kleinen Tischen standen. An den Wänden über ihnen saßen unschuldige Putten aus Gips, die mit Gold überzogen waren und dem wilden Treiben zusahen.

An allen Ecken und Enden war Gekicher, leises Stöhnen und Gemurmel zu vernehmen, es roch nach Zigarren und teurem Parfüm. Vielleicht war dies nicht der schönste Ort, den er sich vorstellen konnte, doch er war weit entfernt von der Spelunke, die Emmerich beschrieben hatte. Seine

Gedanken wurden jäh unterbrochen, als ihm jemand von hinten auf die Schulter tippte.

»You smoke? Fumare?« Eine junge Frau mit einem Bauchladen lächelte Winter an. Abgesehen von einem schmalen Höschen und zwei Quasten, die ihre Brustwarzen bedeckten, war sie völlig nackt.

Winter räusperte sich und senkte verschämt den Blick.

»You want cigars? Une cigarette?«

Winter schüttelte wortlos den Kopf und wandte sich ab.

Auf der Bühne hatten sich inzwischen mehrere Tänzerinnen in einer Reihe formiert. Auch sie waren nur mit Schlüpfern bekleidet, deren Stoff äußerst knapp ausfiel, sowie Stöckelschuhen, doch statt Quasten verdeckten kurze Uniformjacken ihre Brüste. Auf dem Kopf trugen sie kleine Kappen mit überdimensionalen Federn.

»Pardon.« Ein älterer Herr drängte sich an ihm vorbei, um sich einen der letzten freien Sitzplätze zu sichern.

Der Saal war proppenvoll, und es wurde Englisch, Französisch und Italienisch gesprochen, aber auch Tschechisch und andere Sprachen der ehemaligen Kronländer. Außer einigen bekannten Wiener Kriegsgewinnlern und Schleichhändlergrößen schienen fast nur Ausländer hier zu sein. War es etwa tatsächlich so, wie man sagte? Dass die Wiener sich noch immer nicht daran gewöhnt hatten, eigene Haustorschlüssel zu besitzen, und deshalb am Abend nicht ausgingen? Erst vor Kurzem war das sogenannte Sperrsechserl abgeschafft worden: Wer länger als zehn Uhr abends ausgeblieben war, hatte den Hausbesorger aus dem Bett klingeln und ihm eine Gebühr für seine Mühen entrichten müssen.

Als erste Takte einer flotten Marschmusik ertönten, erstarb das babylonische Stimmengewirr. Sämtliche Anwesenden verstummten und wandten ihre Aufmerksamkeit den Tänzerinnen zu, die sich nun im Rhythmus der Musik bewegten. Die jungen Frauen marschierten in einem übertriebenen Stechschritt auf und ab, paradierten bis zum Bühnenrand und imitierten stampfend die Schritte eines Militärregiments. Als sich der Marsch zu seinem Höhepunkt steigerte, rissen sie alle gleichzeitig die Uniformjacken auf und entblößten ihre blanken Brüste.

Die Männer grölten.

Winter zog sich an die Bar zurück, die sich im hinteren Teil des Raums befand, und sondierte die Lage. Keine der jungen Frauen sah aus wie Irina Novotny.

»What can I get for you?« Der Barmann sah ihn fragend an.

Winter warf einen Blick in die Getränkekarte, und ihm wurde sofort klar, warum so wenige Einheimische das *La Belle* mit ihrer Anwesenheit beehrten: Kaum ein anständiger, gesetzestreuer Wiener hätte die exorbitanten Preise, die hier angeschrieben waren, bezahlen können. Hundert Kronen für ein Glas Wein, hundertzwanzig für ein Bier? Was die Flasche Champagner kostete, stand erst gar nicht auf der Karte. Winter war überzeugt, dass es nur eines gab, das hier gefährlich war: die Preise.

Er überschlug, wie viel Kronen sich noch in seinem Portemonnaie befanden. Die Fahrt hierher hatte fast die Hälfte seines Geldes aufgefressen – wie hätte er auch ahnen können, dass die Beförderungstarife über Nacht um das Sechzigfache angestiegen waren?

»Nice butt«, rief ein breitschultriger Mann neben Winter und verpasste einer leichtbekleideten Kellnerin, die mit einem Tablett voller Gläser an ihnen vorbeiging, einen Klaps auf den Po. Anschließend lachte er und legte ohne mit der Wimper zu zucken ein Bündel Scheine auf den blankpolierten Tresen. »Champagne!«

Winter, der sich in der Nähe dieses Kerls unwohl fühlte, rümpfte die Nase. Er gestand es sich nur ungern ein, doch er hatte sich auch nach fast drei Jahren noch immer nicht an die neue Weltordnung gewöhnt. Der Krieg hatte nicht nur Millionen Menschenleben und die Monarchie ausgelöscht, sondern auch Sitte und Moral. Er dachte an früher, als er und Vertreter seines Standes noch reich und bedeutend waren. Bevor der Krieg und die Spanische Grippe die meisten seiner Familienmitglieder dahingerafft hatten, und in der Folge fast ihren gesamten Besitz. Damals hatte er nicht abwägen müssen, ob er sich ein Glas Wein leisten konnte, während der Pöbel neben ihm prahlte und protzte. Er seufzte. Unter dem Kaiser hätte es so etwas nicht gegeben. Die Galanterie hatte abgedankt, eine Zeit der Schurkerei war angebrochen.

Der Knall eines Sektkorkens holte ihn in die Gegenwart zurück. Schnell schob er die wehleidigen Gedanken beiseite. Er hörte sich schon an wie seine Großmutter.

»Qu'est que vous voulez boire?«, versuchte der Barmann es erneut.

»Ein Glas Wass …«, setzte er an, als ihm Emmerichs Worte einfielen. *Tu einfach immer genau das Gegenteil von dem, was du normalerweise tun würdest.* »Ein Bier.« Er verkniff sich das bitte.

Der Barmann nickte, brachte das Gewünschte und nannte den Preis.

Die hohe Summe schmerzte, aber Winter versuchte beim Bezahlen so zu tun, als wäre es eine Selbstverständlichkeit.

»Kronen?« Der Barmann sah Winter erstaunt an. Offenbar hatte er Devisen erwartet.

Rasch griff Winter nach seinem Glas und wandte sich ab. Er trank, nahm aber nur einen sehr kleinen Schluck. Das

Bier musste lange vorhalten – ein zweites konnte er sich heute Abend nicht mehr leisten.

Die Musik verklang. Die Männer applaudierten, während die Tänzerinnen von der Bühne trippelten, um sich unter das Publikum zu mischen.

»I want you«, rief der Kerl, der noch immer neben Winter am Tresen lehnte, als eine der Tänzerinnen an ihnen vorbeiging. Er packte sie am Arm und griff ihr zwischen die Beine.

Winter erstarrte vor Schreck, aber die Frau lachte nur kokett auf und patschte dem Engländer spielerisch tadelnd auf die Hand. »You naughty, naughty boy.«

Der Kerl raunte ihr schmutzige Dinge ins Ohr, und Winter rückte von den beiden ab. Er lenkte seine Aufmerksamkeit zurück auf den Saal. Die Stimmung war aufgeheizt, vor der Garderobe gab es ein Gerangel, und zwei große, muskelbepackte Aufpasser schleiften einen pöbelnden Franzosen zu einer kleinen Tür neben der Bar, die in der Tapete versteckt war. Sie rissen sie auf und beförderten ihn grob in eine schmutzige Seitengasse.

Winter nippte an seinem Bier und fragte sich, wie er weiter vorgehen sollte. Was würde Emmerich tun?

»Meine sehr verehrten Herren«, wurden seine Überlegungen durch einen Mann in Frack und Zylinder unterbrochen, der inmitten des Trubels versuchte, sich auf der Bühne Gehör zu verschaffen. »Geschätztes Publikum …« Nur langsam erstarb der Lärm. »Der Moment, auf den Sie alle gewartet haben, ist nun endlich gekommen.« Er machte eine theatralische Pause. »Die schöne Seraphine, bekannt von Moskau bis Paris, beglückt uns heute mit ihrer Anwesenheit. Lassen Sie sich von ihr in ihren Bann ziehen.« Er trat von der Bühne ab. Das Licht im Saal verdunkelte sich, Applaus und Pfiffe ertönten.

Auch Winter starrte gebannt auf den Scheinwerferkegel, der auf den linken Bühnenrand gerichtet war. Der Pianist schlug eine verführerische orientalische Melodie an, und kurz darauf erschien eine Gestalt. Sie war mit Schleiern verhüllt, durch die sich im Gegenlicht ein schlanker Körper abzeichnete.

Langsam schritt sie zur Mitte der Bühne und begann sich im Rhythmus der Musik zu bewegen. Sie ließ das Becken kreisen. Geschmeidig, erotisch, exotisch. An der Haltung ihrer Finger und der Wölbung ihrer Fußrücken konnte man erkennen, dass sie eine ausgebildete Tänzerin war, anders als die jungen Dinger von vorhin, die wohl noch nie in ihrem Leben einer echten Ballettaufführung beigewohnt hatten.

Im Saal war es nun ganz still geworden. Die Luft knisterte.

Elegant entledigte sich die schöne Seraphine eines Schleiers und ließ das hauchzarte Stück Stoff durch die Luft segeln.

Ein Mann in der ersten Reihe fing es auf und roch daran. »Geh', zieh dich schon aus, du weißt doch, was wir wollen«, rief er zur Bühne hinauf und lachte schmutzig. Die Männer um ihn herum taten es ihm gleich.

Winter mochte die anmutigen Bewegungen der Tänzerin, aber die derben Reaktionen der Männer verdarben ihm das Vergnügen an der Darbietung. Er dachte an die toten Mädchen in der Brigittenau. Hatten sie diese Schmach jeden Abend ertragen müssen? Die grabschenden Hände. Den Geifer. Die derben Sprüche. Die aufgeheizte Stimmung, die jederzeit in Gewalt umschlagen konnte. Hatte ihre Ermordung etwas mit ihrer Arbeit zu tun? Er spürte plötzlich die Last der Verantwortung, die normalerweise auf Emmerichs

Schultern ruhte. Es ging um mehr als nur die Aufklärungs-quote. Es ging vor allem um die Opfer. Er war es ihnen schuldig, den Mörder zu finden und ihnen dadurch zumin-dest ein bisschen Gerechtigkeit angedeihen zu lassen.

Winter sammelte sich und rief nach dem Barmann.

»Noch eins?«, fragte der.

»Danke, ich hab noch«, winkte Winter eilig ab und beugte sich anschließend Vertraulichkeit suchend zu ihm. »Ich habe ein paar Fragen bezüglich der Mädchen, die hier arbeiten.«

»Sie sind wohl zum ersten Mal hier.« Der Barmann grinste, als Winter nickte. »Keine Sorge«, erklärte er in ei-nem jovialen Tonfall. »Es ist ganz einfach.« Er fasste nach dem Geschirrtuch, das über seiner Schulter lag, und begann, Gläser zu polieren. »Sehen Sie den Mann da vorn? Den mit dem silbernen Spazierstock? Das ist der Impresario. Warten Sie, bis der Schleiertanz zu Ende ist, dann sagen Sie ihm, welches Mädchen Ihnen gefallen hat. Er regelt dann alles.«

Winter nickte.

Die schöne Seraphine hatte sich in der Zwischenzeit zwei weiterer Schleier entledigt, sie zeichnete sich jetzt klarer ab. Je nachdem wie das Licht auf sie fiel und den transparenten Stoff durchdrang, konnte man bereits einige Körperteile er-ahnen.

Je mehr sie sich entblößte, desto unflätiger wurden die Kommentare. Die Männer hatten überhaupt kein Auge für die eleganten, fließenden Bewegungen der Tänzerin – ihnen ging es nur darum, sie nackt zu sehen.

»Runter mit de Fetz'n!«, grölte ein Besucher.

Winter nahm sein Bier und schlängelte sich zwischen den Tischen hindurch. Dabei schenkte er den Männern abfällige Blicke. Die hatten einen Disziplinarkurs um einiges nötiger als Emmerich.

Seraphine ließ sich nicht beirren. Konzentriert vollführte sie eine Pirouette nach der anderen und blieb schließlich mit dem Rücken zum Publikum stehen. Sie nahm den letzten Schleier in ihre Hände und riss ihn sich mit einer gekonnten Bewegung vom Leib. Die Musik verstummte, als sie nun endlich hüllenlos auf der Bühne stand und sich langsam umdrehte. Die Arme über den blanken Brüsten gekreuzt hielt Seraphine kurz inne. Dann reckte sie das Haupt in die Höhe und streckte ihre Arme aus. Ihr nackter Körper strahlte im Scheinwerferlicht.

Die Besucher klatschten, sprangen von ihren Stühlen auf und drängten sich nach vorn. Doch bevor ihre gierigen Hände nach Seraphine greifen konnten, erlosch das Scheinwerferlicht, und die Tänzerin verließ rasch die Bühne.

»Entschuldigung«, wandte Winter sich an den Impresario. Reflexartig fasste er an seine Polizeimarke, um sich auszuweisen, hielt jedoch im letzten Augenblick inne. *Tu einfach immer genau das Gegenteil von dem, was du normalerweise tun würdest.* Er ließ die Marke also stecken und trank einen Schluck Bier. »Es geht um die Mädchen«, sagte er. »Der Barmann meinte, ich solle mich an Sie wenden, wenn ich mit ihnen reden möchte.«

»Reden, höhöhö.« Der Mann grinste breit. »Das lässt sich einrichten«, sagte er in einem verschwörerischen Tonfall. »Mit welcher von ihnen würden S' denn gern Konversation betreiben?«

Winter kam eine Idee. »Ist die Irina vielleicht hier? Die Irina Novotny?«

Die Miene des Impresarios verdüsterte sich. »Das Miststück ist heute nicht zur Arbeit erschienen«, zischte er. »Genauso wenig wie ihre beiden Busenfreundinnen. Das ganze Programm haben wir deswegen umstellen müssen. Das werden die drei Futen mir büßen.« Er kratzte sich mit dem silbernen Knauf seines Spazierstocks am Kopf. »Wie auch immer … Sie werden mit einer anderen vorliebnehmen müssen.« Seine Wut wirkte authentisch. Der Mann wusste ganz offensichtlich nicht, dass zwei seiner Hupfdohlen tot waren und eine weitere verschwunden. »Welche darf's denn sonst sein?«

»Welche es sonst …« Winter hatte nicht auf die Tänzerinnen geachtet, daher sagte er den erstbesten Namen, der ihm in den Sinn kam. »Seraphine?«

Sein Gegenüber schnalzte anerkennend mit der Zunge. »Sie haben einen exquisiten Geschmack.« Er musterte ihn. »Einen sehr exklusiven, teuren Geschmack.«

Der abschätzige Blick des Mannes schmerzte Winter. Wie kam dieser schmierige Zuhälter dazu, ihn wie ein Stück Vieh zu taxieren? In einem Anflug von Trotz straffte er seine Haltung und sah dem Mann direkt in die Augen. »Noblesse oblige.«

»Adel gibt's keinen mehr, und auch als er noch existierte, hat er sich nie jemand anderem gegenüber verpflichtet als sich selbst«, erwiderte der Impresario trocken. »Von hochtrabenden Titeln und einem edlen Stammbaum kann man sich heutzutage nichts mehr kaufen. Für Dollar, Franc oder Lire hingegen …«

Winter sackte wieder in sich zusammen. »Ich habe nur Kronen.«

Das Grinsen erlosch. »Eine halbe Stunde mit der schönen Seraphine kostet eintausend.«

»Eintausend?« Winter riss die Augen auf. Nach der Taxifahrt und dem Bier konnte er sich nicht mal eine Minute mit ihr leisten.

»Dachte ich mir.« Der Mann schien seine Gedanken gelesen zu haben. »Die schöne Seraphine ist nur was für die neue Geld-Aristokratie. Der alte Blut-Adel schaut da leider durch die Finger.« Er legte seinen Arm um Winters Schultern und deutete mit dem Spazierstock auf die Tänzerinnen, die im Publikum herumgingen. »Wie wär es mit einem der jungen Dinger, die vorhin so schön mit den Ärschen gewackelt haben? Für dreihundert kannst du eine halbe Stunde mit der blonden Thea alles anstellen, was du möchtest.« Er zwinkerte Winter zu. »Sogar reden.«

»Ich hab nur fünfzig.«

Der Mann sah ihn mit einer Mischung aus Arroganz und Mitleid an. »Leg die Manschettenknöpfe drauf«, sagte er schließlich und wies auf seine Hemdsärmel. »Dann gebe ich dir zehn Minuten.« Er lachte schmutzig. »So wie du aussiehst, brauchst du sowieso nicht länger.«

Winter kam gar nicht dazu, sich über die Beleidigung Gedanken zu machen, zu brüskiert war er über die dreiste Forderung. »Die Manschettenknöpfe?« Er starrte auf die goldenen Erbstücke. Auf ihnen war das Familienwappen der von Winters eingeprägt, und sie waren eines der letzten Besitztümer, die die schweren Zeiten nach dem Krieg überdauert hatten. »Die sind viel mehr wert.«

Erneut fasste er an seine Dienstmarke, erneut dachte er an Emmerichs Worte und unterdrückte den Impuls, sich als Polizist auszuweisen. Alles im *La Belle* schien professionell organisiert zu sein. Der Impresario und seine Handlanger waren mit allen Wassern gewaschen und auf alle Eventualitäten vorbereitet. Auf offiziellem Weg würde er nichts herausfinden.

»Nimm das Angebot an oder lass es bleiben.« Der Impresario zuckte mit den Schultern und wollte sich schon abwenden.

Winter rang mit sich. »Na gut«, murmelte er schließlich. Schweren Herzens nahm er die Manschettenknöpfe ab und legte sie, gemeinsam mit seinem restlichen Geld, in die Hände des Mannes.

Zufrieden nickend, steckte der Impresario die Habseligkeiten ein.

In Winters Hals bildete sich ein Kloß, als ein Stück seiner Familiengeschichte in der Tasche dieses ordinären Typen verschwand. Doch er hatte nicht viel Zeit, seinen Erbstücken nachzutrauern, denn der Mann bedeutete ihm zu folgen.

Gemeinsam gingen sie durch eine unscheinbare Tür, die in einen dunklen Korridor hinter der Bühne führte. Hier war nichts mehr von der Opulenz des Saals zu erkennen. Anstelle vergoldeter Putten hingen große Spinnennetze an der Decke, die Luft war stickig und roch nach einer Mischung aus Schweiß und Staub.

Am Ende des Flurs, von dem zu beiden Seiten mehrere Türen abgingen, saß eine ältere Frau auf einem schäbigen Holzstuhl und strickte bedächtig vor sich hin.

»Thea«, raunte der Mann ihr zu. »Nummer drei.«

Ohne ein Wort zu verlieren, stand sie auf und schlurfte davon.

Der Impresario öffnete währenddessen eine der Türen und führte Winter in ein kleines Zimmer.

»Zehn Minuten. Viel Vergnügen beim Reden, du Plaudertasche.« Mit diesen Worten verschwand er.

Winter setzte sich auf den einzigen Stuhl in dem spartanisch ausgestatteten Zimmer, in dem sonst nur ein schmales Bett stand. Er wartete und starrte dabei auf seine Manschetten – die leeren Knopflöcher starrten zurück wie offene Wunden. Als die Tür aufging, riss es ihn aus seinen trüben Gedanken.

Eine blonde junge Frau, die noch die knappe Tanzuniform trug, betrat mit einem genervten Gesichtsausdruck die Kammer. Als sie Winter sah, hellte sich ihre Miene auf, und sie schenkte ihm mit ihren tiefrot geschminkten Lippen ein verführerisches Lächeln. »Ich bin Thea.« Noch ehe er etwas entgegnen konnte, knöpfte sie die Jacke auf und ließ sie zu Boden gleiten. Dann schob sie sich langsam ihr Höschen von den Hüften, wobei sie die ganze Zeit Blickkontakt hielt.

Winter wusste nicht, was er tun oder sagen sollte, und sah verlegen an ihr vorbei.

Thea stand nun mit nicht mehr als einem Hauch Parfüm bekleidet vor ihm. »Na?« Sie trat auf ihn zu, sodass sich ihre Scham direkt vor seinem Gesicht befand.

Der junge Polizist bekam heiße Ohren und rang nach Worten. Er räusperte sich. »Mein Name ist Ferdinand Winter.« Er beugte sich an ihrem schmalen Körper vorbei nach vorn, hob ihre Uniformjacke auf und reichte sie ihr, ohne sie dabei anzublicken.

Sie nahm das Kleidungsstück in die Hand und sah ihn irritiert an. »Was magst du denn am liebsten, Ferdinand?« Sie warf die Jacke aufs Bett, kniete sich vor ihn hin und strich mit den Händen die Innenseite seiner Beine entlang bis hoch zu seinem Schritt, wo sie kurz zupackte. Dann begann sie langsam seine Hose aufzuknöpfen.

Winter stand eilig auf und schob sie von sich. »Ich möchte gerne reden.«

Thea musterte ihn kopfschüttelnd, setzte sich auf die Bettkante und zog unter dem Kopfkissen eine Zigarette hervor. Dabei sah sie fast ein bisschen enttäuscht aus. »Endlich mal ein Fescher«, murmelte sie. »Und dann will er bloß reden.«

Winter hatte wieder auf dem Stuhl Platz genommen. »Es geht um Irina Novotny«, kam er direkt zur Sache. Die Uhr tickte, und je schneller er Informationen bekam, desto schneller konnte er endlich aus dem *La Belle* verschwinden. »Wissen Sie zufällig, wo ich sie finden kann?«

»Die Novi?« Thea schürzte die Lippen. »Was willst du denn von der? Die macht seit Neuestem lauter so widerlichen Kram. Du siehst gar nicht aus, als ob ...«

»Es geht nicht darum.« Er blickte auf die Tür. Die zehn Minuten würden bald um sein.

»Außerdem bin ich doch viel hübscher als die Novi.« Thea stand auf und stellte ihr Bein auf die Bettkante, sodass Winter ihre Schenkel und ein bisschen mehr sehen konnte. Auffordernd sah sie ihn an. »An dem Hungerhaken ist doch kaum was dran. Bei mir hast du wenigstens was zum Angreifen.«

Er wich zurück. »Irina hat Ärger. Ich muss sie finden.«

Thea hatte wohl eingesehen, dass mit Winter nichts laufen würde. Sie ließ sich auf das Bett fallen, fasste erneut unter das Kissen und zog ein Streichholzheftchen darunter hervor. Sie zündete ihre Zigarette an und blies den Rauch an die Decke des schäbigen Zimmers. »Was für Ärger?« Das Laszive war aus ihrer Stimme und aus ihrem Blick verschwunden. Mit einem Mal wirkte sie kindlich und müde und erinnerte Winter an seine freundliche junge Nachbarin, die im Hotel Gloria als Zimmermädchen arbeitete.

Er überlegte. Wie viel sollte er ihr verraten? »Was können Sie mir über Irina und ihre Mitbewohnerinnen erzählen? Mizzi Proll und Traude Rechberger. Hatten die drei vielleicht Streit mit jemandem? Gab es Probleme?«

»Nicht mehr oder weniger als normalerweise.« Thea zuckte mit den Schultern. »Betrunkene Kerle«, fing sie an aufzuzählen. »Lumpen, die nicht bezahlen wollen. Depperte Lackeln, die keinen hochkriegen und uns die Schuld geben. Männer, die …«

Draußen waren Schritte zu vernehmen. »Wann haben Sie die drei das letzte Mal gesehen?«, unterbrach Winter.

»Gestern.«

»Ist Ihnen dabei irgendetwas aufgefallen? Hatten sie vielleicht Angst? Waren sie vorsichtiger als sonst? Wirkten sie gehetzt?«

»Pudern willst nicht, aber komische Fragen stellen schon.« Thea schüttelte den Kopf. »Die drei sind heute nicht zur Arbeit erschienen, das ist das Einzige, was anders ist als sonst. Unser Herr Impresario hat getobt. Wir haben das ganze Programm ändern müssen. Mizzi, Traude und die Novi hätten nämlich ›Das große Welttheater‹ aufführen sollen.« Als sie Winters fragenden Blick sah, stand sie auf, streckte splitterfasernackt den Rücken durch und reckte die rechte Hand in die Höhe. »Wer bin ich?«

Winter sah sie verwirrt an.

Thea verdrehte die Augen. »Na, die Freiheitsstatue natürlich, Dummerchen. Du schaust gebildeter aus, als du bist.«

Winter musste lächeln.

»Jedenfalls sind die drei heute nicht erschienen, also gab's statt dem Welttheater unsere übliche Tanzeinlage.« Sie setzte sich wieder aufs Bett und kaute auf ihrer Unterlippe herum. »Ich glaube, ich werd' den Impresario bitten, dass ich ab sofort das große Welttheater machen darf. Solche Einlagen bringen bessere Kundschaft als das Popowackeln.«

Winter schielte zur Tür, die sich nun jederzeit öffnen konnte. »Bitte«, sagte er. »Alles, was Sie wissen, hilft mir sehr.«

»Naja«, überlegte Thea laut. »Wenn ich da so drüber nachdenke … Die Novi hatte in letzter Zeit ziemlich viel Geld. Mehr als sonst.« Sie kratzte sich am Kopf. »Das perverse Zeug machte sich bezahlt. Vielleicht hatte sie auch einen Gönner. So wie viele der Mädchen.« Verschwörerisch lächelnd musterte sie Winter, bis ihr Blick an den offenen Manschetten hängen blieb. Sie seufzte leise.

Winter zog die Ärmel seines Jacketts darüber. »Hat sie gesagt, um wen es sich handelt?«

»Nein, aber …«

»Aber was?«

»Vielleicht hat sie deshalb mit Mizzi und Traude gestritten. Vielleicht waren die beiden eifersüchtig, oder sie hat ihn einer von ihnen ausgespannt. Zutrauen würde ich es ihr.«

Winter wurde hellhörig. »Die drei haben gestritten?«

Thea nickte. »Die Novi wollte aus der gemeinsamen Wohnung ausziehen. Das hatte sicher was mit der neuen Geldquelle zu tun. Der war einfach nichts mehr gut genug. Mizzi und Traude waren darüber natürlich empört, weil zu zweit die Miete ja um einiges teurer ist als zu dritt. Die haben sich ganz schön angezickt in letzter Zeit.«

Winter überlegte. War es möglich, dass der Streit der drei Frauen so eskaliert war, dass Irina Novotny die beiden anderen umgebracht hatte? Wandelte sie sich gerade von einer Zeugin zur Hauptverdächtigen? »Wie groß ist Irina?«, fragte er. »Und wie kräftig? War sie den anderen beiden körperlich überlegen?«

»*War?*« Thea stand langsam auf, ohne ihn dabei aus den Augen zu lassen, und trat zur Tür. »Du bist komisch. Ich glaub, mit dir stimmt was nicht.« Sie umschloss mit ihren Fingern die Klinke. »Hast du was mit ihnen gemacht?«, fragte sie. Unbehagen lag in ihrer Stimme. »Sind sie darum nicht zur Arbeit gekommen?«

»Nein, um Gottes willen«, versuchte Winter sie zu beruhigen. »Ich bin doch kein gefährlicher Irrer. Im Gegenteil – ich bin von der Polizei.«

Aber sein Versuch schlug fehl. Thea riss die Augen auf, dann stürzte sie hinaus auf den Flur. »Polizei, Polizei!«, schrie sie und rannte davon.

»Thea! Warte!« Winter wollte ihr hinterherlaufen, doch der Impresario stand bereits da und schnitt ihm den Weg ab.

»So so, ein Kieberer also.« Er baute sich vor Winter auf und schlug mit seinem silberbeschlagenen Spazierstock gegen dessen Brust. »Glaubst wohl, du kannst dich einfach hier einschleichen und meine Mädels erschrecken.« Er wandte sich an zwei kräftig gebaute Kerle, die hinter ihm aufgetaucht waren. Es waren die Männer, die Winter schon vorne im Zuschauerraum gesehen hatte. »Raus mit der feigen Sau.«

Die Rausschmeißer packten Winter an den Oberarmen. Er stolperte, doch darauf nahmen sie keine Rücksicht. Sie zerrten ihn durch den Korridor in den Bühnenraum, wo sich sämtliche Anwesenden zu ihnen umdrehten.

Winter wäre vor Scham am liebsten im Boden versunken, doch es tat sich kein rettendes Loch auf. Er versuchte mit gepresster Stimme zu intervenieren. »Danke, ich finde den Weg alleine.« Doch die beiden Aufpasser erfüllten stur ihren Auftrag. »Ich bitte Sie, ich bin Polizist. Sie können mich doch nicht einfach so …«, versuchte er es erneut.

»Gusch, Kieberer.«

Die Männer um ihn herum zeigten mit ihren Fingern auf Winter und grinsten schadenfroh, als er grob zur Seitentür hinaus in die Gosse gestoßen wurde.

Winter fiel hart auf den schmutzigen Asphalt.

»Lass dich hier nie wieder blicken.« Mit einem lauten Krachen fiel die Tür hinter ihm ins Schloss. Es roch nach Pisse, Erbrochenem und fauligem Müll, während der Asphalt noch warm von der Hitze des Tages war.

Einige Augenblicke blieb Winter auf dem Boden sitzen, den Kopf gesenkt, um Atem ringend. Niemals zuvor hatte man ihn so würdelos behandelt. Niemals zuvor hatte er so sehr bei der Arbeit versagt. Und niemals zuvor hatte er sich so sehr nach Emmerichs Anwesenheit gesehnt.

Er schaute auf seine Hände, mit denen er versucht hatte, den Sturz abzufangen. Sie waren aufgeschürft und voller Dreck. Unter Schmerzen rappelte er sich auf und humpelte auf die belebte Hauptstraße. Dort lehnte er sich an einen Laternenpfahl und betrachtete seine leeren Manschetten und seine Hose, die vom Sturz aufgerissen war.

Auf der anderen Straßenseite ging ein elegant gekleidetes Pärchen vorbei. Die Frau flüsterte dem Mann an ihrer Seite etwas ins Ohr, woraufhin dieser abschätzig herüberblickte. Winter wandte sich schnell ab und trat zurück in die Dunkelheit. Er hatte versucht, alles richtig zu machen, und war kläglich gescheitert.

War er wirklich ein Nichts? Ein Nichts ohne Emmerich?

Mittwoch,
13. Juli 1921

11

Emmerich humpelte durch die erwachende Stadt in Richtung Schwarzenbergkaserne. In der einen Hand hielt er eine Zigarette, in der anderen einen kleinen Koffer. Viel hatte er für die kommenden zehn Tage nicht eingepackt, besaß er doch ohnehin nur das Nötigste und legte wenig Wert auf seine äußere Erscheinung.

Eine Droschke drosselte ihre Geschwindigkeit und fuhr im Schritttempo neben ihm her. »Taxi, der Herr?«, rief der Kutscher ihm zu.

»Schleich dich, Halsabschneider«, murrte Emmerich übellaunig. Er hatte schlecht geschlafen, sein Knie schmerzte mehr als sonst, und auch die Hitze machte sich bereits bemerkbar. Ein Pferdetaxi konnte er sich nicht leisten, außerdem genoss er die letzten Minuten in Freiheit, bevor er sich dem strengen Regiment des Disziplinarkursus unterwerfen musste.

»Übergabe Westungarns schon wieder verschoben! Österreich ist nicht in der Lage, das ihm zustehende Land ohne Mithilfe der Entente an sich zu nehmen.« Ein rotznasiger Zeitungsjunge sprang vor Emmerich auf den Gehsteig und streckte ihm die *Tagespost* entgegen. »Kaufen Sie eine. Damit Sie auf Ihrer Reise etwas zu lesen haben.« Er zeigte auf den Koffer.

»Wenn's nur eine Reise wäre«, murmelte Emmerich und ging weiter.

»Erhöhung der Postgebühren«, brüllte der Knirps weiter, doch Emmerich hörte gar nicht mehr zu. Stattdessen dachte er an Emil, Ida und Paul. Nur ungern hatte er sie bei Frau Seidel gelassen, und auch der Gedanke an Winter bereitete ihm Sorge. Wie er sich wohl im *La Belle* geschlagen hatte?

Er blieb stehen, rauchte fertig und überlegte. Er könnte kurz in der Abteilung Leib und Leben vorbeischauen und nach dem Rechten sehen. Das Büro lag zwar nicht auf dem Weg, aber … *Ich will Sie im Polizeigebäude nicht mehr sehen,* fielen ihm da Gonskas Worte wieder ein. *Absolvieren Sie die Schulung. Halten Sie sich an die Regeln. Eignen Sie sich endlich mal etwas Disziplin an.* Wenn er den Kurs schwänzte beziehungsweise gleich am ersten Tag zu spät kam, setzte er vermutlich seine berufliche Zukunft aufs Spiel und damit auch sein Einkommen. Für eine eigene Wohnung aber brauchte er jeden Heller.

Schweren Herzens setzte Emmerich sich wieder in Bewegung. Er ging am Akademietheater vorbei und bog in die Marokkanergasse ein. Vor der fünfstöckigen Schwarzenbergkaserne, die erst kurz vor dem Krieg errichtet worden war, versperrten große Fuhrwerke mit Baumaterialien die Einfahrt. Das Gebäude wurde derzeit renoviert, um den Ansprüchen der Alarm- und Schulabteilung der Bundespolizeidirektion gerecht zu werden, die hier bald einziehen würde.

Emmerich blickte auf die große Uhr, die über der Pförtnerloge angebracht war. Sie zeigte fünf Minuten vor acht. Noch fünf Minuten in Freiheit also. Er zündete sich gerade eine neue Zigarette an, als ein untersetzter Mann mit Halbglatze an ihm vorbeihastete. Auch er hatte einen Koffer bei sich.

Der Mann zog im Gehen ein Tuch aus der Hosentasche, tupfte sich eilig die Stirn ab und warf einen besorgten Blick auf die Uhr. Zielgerichtet steuerte er auf den Pförtner zu.

»Alfred Pötzlein, Telegrafenabteilung. Melde mich gehorsamst zum Disziplinarkursus.«

Der Pförtner musterte ihn amüsiert. »Stiege eins, dritter Stock, Zimmer 237«, entgegnete er schließlich. »Fräulein Rottmann wird Ihnen alles erklären. Aber beeilen Sie sich, Sie sind spät dran.«

Pötzlein nickte unterwürfig und lief zum Treppenaufgang.

Emmerich ließ sich Zeit, seine Zigarette zu Ende zu rauchen, warf den Stummel auf den Boden und trat ihn aus. »August Emmerich, Leib und Leben. Ich weiß schon Bescheid«, erklärte er dem Pförtner. »Stiege eins, dritter Stock, Fräulein Rottmann.« Bevor der Pförtner etwas erwidern konnte, hatte er bereits die erste Stufe genommen und war auf dem Weg nach oben.

Als er den letzten Treppenabsatz erklommen hatte, blieb er kurz stehen und wartete, bis der Schmerz in seinem Knie abgeklungen war. Der lange Flur, der sich vor ihm erstreckte, war menschenleer, der Geruch von frischer Kalkfarbe lag in der Luft, und aus einem entfernten Teil des Gebäudes drang lautes Hämmern und Sägen. Abgesehen davon war es still.

Emmerich genoss für einen Augenblick die angenehme Kühle des Gebäudes, dann humpelte er durch die Gänge, bis er endlich eine Tür fand, an der mit einer Reißzwecke ein handgeschriebener Zettel angebracht worden war. »237 Sekretariat« stand darauf, und Emmerich trat ein.

Der Raum war nur spärlich ausgestattet. Abgesehen von einer Standuhr, einem Aktenschrank und einem Schreibtisch, hinter dem eine ältere Dame saß, gab es keine Möbel.

»Sie gehen jetzt hinaus, klopfen an, und treten erst dann wieder ein, wenn ich Sie darum bitte.« Die Sekretärin, bei der es sich wohl um Fräulein Rottmann handelte, hatte Emmerich keines Blickes gewürdigt, sondern hielt die Augen demonstrativ auf die Unterlagen geheftet, die auf ihrem Schreibtisch lagen. Sie hatte die grau melierten Haare zu einem strengen Dutt hochgesteckt und trug eine makellos weiße Bluse und einen langen schwarzen Rock.

Emmerich zog aus seiner Jackentasche den zerknitterten Brief, auf dem alle Informationen zum Disziplinarkursus standen. »Ich bin wegen …«

»Weshalb Sie da sind, interessiert mich erst, wenn Sie sich wie ein zivilisierter Mensch benehmen.«

»Das muss ich mir von Ihnen nicht bieten …«

»Hinaus!« Ihre scharfe Stimme schnitt durch die Luft und erinnerte Emmerich an Schwester Erzsébet, die ihm im Waisenhaus das Leben zur Hölle gemacht hatte. Rottmann hob kurz den Kopf, schenkte ihm einen abschätzigen Blick und blätterte weiter in ihren Dokumenten.

Was bildete sich dieses Weibsstück bloß ein? Emmerich schwieg trotzig, nur das Ticken der Standuhr durchbrach die Stille. Vielleicht war jetzt der Moment gekommen, einfach zu gehen. Es war schließlich nicht seine Schuld, wenn er nicht vorgelassen wurde. Er dachte an Gonska, sein Gehalt und die Kinder – und entschied, dass es wohl besser war, gute Miene zum bösen Spiel zu machen.

Mit zusammengepressten Lippen wandte sich Emmerich um, wobei er aber seine Tasche demonstrativ im Raum zurückließ, und ging aus dem Zimmer. Er schloss die Tür hinter sich, wartete einige Sekunden und klopfte.

Die Sekretärin ließ sich Zeit. Zeit, in der Emmerichs Widerwille anschwoll und sich wie eine Hand um seine Kehle legte und zudrückte. Gerade als er unaufgefordert ins Zimmer zurückstürmen wollte, hörte er ein überdeutlich artikuliertes »Ja, bitte?«

Als er eintrat, umspielte ein Lächeln Fräulein Rottmanns Lippen. »Wie kann ich Ihnen helfen?«

Emmerich legte schweigend den Brief vor sie auf den Tisch.

Sie blickte zur Standuhr. »Sie sind zu spät.«

»Höchstens ein paar Sekunden.«

»Zu spät ist zu spät.«

Er schluckte den Schwall an Beschimpfungen hinunter, der ihm durch den Kopf ging. »Hm«, war alles, was er herausbrachte.

Frau Rottmann rückte ihre Brille zurecht. »Melden Sie sich bei Herrn Dr. Sebastian Schäfer im Osttrakt, Schulungsraum 250«, erklärte sie. »Tagwache ist um sechs Uhr. Von sechs Uhr fünfzehn bis sieben Uhr fünfzehn steht körperliche Ertüchtigung auf dem Plan.«

»Was?« Emmerich dachte, er habe nicht richtig gehört, und deutete auf sein Bein. »Ich bin kriegsversehrt.«

»Mens sana in corpore sano«, zeigte Rottmann sich unbeeindruckt. »Im Anschluss gibt es Frühstück. Unterrichtsbeginn ist um acht Uhr. Pünktlich.« Sie sah ihn mahnend an. »Mittagessen um zwölf Uhr dreißig in der Offiziersmesse, danach Fortsetzung des theoretischen Unterrichts bis siebzehn Uhr. Hinterher eine weitere Stunde Leibesübungen, dann Abendessen. Um zweiundzwanzig Uhr ist Zapfenstreich. Haben Sie das verstanden?«

Emmerich zwang sich zu nicken.

»Weshalb stehen Sie dann noch hier? Ich habe Ihnen doch gesagt, Sie sollen sich in Zimmer 250 melden.« Sie wies zur Tür.

»Kinder, Wohnung. Wohnung, Kinder«, ermahnte sich Emmerich nahezu lautlos, schnappte seine Tasche und ging hinaus, ohne zu grüßen. Hätte er doch nur damals bei Schobers Verabschiedung den Mund gehalten.

Eigentlich hatte Emmerich gedacht, seine Laune habe bereits den absoluten Nullpunkt erreicht, doch als er in den alten, unrenovierten Teil des Gebäudes kam, der nach saurem Schweiß und Schimmel roch, verdüsterte sich seine Stimmung noch weiter. Alles hier erinnerte ihn an das Waisenhaus, in dem er aufgewachsen war. Er hörte förmlich die Beschimpfungen und Demütigungen durch die Gänge hallen, genauso wie das Zischen des Rohrstocks. Das Gefühl, ein Nichts zu sein, ein Niemand, ein dummes Hurenkind, das keiner wollte, umhüllte ihn plötzlich wie eine dunkle Wolke.

Er dachte an die alte Wissmayer, die mit seinen siebenundsiebzig Dollar abgehauen war, dachte an seine Mutter, deren Namen er niemals erfahren würde – und die Hand, die seine Kehle umschloss, drückte noch fester zu.

Als er endlich die richtige Tür gefunden hatte, holte er tief Luft und betrat das Zimmer.

Erleichtert erkannte er, dass er und dieser Pötzlein, den er unten beim Portier gesehen hatte, nicht die Einzigen waren, deren Umgangsformen Besserungsbedarf hatten. In dem Raum, der wie ein typisches Klassenzimmer aussah, saßen auch noch vier andere Männer, die allesamt wie altgediente Haudegen wirkten. Genau wie Emmerich und Pötzlein schienen sie ziemlich genervt – er hätte nicht mit dem jungen Referenten tauschen wollen, der vorn am Lehrerpult stand.

»Dann wären wir jetzt ja vollzählig«, sagte der gut gekleidete Mann. Er war von Kopf bis Fuß geschniegelt und gestriegelt. »Nehmen Sie bitte Platz.«

Emmerich steuerte die letzte Reihe an, wollte so weit weg wie möglich von den anderen und von dem Lehrer sitzen – genauso wie er es schon während seiner Schulzeit gehandhabt hatte.

»Keine Angst, ich beiße nicht«, hielt der Referent ihn zurück und deutete auf einen leeren Stuhl direkt vor sich.

Widerwillig ließ sich Emmerich auf dem Streberplatz nieder und sah sich um. Linoleumboden, schmutzig-weiße Wände, bröckelnder Verputz. Er zuckte zusammen, als ihm plötzlich ein bekanntes Augenpaar entgegenstarrte. An der Wand hinter dem Lehrerpult hingen mehrere Fotos, und das größte war ein Porträt von Johann Schober, der gönnerhaft auf die Teilnehmer herabsah. Rasch wandte Emmerich den Blick ab.

»Guten Morgen, meine Herren. Mein Name ist Dr. Sebastian Schäfer. Ich werde diesen Kursus leiten«, stellte der junge Mann sich vor. Er verschränkte die Arme hinter dem Rücken, reckte das Kinn in die Höhe und musterte die sechs Delinquenten, während er oberlehrerhaft zwischen den Schulbänken auf und ab ging. Mit seinen zarten Händen und der leicht manierierten Sprache erinnerte er Emmerich an Winter. Wie es dem wohl gerade erging?

Die sechs Teilnehmer waren mucksmäuschenstill. Eisiges Schweigen erfüllte den Raum.

Emmerich drehte sich um und sah angespannte Kiefermuskeln, Lippen, die sich zu schmalen Strichen verengten, und geblähte Nasenflügel. Keinem der Anwesenden war es offenbar recht, von so einem jungen Schnösel belehrt und gemaßregelt zu werden.

»Ihren Mienen zufolge sind Sie nicht gerade erfreut darüber, hier zu sein«, hatte Schäfer richtig erkannt. Er sprach nasal und überdeutlich, akzentuierte jede einzelne Silbe.

»Glauben Sie mir, es wäre mir und den anderen Referenten auch lieber, wir könnten uns um erfreulichere Dinge kümmern. Doch wie man es auch dreht und wendet, wir sind nun mal hier und müssen das Beste daraus machen.« Er lächelte und entblößte dabei zwei Reihen perlweißer Zähne. »Wenn Sie sich alle zusammenreißen und kooperieren, werden die kommenden zehn Tage wie im Flug vergehen. Sehen Sie diesen Kurs als Chance und nicht als Bestrafung.«

Emmerich war nicht der Einzige, dem diese hohle Floskel nur ein müdes Lächeln entlockte.

»Ich werte das als Zustimmung«, fuhr Schäfer unbeirrt fort und wandte sich der Tafel zu. Auf dem dunkelgrünen Koloss waren mit geradlinigen, schnörkellosen Buchstaben Schlagworte wie »Anwesenheitspflicht«, »Gehorsam« und »Fehlzeiten« vermerkt.

Emmerich fühlte sich so sehr an seine Schulzeit erinnert, dass ihm ganz übel wurde.

»Kommen wir zuallererst zu den Regeln«, begann Schäfer.

Sämtliche Teilnehmer stöhnten leise auf.

Schäfer ignorierte ihre Reaktion, griff nach einem Rohrstock, der an der Wand lehnte, und zeigte damit auf die Tafel. »Erstens«, fing er an aufzuzählen. »Sie dürfen während der Schulung die Kaserne nicht ohne Erlaubnis verlassen. Zweitens haben Sie den Anweisungen des Lehrpersonals unter allen Umständen Folge zu leisten. Drittens: Unentschuldigtes Zuspätkommen oder Fehlen bei den Unterrichtseinheiten wird mit sofortigem Dispens vom Kursus geahndet. Und viertens, das ist für Sie, meine Herren, besonders wichtig: Ein Verstoß gegen einen dieser Punkte führt zu einem Nicht-Bestehen des Kurses. Und das bedeutet für die meisten von Ihnen Versetzung in den Innendienst mit entsprechender Schreibtischtätigkeit.«

Im Klassenzimmer war es plötzlich wieder so still, dass man eine Stecknadel hätte fallen hören.

Emmerich schnaubte und biss die Zähne so fest zusammen, dass sein Kiefer knackte. Innendienst. Er wusste genau, was das bedeutete: Kaffee kochen, Akten ordnen, Botengänge tätigen. Kurz: Weiberkram. Nichts für ihn. Sein Platz war draußen auf der Straße, nicht in irgendeinem verdammten Amtszimmer.

Schäfer war sich der Wirkung seiner Worte offenbar bewusst. Mit einem triumphalen Gesichtsausdruck wandte er sich zur Tafel und drehte sie einmal um ihre horizontale Achse, sodass nun deren Rückseite zu sehen war, worauf er den Stundenplan des Kurses notiert hatte. »Wie Sie sehen, ist der Unterricht strikt gegliedert. Sie werden sowohl die Praxis erproben als auch theoretische Fächer belegen. Wir beginnen heute mit allgemeinen Umgangsformen, gefolgt von Konflikthandhabung und Deeskalation, morgen geht es dann um Konversationsrichtlinien und anlassbezogene Bekleidung.«

Letzteres rief Emmerich die unselige Begegnung mit Schober wieder in Erinnerung. Er trommelte mit den Fingern auf die Tischplatte und fragte sich, wie er die kommenden Tage durchstehen sollte, ohne die Contenance zu verlieren. Er lehnte sich zurück, schloss die Augen und blendete den dozierenden Schäfer so gut es ging aus. Zumindest ein Gutes hatte die Sache: Der Nullpunkt war nun endlich erreicht. Es konnte nicht mehr schlimmer werden.

In diesem Augenblick klopfte es an die Tür.

Schäfers Miene hellte sich auf. »Da kommt ja schon unser erster Tutor.« Er blickte auf seine Uhr und lächelte. »Pünktlich auf die Sekunde. Herein!«, rief er.

Die Tür ging auf, und Emmerich erstarrte. Immer wenn er dachte, es ginge nicht mehr schlimmer, zog das Leben, dieses elende Verräterschwein, noch einen Trumpf aus dem Ärmel.

Kein Geringerer als Peter Brühl hatte soeben den Raum betreten, dessen Blick sofort auf Emmerich fiel. Und sein Grinsen verhieß nichts Gutes.

12

Die Demütigung von gestern saß Ferdinand Winter noch immer in den Knochen, als er in der überfüllten Straßenbahn stand. Er betrachtete seine aufgeschürften Handflächen und dachte an Emmerich, der Zeit seines Lebens so viel hatte einstecken müssen. Erst jetzt bekam er eine leise Ahnung, warum sein Vorgesetzter zu solch einem widerspenstigen Raubein geworden war.

»Wiener, spart mit dem Wasser!« Neben ihm saß ein alter Mann, der seiner Frau aus der *Rathaus Korrespondenz* vorlas.

Die alte Dame schüttelte den Kopf. »Die reichen Leut' begießen ihre Gärten und schwimmen in privaten Badeanlagen, aber unsereins soll weniger trinken und sich nimmer waschen.«

Ihr Mann schnupperte und rümpfte die Nase. »Wie's scheint, halten sich einige brav daran.« Er warf einem jungen Burschen, der neben ihm stand, einen vielsagenden Blick zu.

»Was erlauben Sie sich?«, schimpfte der Geschmähte. »Riechen Sie doch mal an sich selbst, Sie altes Stinktier.«

Winter hatte heute Morgen keinen Nerv für solche Händel und drängte sich zum Ausstieg. Er war froh, als die Tramway endlich in der Nähe der Gerichtsmedizin zum Stehen kam.

Gemeinsam mit ihm stieg eine schwarz gekleidete Frau aus, die sich mit einem Taschentuch die Tränen von den

Wangen tupfte. Genau wie Winter war auch sie dem Tod entgegengefahren.

»An die Toten musst du dich gewöhnen«, hatte Emmerich einmal gesagt. »Die gehören zur Arbeit. Und zum Leben.« Winter bezweifelte, dass ihm das jemals gelingen würde.

Mit jedem Schritt, den er dem repräsentativen, dreiflügeligen Bau in der Spitalgasse näher kam, wurde ihm mulmiger zumute. Es war für ihn schon schlimm genug, Leichen am Tatort zu sehen, ihre verrenkten Glieder, die aufgerissenen Münder und klaffenden Wunden. Die sterile Atmosphäre in der Gerichtsmedizin, wo die Toten bürokratisch und emotionslos zerlegt und wieder zusammengesetzt wurden wie menschliche Puzzle, schlug ihm aber noch viel mehr aufs Gemüt.

Indagandis sedibus et causis morborum, las er, was auf der Stirnseite des Gebäudes unter dem Giebel geschrieben stand. *Der Erforschung des Sitzes und der Ursachen der Erkrankungen.* »Klingt weniger gruselig, als es in Wahrheit ist«, murmelte er und folgte der schwarz gekleideten Frau zu der mächtigen Eingangstür.

Hinter dem Empfangstresen saß ein junger Mann, wahrscheinlich einer von Professor Hirschkrons Studenten. Winter wartete, bis dieser der trauernden Angehörigen den Weg ins Souterrain gewiesen hatte, wo sich die Leichenkammern befanden. Anschließend präsentierte er seine Marke. »Ich würde gerne mit Professor Hirschkron sprechen.«

Anstatt zu antworten, blickte der junge Mann erwartungsvoll über Winters Schulter zur Eingangstür.

Als niemand eintrat, schaute Winter fragend zurück. Er begriff nicht, was der junge Mann wollte. Eine unangenehme Stille entstand. »Ich würde gerne mit Professor ...«, setzte er erneut an.

»Wo ist Inspektor Emmerich?«, unterbrach ihn der Student.

»Emmerich? Der ist bei einem Diszi ... Er ist heute verhindert, weshalb ich ausnahmsweise allein ermitteln muss.«

Der junge Mann schlug ein Buch auf und fuhr mit dem Finger über eine lange Liste mit Einträgen. »Der Herr Professor ist gerade beschäftigt«, sagte er schließlich. »Es geht um ein Obduktionsergebnis, nicht wahr?«

Winter nickte.

»Er wird Ihnen den Bericht dann später einfach per Boten rüber ins Polizeigebäude schicken – so wie es eigentlich üblich ist.«

Winter wunderte sich. Emmerich hatte die Ergebnisse bisher immer persönlich mit Hirschkron besprochen, da der offizielle Dienstweg meist viel zu viel Zeit in Anspruch nahm. »Es ist wirklich wichtig«, insistierte er.

»Er ist wirklich beschäftigt.«

Was würde Emmerich tun? Winter machte einen Schritt nach vorn und stellte sich so nah vor den Studenten wie möglich. »Hören Sie«, sagte er in strengem Tonfall. »Zwei junge Frauen wurden brutal ermordet, eine weitere Frau ist verschwunden. Ich habe keine Zeit zu vertrödeln. Später ist vielleicht zu spät.«

Der junge Mann sah ihn prüfend an.

»Ich gehe nicht, ohne die Obduktionsergebnisse zu kennen.« Damit verschränkte Winter die Arme vor der Brust.

»Emmerich hat ganz schön abgefärbt.« Der Student seufzte leise. »Sektionsraum 3. Sie wissen ja, wo's langgeht.«

Winter war stolz darauf, sich durchgesetzt zu haben, gleichzeitig war er aber auch froh, der unangenehmen Situation zu entkommen. Er nickte dem Mann kurz zu und schritt dann eilig durch den langen Flur.

Je tiefer er in das Gebäude vordrang, desto kühler wurde es – eigentlich eine angenehme Abwechslung, doch leider konnte auch die Kälte dem Geruch des Todes nichts entgegensetzen, der süßlich-beißend in der Luft hing. Verwesung, schoss es ihm durch den Kopf. Fäulnis. Zerfall.

Mit angehaltenem Atem passierte er die Kammern, die zur Verwahrung der Leichen dienten. Darin, so wusste er, befanden sich grobgezimmerte Holzkästen, in denen die Toten darauf warteten, aufgeschnitten, auseinandergenommen und durchstudiert zu werden. Normalerweise würde Emmerich jetzt einen dummen Witz machen, um die Stimmung aufzulockern. Doch heute musste sich Winter mit der unheimlichen Stille begnügen.

Mit einem mulmigen Gefühl im Bauch stieß er die Tür zu jenem Saal auf, in dem die gerichtlichen Obduktionen stattfanden. »Guten Morgen.«

Professor Hirschkron, der in der Mitte des Raums stand und seine Hände tief in der Brusthöhle eines grauhaarigen Mannes versenkt hatte, blickte auf. »Herr Inspektor Winter«, sagte er und tat dasselbe, das der Student vorhin auch getan hatte – er sah an Winter vorbei zur Tür.

»Ich bin alleine hier. Inspektor Emmerich ist verhindert.«

»Soso.« Hirschkron wandte sich wieder der Leiche zu, die vor ihm lag. »Dann werden Sie heute wohl nicht damit vorliebnehmen können, im Türrahmen stehen zu bleiben, so wie normalerweise. Treten Sie näher.« Er fuhr mit der Autopsie fort und entnahm der Leiche ein rostbraunes Stück Gewebe, dessen Oberfläche im Schein der Lampe glänzte. »Stark vergrößerte Leber«, diktierte er seinem Assistenten, einem hochgewachsenen jungen Mann, der mit stoischer Ruhe jedes Wort in ein Notizbuch schrieb.

Zögerlich ging Winter an jenen Toten vorbei, die heute

noch auf ihre Obduktion warteten. Es waren mehr als sonst, und er hatte alle Mühe, sie nicht anzusehen. Als er an eine Bahre stieß, verrutschte das weiße Tuch, das die Leiche bedeckte, und das kreidebleiche Gesicht eines jungen Mannes wurde sichtbar. Er war ungefähr im selben Alter wie Winter und hatte feine, völlig entspannte Gesichtszüge. Beinahe hätte man denken können, er würde sich nur kurz ausruhen, wäre da nicht die blutige Schusswunde mitten auf seiner Stirn gewesen, die Winter wie ein drittes Auge anstarrte.

Winter zuckte zusammen und wandte sich schnell Hirschkron und dessen Assistenten zu, die den kleinen Zwischenfall belustigt beobachtet hatten. »Einiges los zurzeit«, haspelte er, da ihm nichts Besseres einfallen wollte.

»Sommertote«, sagte Hirschkron lapidar. »Gott sei Dank.«

»Gott sei was?« Winter glaubte, er habe sich verhört.

»Gott sei Dank. Im Frühjahr gab es zu wenig Leichen, und wir hätten deswegen beinahe den Lehrbetrieb einstellen müssen. Momentan haben wir aber sehr viele Ertrunkene und Hitzschläge, Dehydrationen und Herz-Kreislauf-Versagen.« Der Professor zog ein stark geblähtes Organ, das für einen Laien wie Winter auf den ersten Blick nicht identifizierbar war, aus dem geöffneten Brustkorb.

Winter blickte zu Boden.

»Ballonierte Lunge«, diktierte Hirschkron und drückte mit dem Finger in das Gewebe. »Dellen bleiben bestehen. Rötliche Flecken an der Oberfläche und in den Zwischenlappenspalten. Sieht aus, als wäre er ertrunken.« Er legte das Organ vor sich auf den Tisch und trennte ein Stück davon ab. »Die Lungenschnittflächen sind trocken«, diktierte er.

»Trocken?«, fragte Winter.

Hirschkron nickte. »Ein klassisches Anzeichen für Ertrinken. Das eingeatmete Wasser kommt in den Lungenbläschen an, wird dann aber in den Blutkreislauf aufgenommen und abtransportiert. Wenn …«

Winter schauderte. Er wollte nicht mehr hören. »Ich bin wegen der beiden Frauen gekommen, die gestern früh hergebracht worden sind«, unterbrach er den Gerichtsmediziner. »Ihre Namen sind Maria Proll, genannt Mizzi, und Gertraud Rechberger, genannt Traude. Die beiden wurden wahrscheinlich erschlagen.«

»Sie sind ungeduldig, Inspektor Winter, sehr ungeduldig.« Hirschkron übergab die Lunge an seinen Assistenten. »Langsam macht sich Emmerichs Einfluss auf Sie bemerkbar.« Er schüttelte scheinbar genervt den Kopf, doch Winter sah ihm an, dass er es nicht so meinte. Dann wischte Hirschkron seine Hände ab und bedeutete Winter, ihm zu folgen.

Die beiden gingen in jenen kleinen Raum, in dem die bereits obduzierten Leichen aufbewahrt wurden. Es waren nicht nur die niedrigen Temperaturen, die Winter dort einen kalten Schauer über den Rücken jagten. So unauffällig wie möglich zog er ein Taschentuch aus seinem Jackett und hielt es sich vor Nase und Mund, um den strengen Leichengeruch nicht einatmen zu müssen.

»Man gewöhnt sich daran«, sagte Hirschkron in einem tadelnden Tonfall. So ungefähr musste es klingen, wenn er mit seinen Studenten sprach. »Man gewöhnt sich an alles. Man muss es aber auch wollen.«

Winter steckte das Taschentuch wieder weg und versuchte sich an einem Lächeln, scheiterte aber kläglich. Um in dem engen Raum ganz sicher keinen der toten Körper zu berühren, zog er den Bauch ein und versuchte, sich so dünn wie möglich zu machen.

Hirschkron zog ein Klemmbrett aus einer Halterung neben der Tür und warf einen Blick darauf. Anschließend ging er zum hinteren Ende des Raumes und schlug, ohne mit der Wimper zu zucken, zwei Leichentücher zurück.

Darunter lagen fahl und schmal die ermordeten Frauen auf kalten Metallbahren.

Unwillkürlich drängten sich Bilder vom Tatort in Winters Bewusstsein: Schallplatten, bunte Kleider, fröhliche Poster. Die Szene jetzt stand in einem direkten Gegensatz dazu. Hier war nichts farbenfroh und ausgelassen. Hier gab es nur Blässe, Kälte und Tod. Die Körper der jungen Frauen waren gezeichnet von ihrem gewaltsamen Ende, dazu kamen die Spuren, die die Obduktion hinterlassen hatte: Grobe Nähte und leicht verzogene Gesichter.

Winter erschauderte. Er wusste nur zu gut, was die Ursache für Letzteres war: Bei jeder Sektion wurde ein Schnitt quer über den Scheitel, von Ohr zu Ohr, geführt. Danach wurde die Kopfschwarte nach vorn geklappt und über das Gesicht gezogen, anschließend mit einer Säge der Schädel geöffnet, um das Gehirn zu entnehmen. Er war einmal dabei gewesen, als Hirschkron solch eine Prozedur vorgenommen hatte. Das Geräusch der Sägezähne, die sich durch den Schädelknochen gruben, würde er wohl nie wieder vergessen.

»Fräulein Proll wurde von hinten erschlagen, mit einem stumpfen Gegenstand aus Holz«, wandte sich Hirschkron der Toten rechts von ihm zu. »In der Kopfhaut fanden sich dementsprechende Splitter. Die Folge war eine sogenannte Globusfraktur. Mehrere Bruchlinien verlaufen dabei kreisförmig um das Bruchzentrum und werden von ausstrahlenden Bruchlinien gekreuzt. Ähnlich wie bei einem Spinnennetz.« Hirschkron fasste an den Kopf des Opfers und wandte ihn zu Winter.

»Schon gut«, winkte der ab. »Sie müssen es mir nicht zeigen. Ich glaube Ihnen auch so.«

Hirschkron sah ihn amüsiert an. »Denken Sie an Inspektor Emmerich. Wenn Sie jemals in seine Fußstapfen treten wollen, sollten Sie lernen, in Situationen wie dieser mehr Souveränität an den Tag zu legen.« Er rückte den Kopf der Frau wieder gerade. »Es kam zu einem Hirnödem, das zum Tod führte.« Jetzt nahm er ihre steife Hand in die seine und hob sie an. »Interessant ist die Tatsache, dass wir auch Holzsplitter unter ihren Fingernägeln fanden.«

Winter horchte auf. »Und das bedeutet?«

Hirschkron zuckte mit den Schultern. »Das müssen schon Sie herausfinden.« Er wandte sich der Leiche von Traude Rechberger zu. »Hier ist der Fall ganz ähnlich gelagert. Stumpfes Trauma am Hinterkopf, Kampf- und Abwehrspuren an den Händen. In diesem Fall keine Holzsplitter, aber dafür abgebrochene Fingernägel und ein Hämatom am Unterarm.«

Winter rief sich die Situation in der Wohnung vor Augen. »Traude Rechberger hat wohl mit dem Täter gekämpft, wurde von ihm gegen die Wand geschleudert und zog sich dabei die tödliche Verletzung zu«, überlegte er laut. »Mizzi Proll wollte ihrer Freundin zu Hilfe eilen.« Er dachte an den zerborstenen Stuhl. »Sie hat versucht, einen Stuhl als Waffe zu verwenden, doch der Täter riss ihn ihr aus der Hand. Sie wollte fliehen …«

»… wobei er sie von hinten erschlug«, vervollständigte Hirschkron den Satz. »Ja, das klingt nach einer schlüssigen Interpretation.«

Winter fielen die Worte von Thea ein, und dass die verschwundene Irina Novotny Streit mit ihren beiden Freundinnen gehabt hatte. »Könnte es sich bei dem Mörder auch um eine Frau handeln?«

»Wenn sie halbwegs kräftig ist, warum nicht?« Hirschkron deckte die beiden Frauen wieder zu, löschte das Licht und trat hinaus auf den Flur.

Winter folgte ihm zurück in den Obduktionsraum, wo der Gerichtsmediziner sich wieder um den ertrunkenen Mann kümmerte.

»War das alles?«, fragte Winter, tunlichst darauf bedacht, die gluckernden Geräusche auszublenden, die erklangen, als Hirschkron seine Hände in der Bauchhöhle des Toten versenkte.

»Die beiden Frauen waren bei guter allgemeiner Gesundheit«, ratterte Hirschkron ungeduldig herunter. »Es gab Spuren von übermäßigem Alkoholkonsum und schlechter Ernährung, doch noch waren keine bleibenden Schäden entstanden. Leber und Lunge …«

»Ich meinte, ob Sie mir noch irgendetwas über den Täter oder den Tathergang verraten können?«

»Tut mir leid, das ist alles, was die Opfer mir gesagt haben – ich bin ja nur der Übersetzer.«

Verzagtheit überkam Winter. Er brauchte irgendeinen Hinweis, irgendetwas, das seine Ermittlungen voranbrachte. »Was ist mit der genauen Todeszeit?«

»Sie wissen doch selbst, dass es unseriös wäre, eine Einschätzung darüber abzugeben, bevor die endgültigen Ergebnisse der Toxikologie vorliegen.«

»Ich kann nicht so lange warten, sonst werden alle Spuren kalt.«

»Das ist nicht mein Problem, Herr Inspektor Winter. Sie sehen, ich habe viel zu tun. Der Bericht kommt so schnell wie möglich.«

»Emmerich kriegt auch immer alles sofort.«

Hirschkron entnahm dem Leichnam die Milz und betrachtete sie näher. »Nun ja.« Er zuckte mit den Schultern.

»Sie wissen ja, wie er ist.« Er blickte Winter abwartend an, als dieser nichts mehr sagte, deutete er nach draußen.

Winter sah ein, dass er hier nicht weiterkam. Er nickte kurz und verließ den Raum.

Mizzi Proll und Traude Rechberger waren von hinten erschlagen worden. So viel hatte er bereits gestern gewusst. Für diese Erkenntnis hatte er keinen Hirschkron und keine Obduktion gebraucht. Er spürte, wie er von Frustration erfüllt wurde, und beschleunigte seine Schritte. Er wollte so schnell wie möglich aus dem Gebäude hinaus, weg von den Leichen, weg von Hirschkrons herablassender Art, weg von seinem eigenen Unvermögen.

Die Sonne brannte auf ihn herunter, als er sich auf den Weg ins Büro machte. Er kam an einem verendeten Pferd vorbei, das mitten auf der Straße lag und von seinem Besitzer beweint wurde. Nur wenige Meter weiter lief eine Horde von Kindern kreischend durch eine Wasserfontäne, die aus einem illegal geöffneten Hydranten spritzte.

Winter zollte ihnen allen keine Beachtung. Er spürte plötzlich etwas, das er bisher in dieser Form nicht gekannt hatte: Druck, Anspannung, eine gewisse innere Unruhe. Es war die Verantwortung, die auf seinen Schultern lastete. Irgendwo da draußen lief ein brutaler Mörder frei herum, und er kam ihm nicht auf die Schliche, weil er sich selbst im Weg stand. War er ohne Emmerich wirklich heillos aufgeschmissen?

Hoffentlich hatte die Spurensicherung irgendetwas herausgefunden, das ihm weiterhelfen konnte. Der Täter – oder die Täterin – musste zur Rechenschaft gezogen werden, die Opfer hatten Gerechtigkeit verdient, und zu guter Letzt wollte er Emmerich und allen anderen beweisen, dass er den Fall auch allein meistern konnte.

Geistesabwesend durchschritt er die Eingangshalle des Polizeigebäudes und stieg die Treppe hoch in den dritten Stock. War es wirklich möglich, dass Irina Novotny diese furchtbare Bluttat begangen hatte? Normalerweise wählten Frauen eigentlich weniger brutale Mordmethoden, wie Gift oder Feuer.

»Passen Sie doch auf!«

Winter erschrak. Er hatte nicht bemerkt, dass er eine Sekretärin – beziehungsweise ein Mitglied der »Hühnerarmee«, wie Emmerich sie nannte – angerempelt hatte.

»Männer! Alles Trampel, einer wie der andere«, schimpfte sie, zupfte ihre Bluse zurecht und lief weiter.

Winter rief ihr eine Entschuldigung nach und passierte peinlich berührt das Erkennungsamt, die Fotografiensammlung und die Abteilung für Anthropometrie. Dann hatte er endlich die Tür erreicht, hinter der sich das Reich von Zech und seinen Leuten befand. Er klopfte an.

»Ja?«, tönte es von drinnen.

Er betrat die Räumlichkeiten der Spurensicherung, die eher den Charakter eines Labors als den eines Büros hatten. Die Einrichtung war zweckmäßig und schmucklos, es roch nach Chemikalien, und überall standen irgendwelche technischen Apparaturen.

Im hinteren Teil des Zimmers saß Zech mit zwei seiner Männer an einem langen Tisch und bearbeitete diverse Beweisstücke. Während er mittels einer Lupe die fotografisch vergrößerten Rillen eines Fingerabdrucks zählte, untersuchten seine Mitarbeiter Kleidung auf Blutspuren. Es herrschte eine konzentrierte Atmosphäre, was Winter sehr gefiel. Hier ging es um Ergebnisse, Fakten wurden geschaffen.

Das gute Gefühl verflüchtigte sich jedoch sofort wieder, als Winter einen genaueren Blick auf jene Dinge warf, die hier gerade inspiziert wurden: ein Herrenhemd und ein fleckiges Einstecktuch. Keines dieser Beweismittel stammte von seinem Tatort.

»Wo sind die Sachen von meinem Fall?«, fragte er.

Zech blickte auf. »Ihr Fall?«

»Brigittenau. Jägerstraße. Die zwei ermordeten Tänzerinnen aus dem *La Belle*.«

»Ach so. Emmerichs Fall. Das Zeug ist dort.« Zech zeigte auf eine Kiste neben der Tür. »Darum kümmern wir uns später.«

»Und was ist das?« Winter deutete auf die Gegenstände, die vor ihnen auf dem Tisch lagen.

»Das sind Beweisstücke von Brühl und Szepanek«, erklärte Zech. »Versuchter Totschlag im ersten Bezirk, kam heute Morgen herein.«

»Ich verstehe nicht.« Winter war ernsthaft verdattert. »Wir haben doch gestern über die toten Nackttänzerinnen gesprochen. Sie selbst haben gesagt, dass der Täter wahrscheinlich gefährlicher ist, als es auf den ersten Blick scheint. Außerdem handelt es sich bei meinem Fall um einen Doppelmord, nicht nur um versuchten Totschlag. Da können Sie doch nicht einfach Brühl und Szepanek vorziehen.«

Zech zuckte mit den Schultern. »Brühl hat absolute Dringlichkeit reklamiert.«

»Mein Fall hat aber auch …«

Zech legte die Lupe beiseite. »Brühl steht in der Rangordnung über Ihnen. Wir kümmern uns um Ihre Beweismittel, sobald wir mit dieser Sache fertig sind.« Er nahm seine Arbeit wieder auf.

Blanker Frust stieg in Winter hoch. Kaum war Emmerich kurz fort, schon glaubte Brühl, er könne schalten und walten, wie es ihm beliebte. Er murmelte einen Abschiedsgruß und stürmte hinunter in den ersten Stock.

Im Büro versuchte er, seine Gedanken zu ordnen. Was konnte er tun? Wo sollte er ansetzen? Ohne Anhaltspunkte war keine Ermittlung möglich. Wenn nicht irgendein Wunder geschah, blieb ihm nichts anderes übrig, als auf unbestimmte Zeit Däumchen zu drehen. »Ich schaffe das. Ganz sicher«, hatte er Emmerich versichert. Ein leeres Versprechen, wie er sich jetzt eingestehen musste.

Es dauerte einige quälend lange Minuten, bis er sich endlich dazu durchringen konnte, das Telefon zur Hand zu nehmen und in der Schwarzenbergkaserne anzurufen. »Ich würde gerne mit Herrn Kriminalinspektor August Emmerich sprechen.«

»Wer soll das sein?«, fragte eine Frauenstimme am anderen Ende der Leitung in einem herrischen Tonfall.

»Er nimmt an der Fortbildung teil, die gerade bei Ihnen stattfindet.«

»Fortbildung?«

»Der Disziplinarkurs.«

»Sagen Sie das doch gleich. Wie war nochmal der Name des Tutors?«

»August Emmerich.« Winter seufzte. »Er ist aber kein Tutor, sondern einer der Teilnehmer.«

»Ein *Teilnehmer*.« Sie spuckte das Wort aus, als hätte sie versehentlich einen Käfer verschluckt. »Handelt es sich um einen familiären Notfall?«

»Nein, es geht um …«

»Dann kann ich Ihnen leider nicht weiterhelfen. Die Teilnehmer sind mitten in einer Lektion, die unter keinen Umständen unterbrochen werden darf.«

»Sehr geehrtes Fräulein …«

»Rottmann.«

»Fräulein Rottmann, ich weiß, dass Sie Vorschriften haben, es ist aber wirklich dringend. Es geht um einen Doppelmord. Könnten Sie nicht …?«

»Leider nein. Das hier ist eine Kaserne. Hier gelten strenge Regeln.«

»Ich bitte Sie inständig, gnädige Frau.«

Stille erfüllte die Leitung. »Ich kann eine Nachricht aufnehmen.«

Besser als nichts. »Sagen Sie August Emmerich, er möge Ferdinand Winter wegen des Falls kontaktieren. Sagen Sie ihm: Brühl macht Ärger bei Zech. Die Ermittlungen stehen darum still.«

»Ich werde es ausrichten. Es kann aber einige Zeit dauern, bis er sich meldet. Die Herren Teilnehmer haben ein intensives Programm zu absolvieren. Guten Tag.« Und damit legte sie auf.

Winter ließ den Telefonhörer sinken. Wieder war er nicht weitergekommen. Er trommelte mit den Fingern auf der Tischplatte herum, als wolle er einen wirren Hilferuf ans Universum morsen. Dann stand er auf, ging zum Fenster, öffnete es und starrte hinaus.

Es roch schwach nach Petunien, vom First über ihm war das Gurren von Tauben zu hören, das sich mit fröhlichem Gelächter vermischte. Winter ließ seinen Blick nach unten wandern, wo gerade eine Gruppe von ungefähr zwanzig Frauen an der Rossauer Lände entlangspazierte. Sie trugen bunte Kleider, breitkrempige Hüte und unterhielten sich in einem Gemisch aus mehreren verschiedenen Sprachen. Das mussten wohl Teilnehmerinnen des dritten internationalen Frauenkongresses sein, der gerade in der Stadt tagte und weibliche Delegierte aus aller Herren Länder nach Wien geführt hatte. Als sie Winter im Fenster stehen sahen, winkten einige von ihnen.

Winter nickte ihnen zu und ging zurück zum Schreibtisch. Er hatte keine Zeit für Flirtereien. Mit jeder Minute, die verging, wurde der Fall kälter. Es galt nur zu hoffen, dass der oder die Mörderin keine weiteren Opfer ins Visier genommen hatte. Niemals könnte er es sich verzeihen, wenn wegen seines Unvermögens weitere Tote zu beklagen wären.

Was würde Emmerich tun? Winter stand wieder auf. Er musste etwas unternehmen, und zwar rasch. Er richtete seine Krawatte und trat entschlossen nach draußen. Eilig schritt er durch den Flur und klopfte an die Tür, hinter der sich Brühls Büro befand.

»Ja?« Szepanek saß an seinem Schreibtisch und schaute Winter überrascht an.

Brühls Platz war leer.

»Ich fürchte, es ist eine Verwechslung passiert«, setzte Winter an. »Inspektor Brühl hat versehentlich Ihren neuen Fall priorisiert. Dabei ist mein …«

»Das war kein Versehen.« Szepanek sprach klar und selbstsicher. »Das war Absicht.«

Winters Entschlossenheit schwand. »Aber Sie bearbeiten nur einen versuchten Totschlag, ich hingegen einen Doppelmord.«

Szepanek steckte sich einen Zahnstocher zwischen die Lippen und lehnte sich zurück. »Bei unserem Opfer handelt es sich um einen angesehenen Bürger, bei Ihren um zwei leichte Mädchen. Welcher Fall wird wohl in der Presse für mehr Aufsehen sorgen?«

»Darum geht es Ihnen also? Um einen Zeitungsartikel?« Winter riss die Augen auf. »Die beiden Frauen wurden regelrecht hingerichtet. Das waren junge Dinger, brutal aus dem Leben gerissen. Dass wir so schnell wie möglich den Täter finden, ist wohl das Mindeste, das wir tun können.«

»Wie auch immer. Brühl hat es so angeordnet, und Sie wollen sich ihm ja wohl nicht widersetzen, oder?« Szepanek grinste und wandte sich wieder seinen Akten zu.

Winter ließ seinen Blick durch den Raum wandern. »Wo ist er?«

Szepaneks Grinsen wurde noch breiter. »Fragen Sie doch Emmerich.«

Die Art, wie er es sagte, verhieß nichts Gutes, aber Winter hatte keine Ahnung, wovon sein Gegenüber sprach. »Emmerich? Warum ausgerechnet ihn?«

Szepanek verschränkte die Hände im Nacken und ließ sich mit der Antwort Zeit. Er schien Winters verunsicherten Gesichtsausdruck zu genießen.

»Warum ausgerechnet Emmerich?«, wiederholte Winter. Er versuchte, souverän zu klingen, doch er konnte seine Nervosität nicht verbergen. »Was wird hier gespielt?«

Szepanek lachte. »Ihr werter Herr Chef wird endlich lernen, wer hier das Sagen hat und wer nicht. Brühl wird ihm nämlich nicht nur Manieren beibringen, sondern ihn auch endlich in seine Schranken weisen – vielleicht sogar ganz ausschalten. Ab sofort herrscht hier ein neuer Stil, gewöhnen Sie sich schon mal dran.«

Winters Kinnlade klappte nach unten, als ihm endlich dämmerte, was Szepanek andeutete. »Brühl ist …«

»… bald wieder da. Im Gegensatz zu Emmerich«, fügte Szepanek hinzu und weidete sich an Winters Entsetzen. Dann deutete er nach draußen.

Winter verstand. Wie schon zuvor in der Gerichtsmedizin wurde er des Raums verwiesen.

Ohne ein weiteres Wort zu verlieren, ging er zurück ins Büro und setzte sich an seinen Platz. Nach einer gefühlten Ewigkeit, die er damit verbrachte, schweigend in die Luft zu starren, knallte er frustriert mit der Faust auf die Schreibtischplatte.

Wenn er mit seinen Methoden nicht weiterkam, musste er wohl oder übel die von Emmerich anwenden.

13

Brühls hämisches Grinsen wollte einfach nicht verschwinden. Als wäre es festgeklebt, zog es sich von einem Ohr zum andern.

»Sie alle sind heute hier versammelt«, setzte er an und schaute einmal durch die Runde, »weil Sie dem Staat, dessen Repräsentanten Sie sind, Schande bereitet haben.« Genugtuung entströmte jeder seiner Poren, als er seinen Namen auf die Tafel schrieb, anschließend die Arme hinter dem Rücken verschränkte und durch die Reihen ging. »Ein weiser Mann sagte einst: Wer nicht höflich genug, ist auch nicht menschlich genug.« Er blieb vor Emmerich stehen. »Wiederholen Sie«, forderte er mit sichtlicher Befriedigung.

Emmerich blähte die Nasenflügel und schnaubte. »Habe ich eine Wahl?«

»Ich fürchte nicht. Also: Wer nicht höflich genug, ist auch nicht …« Brühl sah ihn auffordernd an.

»Menschlich genug.« Emmerich spuckte ihm die Worte vor die Füße.

»Sehr gut.« Brühl wandte sich dem Rest der Truppe zu. »Beginnen wir also bei den Grundlagen. Gutes Benehmen bedeutet, sich in jeder – und ich betone es hier ausdrücklich: in jeder – Situation richtig zu verhalten. Es gibt für Sie als Vertreter unserer Republik keinerlei Entschuldigung für Fehltritte, welcher Art auch immer. Das beginnt zuallererst bei der Pünktlichkeit, und zwar nicht nur in diesem Kursus.

Seien Sie stets ein Vorbild. Termingemäßes Erscheinen ist ein Zeichen für Disziplin, und Disziplin ist ein Zeichen für Respekt. Haben das alle verstanden?« Brühl sah Emmerich so lange schweigend an, bis er widerwillig nickte. »Gut. Dann können wir jetzt mit dem eigentlichen Unterricht beginnen. Was bedeutet es, Polizist zu sein?«

Keiner sagte ein Wort. Alle schauten Brühl grimmig an.

Zumindest war er nicht allein mit seiner Antipathie und seinem Missmut, dachte Emmerich.

Brühl schien die schlechte Stimmung nichts auszumachen. »Polizist zu sein bedeutet Staatsdiener zu sein«, begann er mit seinem Vortrag. »Es ist ein Privileg, sich …«

Emmerich ließ seine Gedanken abschweifen, ließ sie zu Winter und den toten Frauen wandern. Er dachte an die Kinder, an Helene Wissmayer …

»Emmerich!«, riss Brühl ihn aus seinen Überlegungen.

Er hatte keine Ahnung, wie viel Zeit vergangen war. »Ja?«

»Bitte sehr.« Brühl deutete auf eine Stelle neben sich.

Emmerich hatte keine Ahnung, was Brühl von ihm wollte. Hilfesuchend sah er sich um, kassierte aber nur verächtliche oder amüsierte Blicke.

»Wir stellen nun ein Verhör nach«, erklärte Brühl. »Emmerich, Sie nehmen die Position des Kriminalinspektors ein. Das dürfte Ihnen ja wohl nicht schwerfallen.«

Widerwillig stand Emmerich auf und nahm den zugewiesenen Platz ein.

»Und wer ist unser Verdächtiger?« Brühl sah sich um und deutete dann auf einen hünenhaften Mann, der in der zweiten Reihe saß. »Ladislaus Wehle, von der Streife, wenn ich mich nicht irre. Kommen Sie bitte nach vorne.« Brühl deutete auf einen leeren Stuhl neben Emmerich.

Wehle, der Emmerich um einen Kopf überragte, setzte sich. Er vermied Emmerichs Blick, offenbar war ihm seine Rolle unangenehm.

Brühl klatschte in die Hände und wandte sich an die Teilnehmer. »Herr Wehle wird verdächtigt, in eine brutale Schlägerei am Praterstern verwickelt gewesen zu sein, im Zuge derer es zu mehreren Todesopfern kam. Herr Emmerich soll nun versuchen, ihn zu einer Aussage zu bewegen, und zwar ohne Drohungen, Gewalt und Beleidigungen.« Er drehte sich zu den beiden Akteuren. »Beginnen Sie bitte.« Er blickte zu Wehle, legte den Zeigefinger auf die Lippen und lächelte dabei verschwörerisch.

Emmerich hasste alles hier. Brühl, die gefängnisartige Atmosphäre, die ihn nach wie vor an seine Zeit im Kinderheim erinnerte, das Porträt von Schober, der gönnerhaft auf sie herablächelte – aber am allermeisten hasste er dieses dumme Spiel. Als ob man die Realität in einem Klassenzimmer imitieren konnte. Brühl hatte keine Ahnung vom echten Leben. Kein Wunder, pickte er sich doch stets jene Delikte heraus, die in der feinen Gesellschaft geschehen waren, während er zu den Ausgestoßenen und Randgestalten geschickt wurde, wo Hunger und Elend das Leben beherrschten.

»Wir warten«, sagte Brühl in die Stille hinein. Einige der Teilnehmer lachten, und Emmerich wandte sich widerwillig Wehle zu.

»Kannten Sie die Opfer?«, fragte er unmotiviert.

Der Aufgabenstellung entsprechend, schwieg Wehle.

»Was hatten Sie heute am Praterstern verloren?«

Erneut ging Wehle nicht darauf ein.

»Antworten Sie, werter Herr«, bat Emmerich mit samtiger Stimme. »Seien Sie so gut, ich bitte Sie.« Er deutete eine Verbeugung an.

»Gar nix tu ich«, sagte Wehle.

»Sehen Sie«, sagte Emmerich. »Mit Höflichkeit löst man keine Fälle. Mörder, Totschläger, Zuhälter … Die harten Kerle verstehen nur die Sprache, die sie selbst sprechen.«

»Genau«, rief jemand.

Die anderen Männer murmelten Zustimmung.

Brühl strafte Emmerich mit einem bösen Blick. Dann schaute er demonstrativ auf seine Taschenuhr. »Es ist Zeit für eine Pause«, erklärte er. »Wir sehen uns in zehn Minuten wieder.« Damit verließ er den Raum.

Wehle lachte.

»So macht man sich Feinde«, warf Pötzlein ein.

»Er kann mich nicht noch mehr hassen, als er es sowieso schon tut.« Emmerich setzte sich wieder auf seinen Platz und steckte sich eine Zigarette an. Gedankenverloren blies er den Rauch aus und musterte seine Kollegen: Wehle sah trotz seiner mächtigen Statur und einer breiten Narbe, die sich über sein Gesicht zog, eigentlich recht umgänglich aus. »Warum sind Sie hier?«, fragte er ihn.

Wehle zuckte mit den Schultern und schnaubte. »Das würde ich auch gerne wissen. Angeblich gab es eine anonyme Anzeige gegen uns. Irgendein feiges Schwein hat behauptet, wir hätten uns mehrfach danebenbenommen.«

»Uns? Wir?«

Wehle drehte sich um und winkte einen gemütlich wirkenden Mann mit leichtem Bauchansatz zu sich, der schon etwas älter war. »Das ist mein Kollege Henri Steiner«, stellte er ihn vor. »Wir gehen gemeinsam auf Streife.«

»Das ist doch alles ein abgekartetes Spiel.« Bruno Baumgartner, ein groß gewachsener Mann in Emmerichs Alter, hatte sich zu ihnen gesellt. Er senkte die Stimme und beugte sich vor. »Die führen Experimente an uns durch«, flüsterte er. »Wir sind Versuchskaninchen.«

»Wir sind Männer mit schlechten Manieren«, sagte Emmerich, der nichts mit der absurden Behauptung dieses Kerls anfangen konnte.

»Ja? Sind Sie da wirklich ganz sicher?« Baumgartner sah sich geheimnistuerisch um. »Ihre beiden Freunde hier haben nichts angestellt, und ich auch nicht.«

»Ich schon«, murrte Emmerich.

»Fragen Sie doch mal Pötzlein«, ließ Baumgartner sich nicht beirren. »Als er sich bei seinem Vorgesetzten über die Einberufung beschwert hat, wurde ihm eine Liste mit seinen angeblichen Verfehlungen vorgelegt. Darauf stand, dass er am 7. Juli eine Sekretärin angeschrien haben soll, dabei hat er an genau dem Tag seine Mutter in Haschendorf besucht.«

»Vielleicht hat Pötzlein sich im Tag geirrt«, gab Emmerich zu bedenken.

»Ganz sicher nicht. Am 7. Juli ist in Haschendorf nämlich ein Munitionslager in die Luft geflogen – so was vergisst man nicht.« Baumgartner tippte sich mit dem Finger an die Schläfe. »Wie auch immer – Sie werden schon noch draufkommen, dass ich recht habe. Sagen Sie dann nicht, ich hätte Sie nicht gewarnt.« Er ging davon. »Die Monarchisten«, murmelte er dabei. »Da stecken sicher die Monarchisten dahinter.«

»Was für ein Irrer.« Emmerich blickte Baumgartner hinterher und wandte sich dann an Wehle und Steiner. »Wissen Sie, wer die anderen sind?«

Wehle nickte. »Bruno Baumgartner haben Sie gerade kennen gelernt. Er arbeitet in der Suchtmittelabteilung. Böse Zungen behaupten, er würde das Rauschgift, das er beschlagnahmt, gleich selber konsumieren, und zwar nicht zu knapp.«

»Das würde dann einiges erklären«, stellte Emmerich fest.

»Wenn man ihm und seinen wilden Theorien widerspricht, kann er offenbar ganz schön ausfallend werden. Genau wie dieser Pötzlein übrigens.«

»Pötzlein? Der sieht so harmlos aus.«

»Hinter der unscheinbaren Fassade brodelt ein Vulkan, der jederzeit ausbrechen kann.«

»Und der da drüben? Der kommt mir bekannt vor.« Emmerich deutete mit dem Kinn auf einen stämmigen Mann, der sich mit Pötzlein unterhielt.

»Claus Czerny von der Sitte«, erklärte Wehle. »Muss ein brutaler Kerl sein, wenn man den Erzählungen Glauben schenkt. Ist wegen unzulässiger Gewaltanwendung im Dienst hier.«

Jetzt erinnerte sich Emmerich an einen Vorfall vor etwa einem Jahr. Czerny hatte einen Zuhälter so brutal in den Verhörraum gezerrt, dass dieser anschließend ins Spital musste.

Wie aufs Stichwort kam Czerny zu ihnen und baute sich unangenehm nah vor Emmerich auf. »Schau schau, wen haben wir denn da? Den berühmten August Emmerich.«

»Kennen wir uns?«

»Nicht persönlich, aber ich weiß, wer du bist. Vor allem aber weiß ich, dass du es warst, der uns den verdammten Mist hier eingebrockt hast.«

Emmerich runzelte die Stirn.

Pötzlein und Baumgartner schauten neugierig und gesellten sich zu der Gruppe.

»Was meint er damit?«, fragte Baumgartner, kniff die Augen zusammen und starrte Emmerich an. Unangenehme Stille machte sich breit.

»Sag es ihnen, Emmerich«, forderte Czerny. »Erzähl Ihnen, was du angestellt hast.«

Langsam dämmerte es Emmerich, was Czerny meinte. »Aber das hat doch nichts mit euch anderen zu tun.«

»Von wegen.« Czerny schnaubte und wandte sich an die Gruppe. »Es ist seine Schuld, dass wir alle hier sind. Er hat nämlich Bundeskanzler Schober beleidigt. Darum kam die Idee mit diesem Kursus überhaupt erst auf.«

»Blödsinn.« Emmerich sah sich nach einem Aschenbecher um. Als er keinen fand, warf er seine Zigarette auf den Boden und trat sie aus.

»Die Weisung kam von ganz oben«, ließ Czerny nicht locker. »Aus Schobers Büro.«

Pötzlein riss plötzlich die Augen auf. »Sie sind der, der Schober einen privilegierten Geldsack, einen Emporkömmling und miesen Kanzler genannt hat?«

Emmerich sah in die erschrockenen Gesichter von Steiner und Wehle. Ihm blieb wohl nur die Flucht nach vorn. »Stimmt es denn nicht?«

»Und das haben Sie ihm ins Gesicht gesagt?«, hakte Steiner nach.

Emmerich glaubte herauszuhören, dass in seiner Stimme Bewunderung mitschwang. »Nicht ganz«, gab er zu. »Schober stand hinter mir, als ich es gesagt habe.« Er dachte an Brühl, der das Ganze erst provoziert hatte. An sein triumphales Grinsen, den befriedigten Gesichtsausdruck. Seine Laune sank noch tiefer – bald würde sie den Mittelpunkt der Erde erreichen.

»Versteht ihr?«, fragte Czerny. »Vorher war unser Verhalten allen egal. Solange die Arbeit gepasst hat, hat sich keiner drum geschert, wie wir reden, uns anziehen, unsere Verhöre führen …« Er funkelte Emmerich so feindselig an, dass der seine Muskeln anspannte und sich genötigt sah, in Verteidigungsstellung zu gehen.

Die anderen Männer hielten den Atem an. Da ging plötzlich die Tür auf, und Brühl kam zurück. Er betrachtete die angespannte Situation und schloss die Tür.

»Emmerich«, seufzte er. »Keine fünf Minuten kann man Sie allein lassen, schon haben Sie neuen Ärger am Hals.«

Der Geschmähte biss sich auf die Unterlippe, um nicht laut auszusprechen, was ihm durch den Kopf ging. Dann klopfte es an der Tür. Emmerichs Rettung erfolgte in Form eines groß gewachsenen Mannes, der nun in den Raum trat.

Brühl riss die Augen auf und begann zu strahlen. Er streckte den Rücken durch und die Brust heraus. »Herr Minister Reinmann. Welch eine Ehre.« Er eilte auf den Mann zu und streckte ihm die Hand entgegen.

Jodok Reinmann, der Bundesminister für Heereswesen, nickte und sah sich um. »Ich war gerade vor Ort, um mich über den Fortschritt der Bauarbeiten zu informieren.« Als sein Blick weiter zu Emmerich und dessen Leidensgenossen wanderte, zuckten seine Mundwinkel. »Sie sind also unsere Spezialfälle – ich habe schon gehört, dass Sie hier in die Geheimnisse von Anstand und Moral eingeweiht werden sollen.« Das Lächeln wurde eine Spur breiter. »Machen Sie sich nichts draus. Jedem kann einmal ein Fauxpas passieren. Auch ich bin nicht ohne Fehl und Tadel.« Er trat an die Teilnehmer heran und klopfte einem nach dem anderen auf die Schulter. »Sehen Sie es nicht als Strafe, sondern als Chance«, sagte er und war somit schon der Dritte, der diese hohle Phrase von sich gab. »Die Wiener Polizei ist kurz davor, die beste Exekutive in Europa zu werden, und wir wollen, dass Sie ein Teil davon sind. In meinen Augen sind Sie Rohdiamanten, die einfach nur ein bisschen Schliff brauchen, um in ihrer vollen Wertigkeit erstrahlen zu können. Also, meine Herren, ich wünsche allerseits frohes Schaffen.« Er nickte ihnen aufmunternd zu und verließ den Raum.

»Typisch Politiker«, murmelte Emmerich leise. »Ein Heuchler vor dem Herrn.«

»Was war das?« Brühl sah ihn herausfordernd an.

»Eine Leuchte und ein Stern, der Herr Reinmann.« Emmerich verdrehte die Augen. Am liebsten wäre er auf der Stelle aus diesem Irrenhaus geflohen. Zurück in sein Leben, zurück zu seiner Arbeit, wo immer noch zwei tote Frauen darauf warteten, dass ihr Mörder gefunden wurde.

»Nun denn, meine Herren.« Brühl klatschte in die Hände. »Weiter geht's.« Er sah zu, wie sich alle wieder an ihre Plätze setzten. »Herr Kollege«, hielt er Emmerich zurück und deutete nach draußen. »Auf ein Wort.«

»Was denn noch?« Emmerich folgte ihm auf den Flur, holte seinen Tabak aus der Tasche und begann demonstrativ, sich eine Zigarette zu drehen.

Brühl sagte erst mal nichts, sondern sah ihm direkt ins Gesicht. Der Ausdruck, den er dabei hatte, jagte Emmerich einen Schauer über den Rücken.

Er zündete sich die Zigarette an und inhalierte den Rauch tief ein. »Haben Sie mich nicht schon genug niedergemacht?«

Brühl ließ sich Zeit mit seiner Antwort. Er kostete die Stille aus, suhlte sich in Emmerichs Unbehagen. »Ihr Verhalten gerade hat bewiesen, dass Sie kein Interesse daran haben, sich zu bessern und sich den Regeln zu unterwerfen.«

»Wenn mein Verhalten etwas bewiesen hat, dann dass dieser Kursus einfach nur vertane Zeit ist.«

»August Emmerich, einfach unbelehrbar.« Brühl schüttelte den Kopf. »Am Ende der zehn Tage wird es jedenfalls eine Abschluss-Evaluation geben.«

Endlich verstand Emmerich, worauf sein Rivale hinauswollte. »Sie glauben, ich werde nicht bestehen?«

»So ist es.« Brühl grinste. »Genießen Sie Ihre letzten aufmüpfigen Momente mir gegenüber. Bald werden Sie nämlich Berichte abtippen und das Telefon bedienen.«

»Woher wollen Sie das wissen? Vielleicht überrasche ich Sie ja und bestehe.«

»Es wird keine Überraschung geben. Ich bin nämlich derjenige, der die Beurteilung vornimmt.« Brühl klopfte Emmerich jovial auf die Schulter. »Viel Spaß im Innendienst, Herr Kollege.«

Emmerich wollte protestieren, doch die Worte blieben ihm im Hals stecken.

Brühl ließ ihn einfach stehen und ging zurück ins Klassenzimmer. Dabei hallte sein Lachen von den Wänden im Flur wider.

14

Während Winter erneut in den dritten Stock eilte, erinnerte er sich an Szepaneks gehässiges Grinsen. *Bei unserem Opfer handelt es sich um einen angesehenen Bürger, bei den Ihren um zwei leichte Mädchen.* Langsam verstand er Emmerichs Ressentiments gegen die »geschniegelten Lackaffen«, wie sein Chef sie oft zu nennen pflegte. Die Tänzerinnen aus dem *La Belle* hatten bei der Geburtslotterie ein schlechtes Los gezogen, und es stand weder Brühl noch Szepanek zu, darüber zu entscheiden, welche Menschen mehr wert waren.

Als er an die Tür der Spurensicherung klopfte, schlug ihm das Herz bis zum Hals. Er atmete kurz durch, rang sich ein Lächeln ab und betrat den Raum. »Gute Neuigkeiten.« Er versuchte erfreut zu klingen, auch wenn es ihm vor Aufregung nicht ganz gelang. »Es gab ein Missverständnis.«

Zech blickte hoch.

»Brühl wusste offenbar nicht, dass es sich bei meiner Angelegenheit um einen Doppelmord handelt.«

»Doch. Er …«

»Wie auch immer«, sagte Winter so schnell, dass er sich beinahe verhaspelte. »Gonska hat angeordnet, dass mein Fall vorgezogen wird.« Winter spürte, wie er rot anlief. Schnell drehte er sich um und deutete auf die Kiste mit den Beweismitteln aus der Brigittenau. »Es ist ja zum Glück nicht viel. Damit sind Sie in kürzester Zeit durch.«

Zech überlegte und zuckte mit den Schultern. »Von mir

aus. Wie Sie meinen.« Er legte die Taschenuhr, die er gerade untersucht hatte, zur Seite und stand auf. »Gonska persönlich hat es angeordnet?«

Winter nickte. »Sie können ihn gern fragen, aber er ist jetzt nicht mehr da, sondern hat einen auswärtigen Termin.«

»Und Sie sind sich sicher, dass Brühls Angelegenheit warten kann?«

Winter begann zu schwitzen. »Sie können ja gleich im Anschluss mit Brühls Sachen weitermachen.«

»Schon gut.« Zech grinste und klopfte Winter auf die Schulter. »Wir machen das schon.«

»Danke.« Winter eilte nach draußen.

»Lügen muss der Kleine aber noch lernen«, hörte er Zechs gedämpfte Stimme durch die Tür, gefolgt von einem Lachen. »Habt ihr sein Gesicht gesehen? Leuchtend rot wie ein Pavianhintern.«

Als er wieder hinter seinem Schreibtisch saß, überkam Winter eine schreckliche Unruhe. Er wurde das Gefühl nicht los, dass seine Anweisung wie ein schwarzer Nebel im oberen Stockwerk hing und sich von dort aus langsam im Gebäude ausbreiten würde. Was, wenn Gonska davon erfuhr, dass sie erstunken und erlogen war? Oder Brühl? Wie hielten Menschen, die fortwährend die Unwahrheit sagten, das nur aus?

Er versuchte sich abzulenken, indem er noch einmal die Zeugenaussagen der Hausbewohner studierte, die der Wachbeamte aufgenommen hatte: »Ich habe mir wegen des Lärms keine großen Gedanken gemacht«, war da protokolliert worden. »Mir ist nichts aufgefallen. Ich habe nichts gehört.«

Wer hätte gedacht, dass es so einfach war, mitten in Wien unbeobachtet zwei Menschen umzubringen?

Winter lehnte sich zurück und fuhr sich mit den Händen übers Gesicht. In diesem Augenblick klopfte es an der Tür, und er schreckte hoch. War es Gonska? Oder noch schlimmer: Brühl? Er sammelte sich. »Ja bitte?«

Die Tür ging auf, und Zech erschien.

Winter versuchte, sich so normal wie möglich zu verhalten. »Gibt es schon Neuigkeiten? So schnell?« Seine Stimme zitterte ein bisschen, und er blickte verlegen zu Boden, als er spürte, dass er schon wieder rot anlief.

»Hier.« Zech legte ein kleines schwarzes Notizbuch vor Winter auf den Tisch, das mit einem dünnen Lederband zusammengehalten wurde. »Offenbar stehen Sie unter großem Druck. Vielleicht hilft Ihnen das bei Ihren Ermittlungen. Ich dachte, ich bringe es schon mal runter.«

Winter nickte dankbar.

»Wir haben es in der Wohnung gefunden, und zwar versteckt in einem unscheinbaren Kissen. Es sind nur die Fingerabdrücke von Irina Novotny darauf, aber der Inhalt könnte eventuell interessant für Sie sein.«

Winter befühlte das Notizbuch, drehte und wendete es, betrachtete es von allen Seiten. Es war abgegriffen und speckig, ansonsten aber ein handelsüblicher Gegenstand, den man in vielen Läden kaufen konnte. Behutsam schlug er es auf.

I.N. stand vorn geschrieben. »Irina Novotny«, murmelte er, begann in dem Notizbuch zu blättern und stutzte. Fragend sah er Zech an.

»Es scheint eine Art geheimer Code zu sein. Was immer diese Novotny in dem Heft notiert hat – sie wollte nicht, dass jemand anderer es lesen kann.«

Winters Miene hellte sich auf. Er hatte zwar keinen blassen Schimmer, was das Geschriebene bedeutete, doch er spürte ein leises Kribbeln im Bauch. Endlich. Endlich hatte er ein loses Ende, dem er folgen konnte. »Danke«, sagte er fast ein bisschen zu überschwänglich.

»Keine Ursache. Sie wirkten vorhin ziemlich ...« Zech suchte nach dem richtigen Wort. »Desperat.«

Winter räusperte sich verlegen. »Nun ja, wissen Sie ...«

»Schon gut.« Zech ging zur Tür. »Alles Gute für Ihre Ermittlungen«, sagte er, bevor er hinaus auf den Flur verschwand.

Winter blieb allein mit dem Notizbuch zurück. Zum ersten Mal seit Emmerichs Suspendierung fühlte er sich, als hätte er die Situation halbwegs unter Kontrolle. Er hatte einen Anhaltspunkt, der ihn zum Mörder führen konnte. Aufgeregt blätterte er in dem kleinen Heft. Darin standen seitenlange Listen, die aus Zahlen und Buchstaben bestanden und wie folgt aussahen:

19210102	1100m	priv	OvZ	Aupe, StiLe	3h
19210104	0800a	LB	OvZ	3F	2h
19210105	0730a	Par	SB	Aupe	2h
19210105	1000a	LB	HCS	2M	3h

Winter konnte sich keinen Reim darauf machen. Er starrte die Zeilen an, bis die Zeichen vor seinen Augen zu tanzen begannen. Eine Fliege surrte im Zimmer herum, durch das offene Fenster drang das Geräusch von Hufgetrappel, und irgendwo in der Ferne skandierte eine Menschenmenge irgendwelche Parolen.

Winter nahm nichts davon wahr. Das Einzige, das für ihn zählte, war Irina Novotnys Code.

Er hatte keine Ahnung, wie lange er so dagesessen und gegrübelt hatte. Waren es fünf Minuten gewesen? Zehn?

Eine Stunde? Es war egal. Alles was zählte, war die Tatsache, dass ihm irgendwann ein Muster auffiel. Die Zahlen in der ersten Spalte, das mussten Datumsangaben sein. Aber was hatten die restlichen Spalten zu bedeuten? Einige der Abkürzungen – sofern es welche waren – erinnerten ihn an den Fall der Mata Hari, die als Agentin während des Großen Krieges den Decknamen »H 21« getragen hatte. War es möglich, dass Irina ebenfalls in einen Spionagefall verwickelt war?

Er wünschte sich, Emmerich wäre hier. Er war es nicht gewohnt, allein zu arbeiten. Normalerweise lösten sich Herausforderungen wie diese im Dialog mit seinem Vorgesetzten, wo ein Gedanke zum nächsten und schlussendlich zur Lösung führte.

Kurzentschlossen stand Winter auf und ging zu Fräulein Grete, deren Arbeitsplatz sich in der Amtsstube am Anfang des Flurs befand.

Als er in das Zimmer kam, sprang sie auf, zupfte ihre Bluse zurecht und begrüßte ihn mit einem herzlichen Lächeln.

»Fräulein Grete, darf ich Sie um einen Gefallen bitten?«

»Aber natürlich, Inspektor Winter, jederzeit!« Sie strahlte ihn an. »Worum geht es?«

Er legte das Notizbuch vor sie auf den Tisch. »Vier Augen sehen mehr als zwei. Deshalb brauche ich Ihre Hilfe. Hier drin stehen möglicherweise wichtige Informationen, und Sie können mir helfen, sie zu entschlüsseln. Vielleicht wissen Sie oder Ihre Kolleginnen ja, was die Abkürzungen bedeuten?«

Sie warf einen Blick auf den Code und runzelte die Stirn. »Da werde ich wohl die anderen Telefonistinnen, Stenotypistinnen und Vorzimmerdamen zurate ziehen müssen. Sie wissen schon – die Hühnerarmee, wie Inspektor Emmerich uns nennt.« Sie zwinkerte.

Winters Wangen röteten sich schon wieder. »Fräulein Grete, was täte ich nur ohne Sie. Ach und noch etwas«, setzte er nach. »Es wäre mir recht, wenn Gonska und Brühl nichts davon erfahren. Das bleibt unser kleines Geheimnis, ja?«

Fräulein Grete beugte sich so nah zu ihm, dass er den Duft ihres Haars riechen konnte, und flüsterte verschwörerisch. »Selbstverständlich.«

Zurück im Büro, gelang es Winter nicht stillzusitzen. Als er zum wiederholten Mal rastlos vom Fenster zum Schreibtisch und wieder zurück gegangen war, klopfte es endlich an der Tür.

Es war Fräulein Grete. Ihr Gesichtsausdruck sah besorgniserregend aus.

»Konnten Sie schon etwas herausfinden?«

Grete nickte und schloss die Tür hinter sich. »Eine Kollegin hat die Aufzeichnungen recht schnell entschlüsselt. In dem Notizbuch steht …«

Winter platzte fast vor Ungeduld, dennoch versuchte er, ruhig zu bleiben. »Was? Was steht darin?«

Fräulein Grete lief rot an und verbarg ihr Gesicht in den Händen. »Es ist so schrecklich. Ich weiß gar nicht, wie ich es Ihnen sagen soll …«

15

Die Sache mit den toten Mädchen beschäftigte ihn, ließ ihm keine Ruhe, wie ein Steinchen im Schuh oder eine lästige Mücke, die einem mit ihrem Summen den Schlaf raubte.

Noch schlimmer war nur die Angelegenheit mit diesem Emmerich und dem Disziplinarkurs. Seit er davon erfahren hatte, fiel es ihm schwer, an irgendetwas anderes zu denken.

Als die Anspannung zu groß wurde, griff er zum Telefon. »Ich bin es«, sagte er, als er den anderen endlich in der Leitung hatte.

»Wir wollten doch Funkstille wahren.«

»Ja, aber mir lässt der Vorfall keine Ruhe. Was ist mit diesem Emmerich? Was ist mit diesem Kurs?«

Das Schweigen am anderen Ende der Leitung sagte mehr als tausend Worte.

»Ich hatte recht, nicht wahr?«

Noch immer blieb der andere stumm. Gerade als er dachte, es würde mit dem Telefon etwas nicht stimmen, drang ein leises Seufzen in sein Ohr. »Wie es aussieht, hat Schober Wind von unserem Plan bekommen. Loos aus dem Evidenzbüro ist involviert. Aber keine Sorge, das …«

»Schober? Loos? Wind von unserem Plan?« Er wollte am liebsten laut schreien, wollte den Hörer auf den Boden werfen, den Apparat gegen die Wand knallen. Stattdessen fasste er sich an die Brust, setzte sich und versuchte, seine Atmung in den Griff zu bekommen.

Er war in den Schützengräben gewesen, hatte an vorderster Front gekämpft, dem Tod ins Auge geblickt – doch nie war er so fieberhaft und gereizt gewesen wie heute.

Offen Krieg zu führen war etwas, das er beherrschte. Subversives Ränkespinnen hingegen lag ihm nicht.

Es war feig.

Es war ehrlos.

Es war unwürdig, seiner ganz besonders.

Doch was blieb ihm anderes übrig?

»Keine Sorge«, wiederholte der andere.

»Pah!«, entfuhr es ihm. Er schluckte die Beschimpfung hinunter, die ihm auf der Zunge lag. Er musste Contenance wahren. Niemandem war geholfen, wenn er die Fassung verlor.

»Ich …«

»Seien Sie kurz still. Ich muss nachdenken.« Schober, Emmerich, der Kurs, der Löwe, der Plan … Wie er es drehte und wendete, das Risiko war zu groß. »Wir müssen die Sache abblasen«, sagte er schließlich. »Budapest wird es allein regeln müssen.«

»Die schaffen das nicht ohne uns. Erinnern Sie sich doch nur. Lassen Sie uns fortfahren. Ich habe alles unter Kontrolle.«

»Von wegen.« Er schnaubte.

»Doch. Wirklich. Sie müssen mir glauben. Mein Mann wird sich um alles kümmern.«

»Auch um Loos und diesen Emmerich?«

»Vor allem um Loos und diesen Emmerich.«

16

Als Winter auf die Straße trat, war er aufgekratzt und beunruhigt zugleich. Aufgekratzt, weil die Ermittlung endlich in Fahrt gekommen war. Beunruhigt, weil er nicht wusste, wie er die bevorstehende Befragung angehen sollte.

Die Luft flirrte, während er vom Polizeigebäude in Richtung Parlament ging. Kaffeehäuser und Konditoreien warben mit Eisbier und anderen Erfrischungen, denn wer in diesen Tagen nichts Kaltes anbieten konnte, der bekam von den Gästen die kalte Schulter gezeigt.

Winter ging den Ring entlang und versuchte der prallen Sonne auszuweichen, indem er im Schatten der Bäume blieb, die den Straßenrand säumten. Er passierte den mächtigen Universitätsbau und wenig später das Rathaus, hinter dem auch schon das Parlament zu erkennen war. Universität – Rathaus – Parlament, drei aus Stein gebaute Symbole, die für Gelehrsamkeit, bürgerliche Autonomie und Demokratie standen. Im Elend, das seit dem Großen Krieg herrschte, wirkten sie ein wenig aus der Zeit gefallen, denn sie repräsentierten ironischerweise den architektonischen Höhepunkt eines Kaiserreichs, das längst untergegangen war.

Einer, der genau wie Winter ein Relikt dieser Epoche darstellte, war Otto von Zabanyi, ein wichtiger Mann von altem Adel. Winter kannte ihn von früher. Der ehemalige Baron, der jetzt als politischer Berater seinen Lebensunterhalt verdiente, war ein Freund seines verstorbenen Onkels gewesen.

Winter hatte Zabanyi als streng und elitär in Erinnerung, als einen stolzen Mann mit Prinzipien – umso schwerer fiel es ihm, ihn gleich mit dem zu konfrontieren, was Fräulein Gretes Kollegin in dem Notizbuch entdeckt hatte.

Als er sich der Auffahrt des Parlaments näherte, hörte er laute Rufe. »Uns, was uns gehört!«, skandierte eine Menschenmenge. »Wir haben geblutet, wir haben gelitten.« Ein hagerer Mann reckte seine Faust in die Höhe. »Und nun wollt ihr uns das Wenige vorenthalten, das uns zugestanden wurde«, brüllte er.

»Hier.« Eine junge Frau mit sonnenverbranntem Gesicht drückte Winter ein Flugblatt in die Hand. »Westungarn wurde uns Österreichern zugesprochen. Worauf wartet unsere verdammte Regierung denn noch? Uns, was uns gehört!«, schrie sie, und sofort fiel der Rest der Protestler mit ein.

Tatsächlich hatte der Friedensvertrag von Trianon festgelegt, dass der deutschsprachige Teil Ungarns an Österreich fallen sollte. Ungarn, das insgesamt fast zweiundsiebzig Prozent seines Staatsgebietes und rund fünfundsechzig Prozent seiner Bevölkerung an umliegende Staaten verloren hatte, zierte sich aber. Freischärler, die von ungarischen Aristokraten finanziert wurden, hielten das Gebiet besetzt und erwehrten sich jeglicher Versuche einer Landnahme durch Österreich.

Winter war Westungarn gerade ziemlich egal. Alles, woran er denken konnte, war Otto von Zabanyi. Achtlos steckte er das Flugblatt ein, drängte sich zwischen den Demonstranten hindurch und schritt an einem mächtigen Brunnen vorbei, in dem die steinerne Pallas Athene thronte.

Abgesehen von der griechischen Göttin und der Hühnerarmee saß im Parlament nur eine Handvoll Frauen. Eine davon, die Nationalratsabgeordnete Adelheit Rupert, verließ gerade das Gebäude und wurde sofort von Protestlern umringt. Ein Wachmann wollte ihr zu Hilfe eilen, aber sie wies ihn ab und suchte stattdessen das Gespräch mit der aufgebrachten Menge.

Auch dafür hatte Winter gerade keine Augen. Mit einem mulmigen Gefühl im Bauch schritt er durch die große Eingangspforte und fand sich im Oberen Vestibül wieder. Die Verkleidung aus Stein- und Marmorplatten auf dem Boden sowie an den Wänden senkte die Temperatur spürbar, und die sieben Meter hohen Säulen aus Trientiner Marmor verliehen dem Raum etwas Sakrales. In Nischen über den Treppen standen Statuen griechischer Götter, die nach antiken Vorbildern angefertigt worden waren. Unter den strengen Blicken von Zeus und Poseidon trat Winter zum Portier.

»Entschuldigen Sie, ich müsste dringend mit Herrn Baron von Zabanyi sprechen.«

»Baron gibt's nimmer und von schon gar ned«, murmelte der alte Mann. »Hams noch nie vom Adelsaufhebungsgesetz gehört?«

»Verzeihung.« Winter räusperte sich. »Ich muss dringend mit Herrn Zabanyi sprechen.«

»Geht's ein bissl genauer? Hier geht es zu wie in einem Bienenstock, sehen S' eh, wie viele Leute da raus und reingehen.«

»Ich weiß nur, dass Herr von ... dass Herr Zabanyi als politischer Berater der Christlichsozialen Partei fungiert und laut Auskunft seiner Haushälterin heute hier sein soll.«

»Ah, jetzt weiß ich, wen Sie meinen. Der müsste im Plenarsaal sein.« Der Portier deutete auf ein großes Buch.

»Wenn Sie sich bitte ausweisen und hier eintragen würden, Herr …?«

»Winter. Ferdinand Winter.« Er präsentierte seine Marke.

»Haben Sie vielen Dank.« Er orientierte sich kurz, durchschritt das Vestibül und das anschließende Atrium bis zu einer großen Tür, über der sich ein Friesgemälde befand, das die thronende Austria darstellte. Krieger schworen ihr kniend die Treue, Frauen brachten Opfergaben dar.

»Gut und Blut fürs Vaterland«, murmelte Winter und betrat das Herzstück des Gebäudes, einen lang gestreckten Zentralraum, dessen Glasdach von vierundzwanzig Marmorsäulen getragen wurde. Der Architekt des Parlaments, Theophil Hansen, hatte die imposante Halle als einen Ort der Begegnung geplant – und genau zu dem hatte sie sich auch gemausert.

Eine Vielzahl von Männern stand in kleinen Grüppchen zusammen, hitzige Diskussionen vermischten sich zu einem aufgeregten Stimmengewirr. Wahrscheinlich war gerade eine Nationalratssitzung zu Ende gegangen, und Winter konnte sich vorstellen, dass die Arbeitslast dieser Tage besonders groß war, da die Sommerpause kurz bevorstand.

»Finanzausschuss«, schnappte er auf, »Preisstaffelungsgesetz«, »Vertrag von Trianon«. Als ein englischer Akzent an sein Ohr drang, fühlte er sich für einen kurzen Moment ins *La Belle* zurückversetzt.

Fragend sah er sich um, und endlich entdeckte er den Ausländer. Er war Anfang fünfzig und sprach mit keinem Geringeren als Bundeskanzler Johann Schober höchstpersönlich. Winter kannte sein Bild aus der Zeitung: Es war Arthur Hugh Frazier, der gegenwärtige Kommissär der Vereinigten Staaten in Wien. Er hatte den Habitus eines »American Sportsman«. Frazier wirkte kühl und gemessen und besaß eine Statur, die auf Leibesübungen schließen ließ. Die Hornbrille, die er trug, verlieh ihm intelligente Züge und einen durchdringenden Blick.

»Frazier«, zischte eine Stimme. »Die verdammten Alliierten sollen sich endlich aus unseren Angelegenheiten heraushalten.«

»Genau«, erwiderte ein anderer. »Die Amerikaner sind nicht besser als die Franzosen und Italiener. Die sind bloß hier in Wien, um es sich mit ihren kaufkräftigen Devisen gut gehen zu lassen. Wie die Maden im Speck leben sie. Die sind schlimmer als die Schleichhändler und Schieber und das ganze zwielichtige Gesindel.«

Als wäre der letzte Begriff ein Stichwort gewesen, tauchte direkt vor ihm ein bekanntes Gesicht auf. Winter erkannte ihn sofort an seinem haifischartigen Grinsen. Veit Kolja.

»Was tust du denn hier?« Kolja legte den Kopf schief und musterte ihn, dabei blieb sein Blick an Winters Manschetten hängen, die dieser notdürftig mit je einem Gummiband und zwei Büroklammern verschlossen hatte.

Schnell verschränkte Winter die Arme hinter dem Rücken. »Dasselbe könnte ich Sie auch fragen.«

»Ich tue das, was ich immer tue.« Koljas Grinsen wurde noch breiter. »Ich kümmere mich um das Land und seine Menschen.«

Winter riss die Augen auf. »Sagen Sie nicht, dass Sie im Nationalrat sitzen?«

Kolja ignorierte die Frage und blickte über Winters Schulter. »Ausnahmsweise mal ganz ohne Kindermädchen unterwegs?« Demonstrativ sah er sich um. »Oder haben sie ihn nicht hereingelassen wegen der Sache mit Schober. Ach nein.« Theatralisch klatscht er sich gegen die Stirn. »Jetzt fällt es mir wieder ein.« Er konnte seine Belustigung kaum verbergen. »Emmerich muss ja wieder die Schulbank drücken.«

»Woher …«

»Solche Dinge machen die Runde. Also, was machst du hier?« Kolja hörte auf zu grinsen und betrachtete Winter mit demselben abschätzigen Blick, wie es gestern der Impresario im *La Belle* getan hatte.

»Ich …«, setzte Winter an, hielt dann aber inne. »Wissen Sie was?«, sagte er. »Ich schulde Ihnen keine Erklärung. Ich bin kein dummer Junge, sondern ein Staatsdiener.«

»Genauso wie ich. Wie du bereits richtig geraten hast, bin ich seit Kurzem Nationalratsabgeordneter.« Kolja weidete sich an Winters konsterniertem Gesichtsausdruck.

»Was sind das nur für Zeiten«, seufzte der. »Verbrecher lenken den Staat.«

Kolja grinste wieder sein Haifischgrinsen. »Das war doch schon immer so. Der einzige Unterschied zu früher ist der, dass es damals lauter blaublütige Verbrecher waren. Sind wir doch mal ehrlich: Das, was euch feine Pinkel am Allermeisten stört, ist die Tatsache, dass Männer wie ich Männern wie dir den Rang abgelaufen haben. Ihr könnt es nicht ertragen, dass es heutzutage um Talent geht und nicht mehr nur um Herkunft.«

»Ich würde Skrupellosigkeit nicht als Talent bezeichnen.«

»Darüber lässt sich streiten.« Kolja runzelte die Stirn. »Du kleiner Moralapostel bist aber sicher nicht hergekommen, um mir einen Vortrag zu halten.« Er kniff die Augen zusammen. »Ich wette, du bist hier, um jemanden zu verhaften oder zumindest zu befragen.«

»Das geht Sie …«, setzte Winter an, doch Kolja ließ ihn nicht ausreden.

»Einer von meinen werten Herrn Kollegen hat etwas ausgefressen.« Sein Gesicht begann zu leuchten. »Raus mit der Sprache. Wer ist es?«

Winter unterdrückte den Drang, sich zu erklären. Stattdessen schüttelte er den Kopf und ließ Kolja einfach stehen.

»Die Männer sind alle Verbrecher«, sang Kolja ihm leise hinterher. »Ihr Herz ist ein finsteres Loch. Die Männer sind alle Verbrecher, aber lieb, aber lieb sind sie doch.«

Sein Lachen hallte noch in Winters Ohren, während er sich auf seine eigentliche Aufgabe zu konzentrieren versuchte.

Er ging durch die Menge und schaffte es endlich, Zabanyi auszumachen. Er erkannte ihn sofort an seinem Backenbart, der eine frappierende Ähnlichkeit mit jenem von Kaiser Franz Josef I. aufwies. »Verzeihung«, sprach ihn Winter an. »Ich müsste kurz mit Ihnen reden.«

»Ja bitte, Herr …?«

Winters Körper straffte sich. »Ferdinand …« Er zögerte kurz. »Ferdinand von Winter. Sicher erinnern Sie sich an meinen Onkel Leopold, möge Gott seiner Seele gnädig sein.«

»Der kleine Ferdinand.« Zabanyis Gesicht hellte sich auf. »Natürlich erinnere ich mich. Das mit deinem Onkel tut mir sehr leid. Die Spanische Grippe im letzten Kriegsjahr, nicht wahr? Was führt dich zu mir?«

Winter war erleichtert, der Anfang war gemacht. Er sah sich um und senkte die Stimme. »Das würde ich gerne unter vier Augen besprechen.«

Zabanyi zögerte, als ein Mann, der eine Dokumentenmappe in der Hand hielt, beflissen auf ihn zukam.

»Herr Doktor Zabanyi, es wäre dann alles für die Unterredung vorbereitet.«

Zabanyi wandte sich an Winter. »Es tut mir sehr leid, Ferdinand.« Er deutete nach links, auf die Tür, die in das Vorzimmer des Sitzungssaals führte. »Vielleicht ein anderes Mal.« Er wandte sich zum Gehen.

Winters Herzschlag beschleunigte sich, er musste etwas tun, und zwar hier und jetzt und schnell. Mit wenigen Schritten war er wieder bei Zabanyi. »Es ist dringend.« Er präsentierte seine Polizeimarke. »Es geht um Fräulein Novotny. Irina Novotny.«

Zabanyis Blick blieb an der Marke hängen. »Novotny? Kenne ich nicht. Du musst mich mit jemandem verwechseln. Wenn du mich jetzt bitte entschuldigen würdest.«

Winter wurde unsicher. Was, wenn er sich irrte? Es war kein Kavaliersdelikt, einen ehrenhaften Mann solcher Dinge zu beschuldigen, wie er es tun musste – zumindest nicht in seiner Welt. Emmerich sähe das sicher ganz anders, doch Emmerich war nicht hier.

Er sprach sich selbst Mut zu und eilte Zabanyi hinterher. »Sie hat alles festgehalten«, sagte er und zog das Notizbuch aus seiner Jacke. »19210615 0700a Priv OvZ Aupe StiLe«, las er wahllos einen Eintrag vor. »Das steht für 15. Juni 1921, 7 Uhr abends. Privat. OvZ, steht für Sie: Otto von Zabanyi.«

»OvZ kann für vieles stehen.«

Damit hatte er wohl recht, doch Grete und ihre Kolleginnen hatten ganze Arbeit geleistet. Von Emmerich lapidar als »Hühnerarmee« bezeichnet, waren die emsigen Fräuleins es, die den Betrieb bei der Polizei aufrechterhielten. Sie waren ein kleiner Ameisenstaat, der Tag und Nacht Informationen sammelte, sie ordnete und an die richtigen Stellen weitergab.

Einer Sekretärin aus der Sitte waren die Abkürzungen in dem Notizbuch bekannt vorgekommen. Mit ihrer Hilfe war es ein Leichtes gewesen, den Code zu knacken. »Priv« stand für »privat«, »LB« für das »La Belle« und »Par« für eine Örtlichkeit namens »Paradies«. Bei der nächsten Spalte handelte es sich um die Initialen von Irinas Kunden. Die Fräuleins aus dem Meldeamt hatten Übermenschliches geleistet und innerhalb kürzester Zeit sämtliche potenziellen Kandidaten herausgefiltert. Die Vielzahl von Namen hatten sie nach Alter, Geschlecht und geschätztem Einkommen geordnet. Bei den anderen Anfangsbuchstaben kamen einige Herren infrage – unter anderem ein Chefredakteur, ein Bankdirektor und ein Richter –, doch OvZ ließ nur einen sinnvollen Rückschluss zu: Otto von Zabanyi.

»In der Spalte daneben«, ging Winter nicht auf Zabanyis Einwand ein, »hat Irina Novotny aufgeschrieben, welche sexuellen Handlungen sie durchgeführt hat«. Allein der Gedanke daran trieb ihm die Röte ins Gesicht. Kein Wunder, dass Fräulein Grete vor Scham beinahe im Boden versunken war.

Winter hatte bis heute nie darüber nachgedacht, womit sich die Hühnerarmee tagtäglich beschäftigen musste. Die meisten von ihnen waren junge, unschuldige Frauen – oft sogar höhere Töchter –, die frisch von der Sekretärinnen-Schule kamen. Es war sicher schwer für sie, mit den Abscheulichkeiten klarzukommen, denen sie beim Abtippen von Zeugenaussagen, Gerichtsprotokollen und Obduktionsbescheiden ausgesetzt waren.

Er stockte kurz, dann überwand er sich und flüsterte: »Aupe und StiLe«, er zögerte und bekam heiße Ohren. »Das steht für Auspeitschen und Stiefellecken.« Erleichtert atmete er auf, als ihm die Worte endlich über die Lippen gekommen waren.

»Was fällt dir ein?«, zischte Zabanyi und sah sich hektisch

um. »Ich werde mich bei deinem Vorgesetzten beschweren.« Sein Gesicht war knallrot angelaufen, die Adern an seiner Schläfe schwollen an.

»Herr Doktor Zabanyi, die Unterredung«, drängte der Mann mit der Dokumentenmappe.

»Einen Augenblick, jetzt urgieren Sie doch nicht so! Ich muss hier noch etwas klären.« Zabanyis Tonfall war ungehalten, fast schon aggressiv. Er zog Winter zur Seite. »Gib mir das«, forderte er und streckte seine Hand nach dem Notizbuch aus.

»Das ist ein Beweisstück.« Winter hielt es aus Zabanyis Reichweite. »Wo waren Sie in der Nacht von Montag auf Dienstag?«

»Jedenfalls nicht bei Irina. Wir haben uns nur zweimal im Monat gesehen. Am ersten und am fünfzehnten.«

»Das weiß ich bereits. Über Ihre Zusammenkünfte steht alles da drinnen.« Winter hatte seine liebe Mühe, nicht das Attribut »pervers« in den Mund zu nehmen. »Also, wo waren Sie?«

»Daheim.« Erneut streckte Zabanyi seine Hand aus. »Gib mir das. Wenn das publik wird …« Seine Wut war jetzt Verzweiflung gewichen. »Ich bin politischer Berater, ein Mann von Ehre. Das wäre ein Skandal, nicht auszumalen.«

»Hat Irina Sie erpresst? Sie und die anderen?« Winter dachte an die Liste aus dem Meldeamt, die potenziellen Kandidaten. Männer von Rang. Männer mit Familien. Männer, die wahrscheinlich sehr daran interessiert waren, dass ihre Vorlieben nie an die Öffentlichkeit gelangten.

»Mich zumindest nicht. Sie ist ja nicht blöd und vergrault sich die Kundschaft. Sie verdient genug mit ihren Diensten.« Zabanyi starrte auf das Notizbuch. »Woher hast du das überhaupt?«

»Ich darf nicht über eine laufende Ermittlung reden. Erzählen Sie mir alles, was Sie über Irina und ihre Mitbewohnerinnen wissen.«

Zabanyi zog ein Taschentuch aus seiner Hosentasche und wischte sich über die Stirn. Dann schüttelte er den Kopf. »Über Irina weiß ich so gut wie nichts. Ich habe sie ja nicht getroffen, um mit ihr zu reden.«

»Und ihre Mitbewohnerinnen? Mizzi Proll und Traude Rechberger?«

»Noch nie gehört. Ich wusste bis jetzt noch nicht mal, dass sie Mitbewohnerinnen hat.« Zabanyi schien sich wieder halbwegs gefangen zu haben. »Was ist denn eigentlich los?«

»Wie bereits gesagt, ich darf nicht über eine laufende Erm …«

Plötzlich riss Zabanyi die Augen auf. »Geht es etwa um die beiden ermordeten Frauen in der Brigittenau? Ich habe in der Zeitung darüber gelesen. Wurde Irina auch …«

»Nein. Irina ist verschwunden. Sie haben nicht zufällig eine Ahnung, wo sie sein könnte?«

Zabanyi schüttelte den Kopf. »Die haben zu dritt gelebt«, überlegte er laut. »Die beiden Mitbewohnerinnen wurden umgebracht, und Irina hat sich in Luft aufgelöst.«

»Lassen Sie die Ermittlung meine Sorge sein.«

»Solange das da«, Zabanyi zeigte auf das Notizbuch in Winters Hand, »solange das da nicht vernichtet wird, ist es auch meine Sorge. Wem hast du von der Sache erzählt? Wer außer dir weiß noch davon?«

»Mein Vorgesetzter … Ach, vergessen Sie's«, winkte Winter ab. »Hören Sie. Die Informationen sind bei mir in guten Händen. Ich verspreche, dass ich alles in meiner Macht stehende tun werde, um Ihr drecki … Ihr Geheimnis und das der anderen Männer zu wahren.« Um sein Versprechen zu unterstreichen, steckte er das Notizbuch ein.

Zabanyi blähte die Nasenflügel und schnaubte.

»Herr Zabanyi«, quengelte der Mann mit der Dokumentenmappe noch einmal. »Ihre Unterredung.« Demonstrativ hielt er seine Taschenuhr in die Höhe.

»Sofort«, rief Zabanyi und wandte sich noch einmal an Winter. Er schien mit sich zu ringen, schien etwas abzuwägen. »Wegen Irina ...«, sagte er schließlich. »Versuch's im *Paradies*. Wenn Sie sich irgendwo verborgen hält, dann dort. Weißt du, wie man hinkommt?«

Winter schüttelte den Kopf.

»Das wundert mich nicht.« Zabanyi erklärte ihm den Weg. Offenbar lag dieses »Paradies« außerhalb der Stadt, in der Nähe des Hameau, einer Anhöhe mitten im Wienerwald.

»Das klingt reichlich mysteriös«, sagte Winter.

Zabanyi wirkte plötzlich wieder besser gelaunt. »In der Tat, Ferdinand, in der Tat. Das *Paradies* ist ein Ort voller Spektakel und Wunder. Viel Glück.« Er eilte davon, blieb nach ein paar Schritten aber stehen und kam noch einmal zurück. »Es gibt zwei Losungen«, erklärte er. »Die erste lautet: Panem et circenses.«

»Brot und Spiele«, erinnerte sich Winter zurück an den Lateinunterricht. »Und das zweite?«

»Memento mori.« Zabanyi klopfte Winter auf die Schulter, drehte sich um und verschwand im Vorzimmer des Sitzungssaals.

»Memento mori«, murmelte Winter und blickte ihm hinterher. »Bedenke, dass du sterblich bist.«

17

Hatte Zabanyi den Kleinen tatsächlich gerade ins *Paradies* geschickt?

Veit Kolja, der Winter hinterhergeschlichen war und die Konversation teilweise belauscht hatte, hielt die Luft an, zog den Bauch ein und verbarg sich weiter hinter einer der massiven korinthischen Säulen. Er sah zu, wie Zabanyi verschwand, während Winter ins Atrium zurückkehrte. Dann wartete er noch ein wenig ab, und als er sicher war, dass niemand sein Aushorchen bemerkt hatte, eilte er in den Plenarsaal, wo jetzt gleich über das Gewerbeinspektionsgesetz abgestimmt werden würde.

Wären nicht die vielen Pulte gewesen, hätte man den Raum für ein hellenisches Theater halten können, bestand er doch aus ansteigenden, halbkreisförmig angeordneten Sitzreihen, und war mit einer Vielzahl von Säulen und Statuen geschmückt, die griechische Persönlichkeiten darstellten. Es existierte kaum ein anderes Parlament in der Welt, das so reich ausstaffiert war und sich derart herausgeputzt hatte wie dieses. Zwischen blankpoliertem Marmor und vornehmen Pilastern, die sanft im elektrischen Licht massiver Kristalllüster glänzten, wurde über das Schicksal des hungernden und darbenden Volkes bestimmt.

Kolja setzte sich auf seinen Platz und lockerte die Krawatte. Der beißende Gestank von Möbelpolitur stieg ihm in die Nase, dazu der Geruch von Eau de Cologne und

Schweiß. Ja, auch die feinen Herren hier drinnen schwitzten.

Er saß recht weit hinten im Abschnitt der Christlichsozialen und starrte nun hinüber zu den Sozialdemokraten, diesen lästigen Wichtigtuern. Sie glaubten, sie wären besonders modern und fortschrittlich, hatten sogar ganze acht Weiber bei sich aufgenommen. Die redeten über nichts lieber als Frauenrechte. Wollten, dass Schwangerschaftsabbrüche erlaubt werden, dass Frauen ohne Zustimmung ihrer Männer arbeiten gehen durften, den gleichen Lohn für dieselbe Arbeit ... Er schüttelte den Kopf. Was kam als Nächstes? Bürgermeisterinnen? Oder gar Bundeskanzlerinnen?

Die Abgeordnete Adelheid Rupert hatte wohl seinen Blick bemerkt und funkelte ihn böse an.

Kolja grinste so lange zurück, bis sie sich abwandte, und richtete seine Aufmerksamkeit wieder nach vorn. Die Worte des Abgeordneten, der sich dort gerade den Mund fusselig redete, nahm er nicht wirklich wahr. Immer wieder schweiften seine Gedanken ab.

Dass Zabanyi, dieser Biedermann, der immer von Moral und Anstand predigte, offenbar auf perverse Sexspielchen stand, wunderte ihn nicht – aber dass Zabanyi das *Paradies* kannte, dass er wusste, wo es sich befand und wie man sich Zutritt verschaffte, das hätte er ihm nie im Leben zugetraut.

Das *Paradies*. Wiens verruchtestes Etablissement, das nur einem ausgewählten Kreis von Menschen zugänglich war. Ein sagenumwobener Ort, um den sich viele Mythen rankten. Wilde Mythen. Schlimme Mythen. Nicht ein einziger davon wurde der Realität auch nur annähernd gerecht. Das *Paradies* war ein Sündenpfuhl, ein neuzeitliches Babylon ohne Gesetz und Gnade.

»Gerade die Verhandlungen der letzten Zeit haben praktisch bewiesen, dass wir mit der Neuordnung, wie sie in diesem Gesetzentwurfe vorgeschlagen wird, nicht mehr länger zuwarten können«, rief der Abgeordnete mit hochrotem Kopf, und Kolja wunderte sich einmal mehr, wie man sich in so einen langweiligen Mist so hineinsteigern konnte.

Gewerbeinspektion. Er lehnte sich zurück und gähnte. Politik war lukrativ aber langweilig. Manchmal sehnte er sich zurück nach seinem alten Leben, nach dem Nervenkitzel: den Verfolgungsjagden, Versteckspielen, den Kämpfen, bei denen man dem Feind direkt ins Auge sah, dem Gefühl von kaltem Stahl in der Hand, dem süßen Duft des Verbotenen.

Diese Erinnerungen leiteten seine Gedanken zurück zum *Paradies*. Er kratzte sich am Kopf. Ein Polizist wie Emmerich konnte an einem solchen Ort vielleicht bestehen – einer wie Winter auf gar keinen Fall. Wenn der Kleine dort heute Nacht tatsächlich allein hinging, würde das kein gutes Ende nehmen. Und das musste auch Otto Zabanyi wissen.

»Ich bitte diejenigen Damen und Herren, welche dieses Gesetz annehmen wollen, sich von den Sitzen zu erheben«, rief der Nationalratspräsident.

»Zabanyi«, murmelte Kolja. »So viel Durchtriebenheit hätte ich dir gar nicht zugetraut.« Er schüttelte den Kopf und stand auf.

18

Emmerich stand etwas abseits im Flur und rauchte, als würde es um sein Leben gehen. Nur noch eine Lehreinheit, dann wäre der theoretische Part dieses vermaledeiten ersten Tages endlich zu Ende.

»Ihr Äußeres lässt auf das Innere schließen«, klangen Brühls Worte noch immer in seinem Ohr. Dessen Belehrungen über angemessene Bekleidung hatten ihn beinahe zur Weißglut getrieben. Brühl selbst war das beste Beispiel dafür, dass man von einem gepflegten Äußeren nicht auf innere Größe schließen konnte. Und wie er mit blank polierten Schuhen und einem Sakko aus edlem Zwirn in der Unterwelt ermitteln sollte, hatte ihm auch niemand erklären wollen.

Emmerich schnaubte verächtlich. Jede einzelne Unterrichtsstunde hatte sich angefühlt wie eine Ewigkeit. Unglaublich, wie sehr die Zeit sich dehnen konnte. Dieser ganze Kursus war bereits jetzt eine der schlimmsten Zeitverschwendungen, die er jemals erlebt hatte.

Er lehnte sich gegen die Wand, blies Rauchkringel in die Luft und beobachtete die anderen Männer. Sie standen zusammen und lachten laut, vielleicht sogar über ihn, aber das war ihm egal.

Dieser Czerny von der Sitte schien um jeden Preis eine Allianz gegen ihn bilden zu wollen. Czerny brauchte einen Schuldigen, einen Sündenbock, einen Blitzableiter. Dabei trug jeder von ihnen – er selbst miteingeschlossen – Schuld an seiner eigenen Misere.

Er sah, wie Czerny Pötzlein etwas ins Ohr flüsterte und dabei böse zu ihm herüberfunkelte.

Es war immer einfacher, die Verantwortung irgendwo anders zu suchen. Sowohl im Kleinen als auch im Großen. Emmerich dachte an die Juden und die Frauenrechtlerinnen. Die Kommunisten und die Sozialdemokraten. Auch ihnen schob man derzeit alles in die Schuhe, das irgendwie problematisch war.

Sein Blick wanderte erneut zu den andern. Irgendetwas an der Szenerie störte ihn. Doch was war es?

Er beobachtete weiter seine Kollegen: Steiner und Wehle hielten sich etwas abseits, während Baumgartner versuchte, sich ebenfalls bei Czerny anzubiedern, indem er ihm bereits zum zweiten Mal eine Zigarette anbot.

Endlich erkannte Emmerich, was ihm missfiel – es war die Anzahl und die Auswahl der zu Bessernden. Die Wiener Polizei mit all ihren Dienststellen umfasste mindestens fünftausend Personen. Dass davon nur sechs Läuterung bedurften, schien ihm doch recht wenig. Er dachte an Wachtmeister Hörl, der immer wieder mal betrunken zum Dienst erschien, oder an Inspektor Heimler, der dafür bekannt war, seinen Kokainbedarf aus den Beständen der Asservatenkammer zu decken. Warum waren sie nicht hier? Irgendetwas passte hier nicht. Wie bei einem Klavier mit schlecht gestimmten Saiten, weshalb die ganze Melodie verhunzt war.

Seine Überlegungen wurden jäh unterbrochen, als Fräulein Rottmann um die Ecke bog.

Sie wirkte streng und militärisch, selbst ihr Gang war zackig. An ihr war ein Feldwebel verloren gegangen. Sie kam direkt auf ihn zu und sah ihn an, als wäre er dreckiges Ungeziefer. Mit einem eisigen Blick streckte sie ihm ein zusammengefaltetes Blatt Papier entgegen. »Von einem gewissen Ferdinand Winter.«

»Was ist das?«

»Ach, soll ich es Ihnen etwa auch noch vorlesen?« Sie schnaubte verächtlich und stemmte die Hände in die Hüften. »Ich bin nicht Ihre Dienstmagd.«

Emmerich schenkte ihr keine weitere Beachtung, sondern faltete das Papier auseinander. »Brühl macht Ärger bei Zech. Die Ermittlungen stehen darum still«, stand dort in enger, kursiver Handschrift. Alarmiert blickte er auf die Uhr, die am Ende des Flurs an der Wand hing.

»Wann hat er angerufen?«

»Irgendwann um die Mittagszeit.« Sie wandte sich ab und ging davon.

»Um die Mittagszeit?«, rief Emmerich ihr hinterher. Seine Worte hallten von den Wänden. »Das war eine wichtige Nachricht. Warum haben Sie sie mir nicht gleich übermittelt?«

»Seien Sie froh, dass ich mir überhaupt die Mühe gemacht habe.«

»Sie haben damit meine Ermittlung sabotiert.«

Fräulein Rottmann blieb stehen und drehte sich um. »Soweit ich weiß, hat niemand von Ihnen hier laufende Ermittlungen.« Sie sah ihn abschätzig an und verschwand in Richtung Toilette.

Brühl! Dieser elende Drecksack dachte wohl, er habe nun die Macht bei Leib und Leben und könne schalten und walten, wie es ihm beliebte. Aber noch war Emmerich nicht weg vom Fenster. Noch war er nicht in den Innendienst versetzt worden. Erneut blickte er auf die Uhr – die Pause dauerte noch fünf Minuten.

Er murmelte in Richtung der anderen Kursteilnehmer etwas von wegen Toilette und eilte davon.

Brühl würde sich noch wundern. Er würde diesen elenden Kurs bestehen, und Winter würde den Fall lösen. Dafür wollte er jetzt sorgen.

Beim Sekretariat angekommen, klopfte er sicherheitshalber an die Tür.

Nichts geschah.

»Fräulein Rottmann«, rief er und betätigte die Klinke. Wie er bereits erwartet hatte, war die Tür abgesperrt.

Mit einem langen dünnen Nagel, den er im Flur aus einem Haufen Bauschutt gefischt hatte, knackte er das Schloss und huschte schnell zu dem Telefonapparat.

Mithilfe der sechsstelligen Stellhebelvorrichtung gab er die gewünschte Nummer ein, hob den Hörer ab, drückte den Rufknopf und drehte an der seitlich angebrachten Kurbel.

Während er auf die Verbindung wartete, ließ er seinen Blick über Rottmanns Schreibtisch wandern. Ein Brief aus dem Bundeskanzleramt erweckte sein ganz besonderes Interesse. Er drehte ihn zu sich und überflog, was darauf geschrieben stand. »Interessant«, murmelte er. Die Administration der Schwarzenbergkaserne war genauso kurzfristig über die Abhaltung des Kurses informiert worden wie er. Nämlich gestern. Das war irgendwie sonderbar, fand er.

»Zech«, tönte es da plötzlich in sein Ohr.

»Emmerich hier.« Er sprach schnell und so leise wie möglich.

»Emmerich?« Zech lachte. »Wie ist der Kurs? Können Sie jetzt schon brav ›Bitte‹ und ›Danke‹ sagen?«

Auf dem Flur ertönten Schritte, und Emmerich duckte sich hinter den Schreibtisch. »Das erzähl ich Ihnen ein anderes Mal«, flüsterte er und atmete auf, als die Person vorbeiging und sich entfernte. »Ich rufe wegen Brühl an«, sprach er weiter. »Winter meinte, er mache Ärger. Was ist los?«

Zech schilderte kurz, was geschehen war.

»Der Hundesohn kann nicht einfach bestimmen, welche Fälle Priorität haben und welche nicht«, zischte Emmerich.

»Keine Sorge. Winter hat sich offenbar ein bisschen was von Ihnen abgeschaut.« Ein Lachen drang durch die Leitung. »Er hat mich angelogen. Ziemlich schlecht, aber immerhin. Ich habe getan, als würde ich es ihm abnehmen und Brühls Fall wieder hintenangestellt.«

Emmerich kam nicht umhin zu lächeln. Winter hatte gelogen. Beinahe verspürte er so etwas wie väterlichen Stolz. »Ist er im Büro? Können Sie mich kurz zu ihm durchstellen?«

»Moment, ich versuch's.« Ein Knacken ertönte in der Leitung, dann herrschte Stille. Emmerich lauschte angestrengt in den Hörer. War die Leitung tot, oder hob am anderen Ende nur niemand ab? Plötzlich knackte es wieder.

»Ferdinand?«

»Inspektor Emmerich, sind Sie das?« Es war Fräulein Grete.

»Ja, ich bin's. Holen Sie mir Winter an den Apparat. Bitte«, fügte er schnell hinzu.

»Herr Inspektor Winter ist momentan leider nicht im Haus«, erklärte sie wie aus der Pistole geschossen. »Er sollte aber bald wieder zurückkommen. Kann ich ihm was ausrichten?«

Emmerich überlegte. »Sagen Sie ihm schöne Grüße. Immer nur weiter so.«

Winter stand in dem stickigen Waschraum der Herrentoilette und ließ kaltes Wasser über sein Taschentuch laufen. Dann wrang er es aus und legte es sich in den Nacken. Der Weg vom Parlament durch die erhitzten Straßen der Stadt hatte ihn ordentlich ins Schwitzen gebracht, beinahe so sehr wie die Begegnung mit Zabanyi.

Plötzlich flog die Tür auf, und Szepanek betrat den Raum. »Ah, da schau an, der Herr Kollege Winter. Na, wie kommen Sie in Ihrem Fall voran?«

Winter erstarrte. Wusste Szepanek von seiner Aktion? War die Frage ein Trick? Er nickte unbestimmt und wandte sich zum Gehen.

Szepanek blickte ihn mit einem gehässigen Grinsen an und versperrte ihm den Weg. »Sie sehen abgespannt aus, Herr Kollege.« Er trat näher und klopfte Winter auf die Schulter. »Aber keine Sorge, das wird schon. Sie werden sich an die neue Ordnung gewöhnen.« Szepanek ließ ihn stehen und verschwand in einer der Toilettenkabinen.

Winter spürte, wie er innerlich zu kochen begann. Er schlug die Tür hinter sich zu und ging mit entschlossenem Schritt in Richtung Büro. *Die neue Ordnung.* Von wegen. Er würde dafür Sorge tragen, dass es bei der alten Ordnung blieb. Heute Abend würde er in dieses *Paradies* fahren und Irina Novotny finden – und mit ihr den Mörder. »Panem et circenses«, murmelte er die erste Losung. Der Gedanke an die zweite ließ ihn jedoch erschaudern. Wie gern hätte er Emmerich zurate gezogen. Der wusste sicher, was genau …

»Herr Inspektor Winter«, riss Fräulein Grete ihn aus seinen Überlegungen. »Inspektor Emmerich hat angerufen. Ich soll Ihnen schöne Grüße ausrichten, und immer nur weiter so.«

»Emmerich?« Winter sah sie irritiert an. »Weiter womit?«

Sie zuckte mit den Schultern. »Das hat er nicht gesagt.«

»Wann genau war das?«

»Jetzt gerade, ich habe eben aufgelegt.«

Winter stürzte ins Büro und griff zum Telefonhörer.

Emmerich blickte auf die Standuhr hinter dem Schreibtisch. Noch vierzig Sekunden bis zum Beginn der nächsten Lektion. Außerdem konnte Fräulein Rottmann jeden Augenblick zurückkommen. Er musste gehen. Jetzt sofort.

Er huschte nach draußen auf den Flur, versperrte die Tür, sah sich um und eilte davon. Das Läuten des Telefons, das aus dem Sekretariat drang, ignorierte er.

Wo waren denn bloß alle? Warum hob keiner ab? Jetzt gerade, vor ein paar Sekunden, hatte Fräulein Grete gesagt. Winter vergewisserte sich, dass die Stellhebel die richtigen Nummern anzeigten, drückte noch einmal den Rufknopf und kurbelte.

»Schwarzenbergkaserne, guten Tag«, meldete sich Rottmanns schneidende Stimme. Sie schien außer Atem zu sein und klang äußerst ungehalten.

Winter war trotzdem froh, sie zu hören. »Ferdinand Winter am Apparat«, meldete er sich. »Könnte ich bitte Inspektor Emmerich sprechen? Es ist dringend.«

»Sie schon wieder. Ich sage es nur noch ein einziges Mal: Ich bin nicht Ihre persönliche Sekretärin. Außerdem ist er im Unterricht.«

Winter sammelte sich. »Bitte, Fräulein Rottmann«, er legte so viel Charme in seine Stimme, wie es ihm möglich war. »Würden Sie ein letztes Mal eine Nachricht für ihn notieren? Ich würde Sie nicht belästigen, wenn es nicht wichtig wäre.« Er lauschte in den Telefonhörer. Nach einer längeren Pause drang ein leises Seufzen aus der Leitung.

»Na gut. Von mir aus. Ich höre? Aber machen Sie schnell.«

»Vielen Dank für Ihre Mühe. Ich würde Herrn Inspektor Emmerich die Nachricht ja selbst überbringen, aber Sie wissen ja, dass niemand von außen zu den Teilnehmern des Disziplinarkursus darf.«

»Schon gut, hab ich gesagt. Worum geht es?«

»Richten Sie ihm bitte aus, dass es eine Spur gibt und ich heute Abend ins Paradies einkehren werde. Für ein paar Ratschläge wäre ich äußerst dankbar.«

»Ins Paradies einkehren? Sie erlauben sich hier wohl einen sehr schlechten Scherz ...«

»Nein, es ist mein voller Ernst. Und es ist ausnehmend wichtig, dass Herr Inspektor Emmerich umgehend davon erfährt.« Er dachte an Szepaneks Ausspruch über die neue Ordnung. »Es geht um alles oder nichts.«

»Schon gut, Sie brauchen nicht gleich dramatisch zu werden. Ich sehe, was sich machen lässt. Guten Tag.«

Ein Klicken in der Leitung zeigte Winter, dass sie aufgelegt hatte.

Fräulein Rottmann nahm die Notiz, stand auf und schritt zur Tür. Dann blickte sie auf die Standuhr. Sie zeigte eine Minute nach fünf. Feierabend.

Sie sinnierte kurz, ging dann entschlossen zurück zum Schreibtisch und legte die Nachricht neben das Telefon. Sie würde sich morgen darum kümmern. Wegen diesen beiden Hampelmännern würde sie ganz sicher keine Überstunden machen.

Sie zog einen kleinen Schlüsselbund aus ihrer Rocktasche, verließ den Raum und schloss die Tür ab.

19

Emmerich betrat den Speisesaal, in dem üblicherweise die in der Kaserne stationierten Soldaten ihre Mahlzeiten einnahmen, der aber heute voll besetzt mit Handwerkern war. Er stellte seine Tasche ab und ließ sich auf den erstbesten Platz an einem der langen Tische sinken.

»Na, da schau her, das Hinkebein ist auch schon hier.« Czerny lachte laut über seine Schmähung, Pötzlein und Baumgartner stimmten mit ein, dann wandten sie sich wieder ihrem Abendessen zu.

Emmerich schnaubte und unterdrückte den Drang, auf die Provokation einzugehen und Streit anzufangen. Er durfte Brühl nicht noch mehr Zündstoff liefern, außerdem war er für eine Auseinandersetzung schlicht und ergreifend zu fertig.

In der vergangenen Stunde waren sie von einem ausgezehrten kleinen Mann namens Konrad mit einer Trillerpfeife über den brütend heißen Innenhof gehetzt worden. Jetzt trieben die pochenden Schmerzen in seinem Knie ihn beinahe in den Wahnsinn, aber er riss sich zusammen. Auf keinen Fall wollte er Schwäche zeigen.

Mit zusammengebissenen Zähnen schnappte er sich ein Tablett und stellte sich hinter Wehle und Steiner in die Schlange vor der Essensausgabe.

»Heute gibt's Gulasch.« Die Küchenhelferin klatschte ihm mit stumpfem Blick einen fahlen Eintopf auf den Teller.

Im Unterricht lernten sie, vornehm zu tun, aber zu essen bekamen sie den letzten Dreck. Dieser Gatsch war von einem richtigen Gulasch so weit entfernt wie ein Haufen Sägespäne von einer Sachertorte.

Zurück am Tisch kaute Emmerich lustlos auf einem zähen Stück Fleisch herum und spuckte einen Knorpel aus.

»Wenn man das hier sieht, möchte man fast meinen, wir wären Schwerverbrecher«, meinte Wehle und setzte sich neben ihn.

Emmerich nickte, während seine Gedanken schon wieder um den Verdacht kreisten, dass an dem Disziplinarkurs irgendetwas faul war. Warum gab es nur so wenige Teilnehmer? Warum waren die echten Härtefälle nicht hier? Und warum war der Kurs so kurzfristig einberufen worden? Man könnte doch meinen, dass so eine Maßnahme längerer Planung bedurfte.

Als er mit Mühe eine halbe Portion des angeblichen Gulaschs hinuntergewürgt hatte, betrat plötzlich Sebastian Schäfer den Saal. »Meine Herren, ich hoffe, Sie haben gut gespeist. Ich darf Sie nun in Ihr Nachtquartier bringen. Wenn Sie mir bitte folgen würden.«

Sie rappelten sich auf und folgten ihm im Gänsemarsch durch die Kaserne, bis Schäfer vor einer großen hölzernen Doppelflügeltür stehen blieb. Mit einer schwungvollen Bewegung stieß er die Tür auf und gab den Blick auf ihr Domizil frei.

Emmerich seufzte und glaubte sich in einer Zeitreisemaschine. Der Saal, der vor ihm lag, versetzte ihn abermals zurück in seine Kindheit, in die qualvollen Jahre, die er im Heim verbracht hatte. Es roch nach Schweiß, karge Metallpritschen reihten sich aneinander, und nur wenige Glühbirnen erhellten schwach das spartanisch gehaltene Interieur.

Er suchte nach einer Schlafstatt, die weit genug weg von den anderen Teilnehmern war, vor allem von Czerny, der sich gerade in der Nähe der Tür einrichtete.

»Verzeihung, aber niemand hat uns gesagt, dass ... Ich meine, das ist doch keine adäquate Unterkunft.« Es war Pötzlein, der sich an Schäfer gewandt hatte.

»Meine Herren, Sie haben doch sicher alle gedient«, sagte dieser in einem beschwichtigenden Tonfall. »Die Baracken im Krieg waren um einiges schlimmer.« Er wandte sich zum Gehen.

»Im Krieg, im Krieg. Der Krieg ist vorbei«, spie Pötzlein in einem so aggressiven Tonfall, dass sämtliche Anwesenden die Augen aufrissen.

»Das ist er nie«, murmelte Emmerich.

»Gute Nacht, meine Herren. Um sechs Uhr ist Tagwache, wir sehen uns morgen.« Schäfer verließ den Schlafsaal.

Kaum war er draußen, durchquerte Czerny den Raum und kam auf Emmerich zu, gefolgt von Baumgartner und Pötzlein.

»Du hast uns das eingebrockt. Willst du dir selbst aussuchen, wie du dafür bezahlst?«

Die drei hatten sich vor ihm aufgebaut. Emmerich sah sich um. Wehle und Steiner packten ihre Koffer aus und taten, als würden sie nichts mitbekommen.

Er dachte an das, was sie heute gelernt hatten. Diplomatie anstelle von Eskalation. Jetzt konnte er das Gelernte anwenden. »Keiner von uns ist gerne hier. Ich am Allerwenigsten. Wenn wir uns jetzt auch noch gegenseitig in die Haare kriegen, hat niemand etwas davon.«

»Na, das sind ja ganz neue Töne«, spuckte Pötzlein. Zorn sprach aus seinen Augen. »Plötzlich so konziliant. Da hat wohl jemand heute gut aufgepasst im Unterricht.«

»Im Unterricht, den er uns eingebrockt hat«, schimpfte Czerny. »Bist du zu feige, um dich mit mir zu prügeln?«

»Nicht zu feige, aber zu müde. Ich an eurer Stelle würde meine Kräfte sparen. Ihr habt gehört, was Schäfer gesagt hat – um sechs ist Tagwache.« Emmerich legte sich demonstrativ nieder, verschränkte die Hände hinter dem Kopf und starrte an die Decke. »Zapfenstreich. Gute Nacht.«

Czerny schien mit sich selbst zu ringen.

»Lasst ihn«, brummte Wehle. »Er hat recht. Wir sollten zusammenhalten, anstatt uns gegenseitig das Leben noch schwerer zu machen.«

Leise schimpfend, ging Czerny schließlich zu seiner Pritsche, und endlich kehrte Ruhe ein.

Emmerich zog seinen Pyjama an, das Licht verlosch, der Raum versank im Dunkeln. Nun konnte er sich die Geschehnisse des vergangenen Tages in Ruhe durch den Kopf gehen lassen. Beim Gedanken an Winter schlich sich ein Lächeln auf seine Lippen. Der Kleine hatte es also tatsächlich fertiggebracht zu lügen. Es schien, als wäre er endlich in der wirklichen Welt angekommen. Gute Manieren mochten hilfreich sein – doch schlechte waren es genauso.

Er wartete, bis aus den anderen Betten Schnarchen und gleichmäßiges Atmen zu hören waren. Dann setzte er sich leise auf und schwang die Beine aus dem Bett. Seine nackten Füße berührten den angenehm kühlen Boden, und er tastete sich vorsichtig bis zur Tür.

»Wo willst du hin?«, murmelte Wehle, als er an ihm vorbeiging.

»Eine rauchen.« Emmerich ging hinaus auf den Flur. Er wollte tatsächlich rauchen, doch er wollte auch noch etwas anderes. Er musste noch einmal ins Sekretariat einbrechen, um dort noch mehr Informationen über den Kurs zu sammeln. Und wenn er schon mal dort war, konnte er auch gleich versuchen, Winter anzurufen – so wie er ihn kannte, war er noch im Büro und brütete über dem Fall. Brühl, dieser intrigante Mistkerl, würde weiterhin versuchen, den Kleinen auszubooten. Winter brauchte moralische Unterstützung und ein paar Ratschläge.

Er ging den langen düsteren Flur entlang, der nur spärlich vom kalten Mondlicht, das von draußen hereinfiel, erhellt wurde. Das Hämmern und Sägen der Bauarbeiter war längst verstummt. Außer ihm, den anderen Teilnehmern des Disziplinarkurses und der Wache am Eingang war niemand mehr im Gebäude. Er bog um die Ecke. Plötzlich hörte er ein leises Scharren, aus den Augenwinkeln glaubte er einen Schatten davonhuschen zu sehen.

Emmerich blieb stehen und lauschte in die Finsternis. War da jemand? Sein Blick glitt über die Fenster. Wahrscheinlich waren es nur die Efeuzweige an der Außenfassade gewesen, die von einem leichten Luftzug gegen die Scheiben geweht worden waren.

Er fühlte sich erneut an die Zeit im Waisenhaus erinnert, als Kolja ihm immer wieder aufgelauert hatte. Kolja, der grobschlächtige Raufbold – und jetzt saß der Kerl doch tatsächlich im Parlament. Das Schicksal hatte einen ziemlich kranken Humor. Er ging weiter und hörte erneut ein Geräusch.

»Wer ist da?«

Niemand antwortete.

Emmerich hielt den Atem an und lauschte. Da war nichts. Nur entfernte Motorengeräusche und das Klappern von Hufen auf Kopfsteinpflaster. Er hatte sich geirrt. Kurz gönnte er sich eine Pause, massierte sein schmerzendes Knie und ging anschließend weiter.

Vor der Tür des Sekretariats blieb er schließlich stehen und zückte den langen Nagel, der ihm schon vorhin gute Dienste geleistet hatte. Gerade als er ihn in das Schlüsselloch stecken wollte, spürte er einen Lufthauch, und der Geruch von Rasierwasser stieg ihm in die Nase. Er drehte sich um, den Nagel angriffsbereit in seiner Faust, war aber nicht schnell genug.

Jemand hatte ihn von hinten gepackt, und eine Hand presste sich auf seinen Mund.

20

Winter blickte zum Bürofenster hinaus und starrte in die Finsternis. Seit Stunden hoffte er, sein Telefon würde endlich läuten, doch es schwieg eisern. Wie es schien, würde es auch dabei bleiben. Frau Rottmann hatte die Nachricht entweder nicht weitergeleitet, oder Emmerich hatte keinen Zugang zu einem Fernsprecher.

Von draußen drang lautes Gelächter herein, ein paar Betrunkene sangen einen Gassenhauer.

»Hallo, du süße Klingelfee!
Hallo! Wenn ich so lang' hier steh',
dann frisst mich schier der Kummer:
Ich komm' zu keiner Nummer,
wie gern wär' ich verbunden auf Stunden mit dir!«

Unwillkürlich erinnerte sich Winter an sein Scheitern im *La Belle*. Im Grunde war sein größter Fehler der gewesen, sich als Polizist auszuweisen. Das würde er heute Abend um jeden Preis vermeiden. Wie schlimm konnte es also werden? *Tu einfach immer genau das Gegenteil von dem, was du normalerweise tun würdest*, rief er sich wieder Emmerichs Worte in Erinnerung.

Normalerweise würde er zögern und weiter abwarten. Ohne langes Überlegen stand er also auf und stemmte die Hände in die Hüften. Dann musste er wohl oder übel ohne moralische Unterstützung ins *Paradies* fahren, was immer ihn auch dort erwarten würde. Mit entschlossenem Schritt verließ er das Büro und eilte zur nächstgelegenen Straßenbahnstation.

Obwohl es spät war, platzten die Tramwaywaggons aus allen Nähten, was vermutlich mit der Verteuerung der Pferdetaxis zu tun hatte, die sich nun kaum noch jemand leisten konnte. In der Straßenbahn fand Winter jedenfalls keine Möglichkeit, sich irgendwo festzuhalten, und hatte Mühe, nicht bei jeder Kurve gegen die anderen Fahrgäste gedrückt zu werden.

Eine elegant gekleidete Dame verzog angeekelt ihr Gesicht, als sie unversehens Körperkontakt mit einem stark schwitzenden Mann hatte. Auch Winter stieg dessen säuerliche Ausdünstung in die Nase. Aber anstatt sich sein Taschentuch vorzuhalten, wie er es sonst getan hätte, versuchte er sich abzuhärten und den Gestank auszuhalten.

Er fuhr bis zur Endstation. Ab hier würde ihm nichts anderes übrig bleiben, als eine Kutsche zu nehmen. Er winkte einer offenen Droschke und stieg ein. »Zum *Paradies* bitte.«

»Ins Paradies wollen S'? Na, da würd' ich auch gern hin. Aber ich alter Sünder werd' wohl eher in der Hölle enden.« Der Kutscher lachte über seinen eigenen Scherz. »Im Ernst jetzt. Wo soll's hingeh'n?«

»Das war kein Scherz. Ich will zum *Paradies*. Das ist ein Etablissement in Neuwaldegg, irgendwo beim Hameau im Wienerwald.«

Im 18. Jahrhundert hatte ein österreichischer Feldherr auf einer kleinen Anhöhe an der Grenze zu Niederösterreich – dem sogenannten Hameau – eine Ansammlung von siebzehn kleinen Häuschen errichten lassen, in denen er seine Gäste beherbergte. Dieser im Volksmund als

»Holländersiedlung« bezeichnete Weiler war im Laufe der Zeit verfallen. Irgendwo in der Nähe der baulichen Überreste, mitten im Nirgendwo, musste das *Paradies* liegen.

»Ach so, *dieses Paradies* meinen Sie.« Der Kutscher zog eine Augenbraue hoch und musterte Winter. »Das gibt es doch nicht wirklich. Das ist doch nur ein G'schichtl.«

Winter begann an seiner Mission zu zweifeln. Er selbst hatte bis zum heutigen Tag noch nie etwas von diesem Ort gehört, und der Kutscher verortete das *Paradies* offenbar im Land der Legenden. Hatte Zabanyi sich etwa einen schlechten Scherz erlaubt und ihn für dumm verkauft? Aber warum sollte er so etwas tun? »Fahren Sie einfach los«, sagte er etwas ruppiger, als er es meinte.

Der Kutscher zögerte und sah sich um. Offenbar war weit und breit keine andere Kundschaft in Sicht, und vermutlich wollte er sich die Fuhre nicht entgehen lassen. »Na gut. Von mir aus«, sagte er nach einigen Augenblicken und ließ die Zügel knallen.

Sie fuhren aus der Stadt hinaus, bald schlängelte sich die Straße zwischen Weingärten hindurch. Winter sog den Geruch von Flieder ein, der warme Fahrtwind und der sanfte Mondschein ließen ihn für einen Augenblick vergessen, wohin die Reise ging. Aus einem Heurigenlokal neben dem Weg drang Schrammelmusik, Pärchen saßen unter dem sternenklaren Himmel auf den Bänken im Gastgarten. Winter beneidete sie um ihr einfaches Leben, um die kleinen Freuden, um das Glas Wein in der lauen Nacht. Er hingegen durfte sich nicht ablenken lassen. Nicht von der sommerlichen Idylle und vor allem nicht von seiner Unruhe, die immer größer wurde, je näher sie dem Wienerwald kamen.

Es war ihnen schon seit Längerem niemand mehr entgegengekommen, und auch die letzten Häuser hatten sie lange hinter sich gelassen. Der Pfad wurde eng und holprig. Es roch nach warmem Holz und Moder, Schatten glitten über Winter hinweg, er glaubte Flügelschläge zu hören. Bald standen die Bäume so dicht, dass Winter kaum noch die Hand vor seinen Augen sehen konnte, und der Kutscher fluchte, als ihm ein Zweig ins Gesicht schlug. Die kleine Laterne neben ihm leuchtete den Weg mehr schlecht als recht aus. Ein Käuzchen schrie, aus dem Unterholz hörte Winter ein lautes Knacken. Instinktiv drückte er sich tiefer in die Sitzbank und verfluchte bereits jetzt seinen Wagemut.

Plötzlich blieb die Droschke mit einem Ruck stehen. Waren sie an ihrem Ziel angekommen? Winter starrte nach vorn, doch es war kaum etwas zu erkennen, nur eine kleine Wegkreuzung konnte er in dem fahlen Licht ausmachen. »Sind wir schon da?« Er sah den Kutscher erwartungsvoll an.

»Den Rest müssen Sie zu Fuß gehen.«

»Aber …« Winter horchte auf, als aus der Ferne plötzlich ein Geräusch erklang: ein tiefes Grölen, das in einen lauten Schrei überging. Was um Himmels willen war das bloß gewesen?

»Ich fahre keinen Meter weiter.« In der Stimme des Kutschers schwang Furcht mit. Die Pferde spürten seine Unruhe und scharrten nervös mit den Hufen.

»Sie müssen mich …«

»Es ist dunkel, der Pfad wird immer unwegsamer«, unterbrach ihn der Mann mit ruppigem Tonfall. »Ich will mir nicht die Achse ruinieren.«

»Aber …«

»Worauf warten Sie?« Der Kutscher hielt die Hand auf.

Winter seufzte, zog ein Bündel Geldscheine aus der Hosentasche und gab sie dem Fahrer. Obwohl sich alles in ihm dagegen sträubte, stieg er aus. Er hatte die Tür kaum geschlossen, als der Kutscher wendete und seine Peitsche schnalzen ließ, sodass die Pferde ruckartig losgaloppierten.

Winter versuchte, sich zu orientieren und die Richtung auszumachen, aus der das Grölen gekommen war. Am liebsten wäre er zurück in die Stadt gelaufen, zurück in die Welt, die er kannte. Aber er musste ins *Paradies*, auch wenn es ihm gerade vorkam, als würde er die Pforten zur Hölle durchschreiten.

21

Im Falle von akuter Gefahr schlummern drei verschiedene Urinstinkte in uns, die hervorbrechen und die Kontrolle übernehmen können: Kämpfen, Fliehen oder Ausharren. Emmerich war auf Ersteres programmiert.

Sein Herzschlag beschleunigte, seine Muskeln spannten sich an. Er spürte keinen Schmerz in seinem Bein, als er ausholte und nach hinten trat, er fühlte auch nichts, als er seinen Ellenbogen in die Rippen des Angreifers rammte.

»Au«, zischte es in sein Ohr. »Beruhigen Sie sich.« Der Griff, der Emmerich fest umklammert gehalten hatte, lockerte sich ein wenig.

Emmerich riss sich los, schnellte herum und hob die Fäuste vors Gesicht. »Sie?« Er hielt inne, und es dauerte einige Augenblicke, bis sich sein Pulsschlag wieder normalisierte. »Ich wollte nur eine rauchen«, versuchte er sich zu rechtfertigen. »Niemand hat gesagt, dass das verboten ist. Und selbst wenn, das ist noch lange kein Grund, mich gleich …«

»Schon gut.« Sebastian Schäfer bedeutete Emmerich, still zu sein, und sah sich um. »Kommen Sie mit«, flüsterte er.

»Warum? Soll das etwa eine Prüfung sein?«

»Kommen Sie einfach«, zischte Schäfer.

»Aber …«

Schäfer seufzte und verdrehte die Augen. »Tun Sie einfach ein einziges Mal das, worum man Sie bittet. Es geht um Leben und Tod. Das ist mein voller Ernst.«

»Um Leben …«, setzte Emmerich erneut an, hielt jedoch inne, als er Schäfers Miene sah, aus der bitterer Ernst sprach. Er dachte an Brühl und den Abschlusstest und entschied, dass es nur von Vorteil sein konnte, den Kursleiter auf seiner Seite zu haben. »Von mir aus.«

Schäfer huschte leise und behände durch den Flur. Dabei sah er sich immer wieder verstohlen um, als würde er etwas Verbotenes tun, bei dem er auf keinen Fall erwischt werden durfte, sodass Emmerich sich schon fragte, ob der Zapfenstreich auch für Schäfer galt. Er führte Emmerich über die Treppen hinauf, bis direkt unters Dach, wo die Handwerker die gesamte Etage in eine einzige große Baustelle verwandelt hatten. Bretter und Sägespäne lagen herum, und Emmerich versuchte, nicht mit seinen bloßen Füßen auf herumliegende Nägel zu treten. Die Kastenfenster waren noch nicht eingesetzt, weshalb große schwarze Löcher in der rohen Ziegelwand klafften. Warme Sommerluft drang ungehindert in den Raum und vermischte sich mit dem beißenden Lackgeruch, der einem großen Eimer entströmte.

Emmerich zündete eine Zigarette an und musterte sein Gegenüber. Schäfer wirkte angespannt, der aalglatte Lackaffe mit dem künstlichen Lächeln war verschwunden, an seine Stelle war ein ernsthafter, nachdenklicher Mann getreten.

»Was soll das? Soll das etwa eine Sonderprüfung sein?«, fragte Emmerich erneut. Er dachte an sein Bauchgefühl, daran, dass an dem Kurs etwas faul war.

Schäfer fasste in seine Hosentasche.

Reflexartig zuckte Emmerichs Hand in Richtung einer Holzlatte, die neben ihm an der Wand lehnte.

»Keine Sorge.« Schäfer präsentierte eine Identifikationsmarke. »Mein Name ist Richard Loos. Ich bin von der Zentralen Evidenzstelle.«

»Vom Geheimdienst?« Emmerich zog die Augenbrauen hoch. »Wusste ich doch, dass etwas nicht stimmt.« Er musterte sein Gegenüber. »Sagen Sie mir jetzt endlich, was hier los ist?«

»Das Leben von Bundeskanzler Schober ist in Gefahr.« Loos stellte sich vor eines der leeren Fenster und blickte in die Nacht hinaus. »Jemand plant einen Anschlag auf ihn.«

Emmerich trat neben ihn. »Und was habe ich damit zu tun?« Er blies Rauch in den sternklaren Himmel.

»Sie sollen mir dabei helfen, den Attentäter zu finden.«

»Wie bitte? Ausgerechnet ich? Schober und ich sind nicht wirklich die allerbesten Freunde ...« Emmerich ließ sich den Nachtwind ins Gesicht wehen.

Loos deutete auf Emmerichs Zigarette. Dieser reichte ihm eine und gab ihm auch Feuer. Der Geheimdienstler nahm einen tiefen Zug. »In der Nacht von Montag auf Dienstag kam ein Mann zu uns. Er hatte neben dem Telefonautomaten an der Rossauer Lände auf ein Taxi gewartet und dabei zufällig ein Gespräch belauscht.« Loos redete jetzt leiser. »Es ging dabei unter anderem darum, den Bundeskanzler auszuschalten.«

Emmerich blies Rauch durch die Nase und zuckte mit den Schultern. »Viele Menschen sind unzufrieden mit der Politik in unserem Land. Noch immer gibt es viel zu viel Hunger und Krankheiten – dafür zu wenig leistbare Wohnungen und Arbeit. Dazu die Inflation, die Westungarn-Krise und die hohe Kriminalitätsrate. Ich kenne einige Leute, die es nicht stören würde, Schober und den Rest der Regierung tot zu sehen. Doch vom Wunsch bis zur Wirklichkeit ist es ein großer Schritt, und ich bezweifle, dass irgendeiner von ihnen tatsächlich zur Tat schreiten würde.«

»Der Mann in dem Telefonautomaten sprach von einem konkreten Zeitplan. Schober soll noch vor der Sommerpause des Parlaments ermordet werden. Außerdem ...« Loos hielt inne.

»Außerdem?«

»Der Kerl war Polizist.«

Emmerich riss die Augen auf. »Wer?«

»Das wissen wir eben nicht. Das Gespräch fand kurz vor drei Uhr morgens statt. Der Attentäter beendete die Konversation mit den Worten: ›Ich muss aufhören, mein Dienst beginnt in wenigen Minuten‹.«

»Und dann? Warum haben Sie den Kerl denn nicht festgenommen? Konnte Ihr Zeuge den Mann denn nicht beschreiben?«

Loos schüttelte den Kopf. »Es war zappenduster. Der Zeuge wollte verständlicherweise nicht gesehen werden und hat sich hinter dem Telefonautomaten versteckt. Er konnte nur aus dem Augenwinkel sehen, wie der Mann im Polizeigebäude verschwand.«

Emmerich musste diese Information erst einmal sacken lassen. Ein Polizist wollte den Bundeskanzler töten, sie hatten also einen Mörder und Verräter in den eigenen Reihen. »Ich verstehe trotzdem noch immer nicht, was das mit mir zu tun hat.«

»Wir konnten den Kreis der potenziellen Täter eingrenzen. Gott sei Dank gab es in jener Nacht nicht viele Beamte, die um drei Uhr ihren Dienst im Hauptgebäude angetreten haben. Übrig geblieben sind sämtliche am Kurs beteiligten Männer, sowohl die Lehrer als auch die Schüler. Alle außer ...«

»Aber ich war in jener Nacht doch gar nicht eingeteilt!«, unterbrach ihn Emmerich aufgebracht.

»Korrekt. Alle außer Ihnen«, vervollständigte Loos seinen Satz.

»Jetzt machen Sie's nicht so spannend.« Emmerich drückte den Stummel seiner Zigarette an der Wand aus.

»Steiner, Wehle, Pötzlein, Baumgartner, Czerny. Dazu Brühl und Konrad. Das waren die Männer, die an jenem Tag um drei Uhr nachts das Polizeigebäude betreten haben.«

»Brühl?« Emmerich wusste nicht, ob er schockiert oder amüsiert sein sollte.

»Wir wollten den Täter nicht in Alarmbereitschaft versetzen«, erklärte Loos weiter.

»Verstehe«, sagte Emmerich, dem langsam dämmerte, worauf Loos hinauswollte.

»Alle Verdächtigen sind erfahrene, hartgesottene Männer – eine Beschattung hätten sie bemerkt, und einer Befragung hätten sie sehr wahrscheinlich standgehalten. Es war uns wichtig, keinen Staub aufzuwirbeln. Wer weiß, wer und wie viele da noch mit drinstecken.«

»Niemand sollte also wissen, dass Sie von dem geplanten Attentat Wind bekommen haben.«

»So ist es. Die Sommerpause des Parlaments beginnt am Samstag«, erklärte Loos. »Und weil uns die Zeit davonläuft ...«

»Haben Sie einen Vorwand kreiert, um alle Verdächtigen an einem Ort zu versammeln.«

Loos nickte. »Wir wollen versuchen, sie in fremder Umgebung und unter ungewohnten Umständen dazu zu bringen, sich zu verplappern. Außerdem wollten wir sehen, ob einer von ihnen versucht, mit der Außenwelt zu kommunizieren.«

»Und?«, fragte Emmerich.

»Bis jetzt haben nur Sie heimlich telefoniert.«

»Ich hab da draußen einen Fall am Laufen. Einen Fall, der womöglich wegen Ihnen ungeklärt bleibt, wegen Ihnen und diesem verdammten Disziplinarkurs.« Emmerich schnaubte. »Ich verstehe im Übrigen immer noch nicht, warum *ich* hier bin.«

»Pötzlein, Baumgartner und Czerny sind dafür bekannt, sich öfters mal danebenzubenehmen«, führte Loos aus. »Darum schieben sie auch regelmäßig Nachtdienst, weil sie dort mit weniger Leuten zu tun haben als untertags. Steiner und Wehle haben wir …«

»… eine anonyme Anzeige angehängt, ich weiß.«

»Bei Brühl und Konrad hätte niemand an schlechtes Benehmen geglaubt, darum haben wir sie ins Lehrpersonal berufen.«

»Brühl, der alte Lackaffe. Fühlte sich wahrscheinlich so geschmeichelt, dass er die Sache keinen Augenblick lang infrage gestellt hat«, murmelte Emmerich und zündete sich eine weitere Zigarette an. »Alles schön und gut, aber das erklärt noch immer nicht, welche Rolle ich in dem Spiel innehabe?«

»Ich kümmere mich um Brühl und Konrad, aber ich brauche auch noch jemanden, der mit den harten Jungs umgehen kann. Jemand, der ihre Sprache spricht. Einen brillanten aber rüpelhaften Ermittler.«

»Und woher wollen Sie wissen, dass ich nicht in der Sache mit drinstecke?«

»Erstens haben Sie den Ruf, eine ehrliche, gerade Haut zu sein. Zweitens würde jemand, der den Bundeskanzler ermorden will, sich hüten, ihn in aller Öffentlichkeit zu beleidigen.«

»Ach so ist das.« Emmerich schnaubte erneut. »Das alles hätten Sie mir aber auch schon früher sagen können.«

»Stimmt, aber Schober wollte das nicht.« Loos setzte ein maliziöses Lächeln auf. »Er meinte, eine kleine Strafe für Ihren Fauxpas hätten Sie verdient.«

Emmerich deutete auf sein Bein. »Stundenlange Leibesertüchtigung trotz Kriegsverletzung. So behandeln Sie also den Mann, der dem Bundeskanzler das Leben retten soll?«

»Keine Sorge.« Schäfer winkte ab. »Ich kann Sie ab morgen exkludieren lassen.«

»Und die Abschlussprüfung?«

»Ich nehme mich persönlich der Sache an, Sie werden den Kurs bestehen, sofern …«

»War ja klar, dass die Sache einen Haken hat.« Emmerich blies Rauch durch die Nase. »Sofern was?«

»Sofern Schober die kommenden Tage überlebt.«

22

Kaltes Mondlicht schien durch die Baumkronen und warf wilde Schatten. Hinter Winter knackte es im Unterholz, er schnellte herum. Im Wienerwald gab es keine gefährlichen Tiere, oder etwa doch? Er hatte mal gehört, dass Wildschweine ganz schön aggressiv sein konnten – besonders die Bachen mit ihren Frischlingen. Was um alles in der Welt hatte er sich hier bloß eingebrockt?

Erneut schrie ein Käuzchen. Totenvogel, schoss es Winter durch den Kopf. Er versuchte sich einzureden, dass dieser alberne Volksglaube keinerlei Bedeutung hatte. Dennoch kroch ihm die Angst immer tiefer in die Knochen. Am liebsten wäre er sofort zurück in Richtung Stadt gerannt. *Tu einfach immer genau das Gegenteil von dem, was du normalerweise tun würdest.* Er atmete tief durch, blieb stehen und konzentrierte sich auf die wenigen Dinge, die nicht angsteinflößend waren: die angenehme Kühle, der würzige Geruch nach Harz, die Sterne, die an einigen Stellen durch die Wipfel schimmerten.

Plötzlich waren da wieder diese Geräusche. Das dumpfe Grölen und danach etwas, das nach Applaus klang. Es war eindeutig – er war nicht allein. Hier waren noch andere Menschen. Aber wo? Wo waren sie denn bloß?

Er wandte sich in die Richtung, aus der die Laute gekommen waren, und folgte einem schmalen Trampelpfad, der sich schwach im Mondschein abzeichnete. Nachdem der

Weg eine scharfe Biegung gemacht hatte, riss Winter die Augen auf. Ein Bild wie aus einem alten Ölgemälde tat sich vor ihm auf: Eine lange Reihe von Fackeln steckte in der Erde, ihr Feuer züngelte in der lauen Luft und wies dem nächtlichen Besucher die Richtung. Er folgte ihrem Schein, bis er sich auf einer kleinen Anhöhe wiederfand, auf der eine verfallene Hütte stand. Ratlos sah er sich um. Das sollte das sagenumwobene *Paradies* sein?

Als er an die schäbige, windschiefe Tür klopfen wollte, trat plötzlich ein groß gewachsener Mann aus dem Schatten.

»Parole?«

Winter schwieg, so sehr war ihm der Schreck in die Glieder gefahren.

»Parole?«, wiederholte der Mann, dieses Mal noch barscher.

»Panem et circenses.«

Der Türsteher antwortete nicht. Winter glaubte seinen stechenden Blick zu spüren, obwohl die Augen seines Gegenübers in der Dunkelheit nicht auszumachen waren.

»Brot und Spiele«, versuchte Winter es mit der deutschen Variante. Schweiß trat ihm auf die Stirn.

Der Mann trat einen Schritt näher und musterte ihn von oben bis unten.

Winters Atem ging schneller, das Schweigen des Türstehers jagte ihm eine höllische Angst ein. Nach einigen Sekunden, die ihm wie eine Ewigkeit vorkamen, nickte der Mann kaum merklich. Er zog an einer Kordel, und die alte Holztür öffnete sich wie von Geisterhand.

Winter zögerte kurz, überschritt dann aber die Schwelle, woraufhin die Tür mit einem lauten Knarren hinter ihm ins Schloss fiel. Er stand in völliger Dunkelheit und konnte nicht einmal die Hand vor Augen sehen. Dafür hörte er erneut seltsame Geräusche, die nun aus den Tiefen unter ihm zu kommen schienen: einen dumpfen Schrei, leises Stöhnen, verhaltenes Lachen. Plötzlich sehnte er sich zurück ins *La Belle*.

»Ausziehen.«

Winter erschrak und schnellte herum.

Ein drahtiger Kerl mit kurzgeschorenen Haaren stand vor ihm und hielt eine Laterne hoch. »Jacke, Hut, Waffen.«

Winter hatte aus dem Vorfall im *La Belle* gelernt und war deshalb ohne Handschellen und Dienstpistole hergekommen, nur seine Dienstmarke steckte, in ein Tuch eingewickelt, in seiner Hosentasche. Er hoffte, dass sie nicht entdeckt wurde.

Der rasierte Schädel tastete ihn ab, und Winter atmete erleichtert auf, als er erkannte, dass der Mann seine Arbeit nicht allzu genau nahm.

»Willkommen im Paradies.« Der drahtige Kerl trat zur Seite und öffnete eine Falltür, die in den Boden eingelassen war. Eine schmale Steintreppe führte hinunter ins Nichts.

Winter lief ein Schauer über den Rücken. Die steile Treppe war mit wenigen Laternen ausgeleuchtet, die auf den Stufen standen. Er starrte hinunter, konnte in dem diffusen Licht aber nichts Konkretes erkennen.

»Willkommen im Paradies«, wiederholte der Mann. Ungeduld hatte sich in seine Stimme gemischt.

Winter sah ein, dass ihm nichts anderes übrig blieb, als in den Orkus hinabzusteigen, der sich vor ihm auftat. Mit klopfendem Herzen schritt er tiefer und tiefer. Ein modriger Geruch umfing ihn, die unheimlichen Geräusche wurden mit jeder Stufe lauter. Was spielte sich da unten bloß ab?

Am Ende der Treppe erwartete Winter eine schwere

Eisentür. Er drehte sich um, blickte nach oben. Noch konnte er wieder gehen, doch dann dachte er an Brühl, an Szepanek sowie an die neue Ordnung und rief sich die brutal zugerichteten Leichen von Mizzi Proll und Traude Rechberger ins Gedächtnis. Nein, es gab kein Zurück, er hatte einen Auftrag zu erfüllen.

Er stemmte sich gegen die schwere Tür und drückte sie auf. Ein schwüler Lufthauch schlug ihm entgegen, anstelle des modrigen Kellergeruchs erfüllte nun eine Mischung aus Schweiß, Zigarettenrauch und Alkohol die Atmosphäre. Er trat in eine Kakofonie aus Lachen, Grölen und begeistertem Jubeln.

Winter war fasziniert und abgestoßen zugleich von dem Bild, das sich ihm bot. Mit dem *La Belle* hatte das hier nichts gemein, es gab keine fröhliche Musik, keinen Plüsch, keine ausgelassenen jungen Frauen. Hier rekelten sich leichtbekleidete Menschen auf schmutzigen Sofas, auf einem Diwan leckte ein Mann Schlagobers von den Brüsten einer Frau, daneben ließ jemand Weintrauben über dem Gesicht eines rotwangigen Kerls baumeln, der genüsslich davon abbiss. Wo auch immer Winter hinsah, erblickte sein Auge Ausgelassenheit und Überfluss. Es herrschte eine Maßlosigkeit, eine Völlerei, die jeglicher Beschreibung spottete. Unwillkürlich fühlte Winter sich an das Weltgerichtstriptychon von Hieronymus Bosch erinnert.

»Willkommen, Fremder!«

Winter drehte sich irritiert um. Erst auf den zweiten Blick erkannte er, wer gerade mit ihm gesprochen hatte. Neben ihm stand ein kleinwüchsiger Mann, der mit einem roten Hemd und schwarzen Hosen bekleidet war.

»Das Paradies erwartet dich. Was ist dein größter Wunsch?«, fragte er. »Welche Sehnsucht treibt dich her?«

Winter tat, als hätte er nichts gehört, und entfernte sich. Er hatte nur ein Ziel, und das war Irina Novotny zu finden.

»Haben der Herr Lust auf das Schlaraffenland? Oder zieht es ihn eher zu körperlichen Genüssen? Im Paradies wird jeder nach seiner Fasson glücklich.« Der Kleinwüchsige hatte sich an seine Fersen geheftet.

»Nein danke.« Winter ließ den Blick weiter über das Gelage schweifen, das sich vor seinen Augen abspielte. Was war das bloß für ein Ort? Er hatte so manches erwartet, aber nicht das.

»Hier gibt es jede Menge seltsamer Gestalten. Aber Mephisto kann man vertrauen.« Der kleine Mann stand schon wieder neben ihm und deutete einen Kratzfuß an.

Winter wusste nicht, was er tun oder sagen sollte, und ging deshalb einfach davon. Der Kerl folgte ihm wie ein räudiger Straßenhund, der einen neuen Besitzer suchte.

Plötzlich erspähte Winter in der hinteren Ecke eine Frau, die mit geschlossenen Augen eine gebratene Hühnerkeule verzehrte. Ihr modischer Bubikopf sah aus wie der von Irina, doch als sie hochsah und sich mit dem Handrücken über den Mund wischte, erkannte Winter, dass sie es nicht war.

Vielleicht sollte er doch die Dienste des Mannes in Anspruch nehmen, der sich Mephisto nannte? Er winkte ihn zu sich. »Ich suche jemanden mit Haaren wie die da.« Winter zeigte auf die Frau.

Ein Grinsen breitete sich über Mephistos Gesicht aus. »Der Herr haben also doch gewisse Gelüste. Kommen Sie.«

Bevor Winter widersprechen konnte, hatte ihn Mephisto zu einer Tür geführt, die ihm bis dahin gar nicht aufgefallen war.

In dem Kellergewölbe dahinter war es düster, seine Augen gewöhnten sich nur langsam an die Dunkelheit, die an wenigen Stellen von roten Laternen durchbrochen wurde. Auch hier rekelten sich im schummrigen Licht Menschen, die meisten waren paarweise, einige auch zu dritt oder zu viert zu Gange, so genau konnte es Winter nicht erkennen. Die Anwesenden verschmolzen vor seinen Augen zu einem grotesken Wesen, einem riesigen Klumpen aus Fleisch, Haut und Haaren, der pulsierte und sich selbst verschlang. Hier war kein Schmatzen und kein Kichern zu hören, sondern erregtes Stöhnen und heftiges Atmen.

»Das hier ist es, was die Welt im Innersten zusammenhält. Wonach steht dem Herrn der Sinn? Jung oder alt? Allein oder zusammen?«

Winter bekam heiße Ohren. »Nein, nein, Sie missverstehen«, winkte er ab. »Ich suche nur eine Frau, schlank, jung, mit schwarzen kinnlangen Haaren.«

Mephisto nickte wissend und bedeutete Winter, ihm zu folgen. Sie betraten einen weiteren Raum, in dem sich ein Kreis um ein Paar gebildet hatte. Nur langsam begriff Winter, welches Spektakel sich vor seinen Augen abspielte. Dort kniete ein Mann in einer alten kaiserlichen Galauniform, über ihm stand eine Frau in einem tief ausgeschnittenen Rüschenkleid. Sie schwang eine Peitsche, die sie unter dem Johlen der Menge wieder und wieder auf den Mann niederfahren ließ, der laut aufstöhnte. Winter stockte der Atem, und ihm wurde bewusst, wen die beiden darstellten: Kaiser Franz Joseph I. und seine Gemahlin Elisabeth »Sisi« von Österreich-Ungarn.

Winter war von Abscheu durchdrungen und konnte doch den Blick nicht von dem Spektakel abwenden.

»Ich habe gefunden, wonach der Herr sucht«, erlöste Mephisto ihn.

Winter sah in die Richtung, in die der kleine Mann deutete. Tatsächlich stand dort keine Geringere als Irina Novotny, die genauso wie auf der Fotografie aussah, die sie am Tatort gefunden hatten.

»Danke.« Er quälte ein Lächeln auf seine Lippen und beeilte sich, zu ihr auf die andere Seite des Raumes zu kommen, doch Mephisto stellte sich ihm in den Weg und packte ihn mit einem harten Griff am Bein.

»Nicht so schnell, der werte Herr. Nach Golde drängt doch alles. Mephisto hat seine Schuldigkeit getan.« Er streckte Winter die Hand entgegen und wartete offenbar auf seinen Lohn.

Widerwillig reichte Winter ihm ein paar Geldscheine.

Mephisto sah ihn abschätzig an, und Winter verstand. Alles hatte hier wohl seinen Preis, und der war hoch. Er legte nach. Endlich ließ der Kerl sein Bein los, und Winter eilte zu Irina.

»Verzeihung?«

Sie drehte sich zu ihm um und musterte ihn. »Ja, bitte? Sie wünschen?«

Jetzt durfte er nur nichts Falsches sagen. »Ferdinand Winter mein Name …« Er geriet ins Stocken. »Können wir uns irgendwo ungestört unterhalten?« Er hatte versucht, die Frage so beiläufig wie möglich zu stellen, doch ihr Blick blieb skeptisch.

»Ich habe Sie hier noch nie gesehen.«

Winter beschloss, dass eine halbe Wahrheit vielleicht besser war als eine ganze Lüge. »Sie haben recht, ich bin zum ersten Mal hier. Sie … Sie sind mir vorhin schon aufgefallen.« Die Situation war ihm unangenehm. »Ich würde Sie gerne näher kennen lernen.«

»Mitmachen fünfhundert Kronen, zuschauen zweihundertfünfzig.« Ein großer Mann mit Furcht einflößenden Tätowierungen hatte sich zwischen sie gedrängt und hielt Winter ein kleines Kästchen aus Metall unter die Nase. Offenbar war er so etwas wie der Impresario und sammelte das Geld ein.

Winter schüttelte den Kopf. »Ich will nur reden.«

»Niemand kommt ins *Paradies*, um zu reden.« Er stupste Winter die Metalldose gegen die Brust. »Also, was darf's sein? Mitmachen oder zuschauen?«

»Weder noch. Ich will nur mit Fräulein Novotny …«

Sie riss die Augen auf und sah ihn verschreckt an. »Woher kennen Sie meinen Namen?«

»Mist.« Winter schloss für einen Moment die Augen und unterdrückte den Impuls, sich gegen die Stirn zu schlagen. Was war er nur für ein Idiot! »Es ist nicht, wie Sie …«, setzte er an, doch Irina war bereits durch einen schmalen Durchgang geschlüpft.

Er wollte ihr nachlaufen, doch der Tätowierte hielt ihn am Arm gepackt. »Hier drinnen gibt's nichts geschenkt«, zischte er. »Nicht mal den Tod. Verstanden?«

»Verstanden«, murmelte Winter und reichte ihm ein paar Scheine.

Der Mann musterte ihn misstrauisch, ließ dann aber endlich los.

Winter huschte Irina hinterher und fand sich in einem schmalen, düsteren Korridor wieder, der aus rohen, unverputzten Ziegelwänden und einem Boden aus gestampftem Lehm bestand. Ein eigenartiger Geruch hing in der Luft, Moder gemischt mit Verwesung. Wahrscheinlich lag hier irgendwo eine tote Ratte.

Doch weder ein Kadaver noch Irina waren zu sehen, dafür tauchte am Ende des Durchgangs eine schwere Eisentür mit Sichtfenster aus undurchsichtigem Glas auf, das verschlossen war.

»War die Dame doch nicht nach seinem Geschmack?«, erklang da plötzlich Mephistos Stimme. Der Kerl war lästiger als ein Kropf. »Dem Herrn steht der Sinn wohl nach einem Erlebnis der anderen Art. Sind Sie sicher, dass Sie dieses Portal durchschreiten wollen?«

Natürlich nicht!, wollte Winter ihm entgegenschmettern. Stattdessen nickte er.

»Ganz sicher?«, vergewisserte sich Mephisto. Er schenkte Winter einen Blick, der diesem das Blut in den Adern gefrieren ließ. »Kennt er sich denn aus? Weiß er denn die Worte?«

»Ich denke schon«, sagte Winter zögerlich.

Mephisto klopfte.

Das Sichtfenster öffnete sich, und ein Paar schwarzer Augen starrte die beiden an. »Parole.«

»Panem et …«, setzte Winter an, als ihm etwas einfiel. »Memento mori.«

Mephisto wirkte überrascht, aber Winter hatte es geschafft: Die Tür wurde geöffnet.

Dahinter lag ein großes Gewölbe, in dem eine Menschenmenge einem Ereignis entgegenfieberte, von dem Winter nicht wusste, worum es sich handelte. Er sah sich um und versuchte zu ergründen, in welche Hölle er hier geraten war. Sie befanden sich in einer Art Arena, deren Boden mit Sägespänen und Sand bestreut war. In der Mitte der Anlage war mit Pfosten und Seilen ein Rechteck markiert, das von lodernden Fackeln ausgeleuchtet wurde. In der Luft lag der Geruch von Schweiß, aber da war noch mehr. Ein metallener Unterton, den Winter nur zu gut kannte – es roch nach Blut und Exkrementen. Es roch nach Tod.

»Tod oder Wiedergeburt?«, fragte Mephisto und winkte einen schmalen Mann zu ihnen.

Winter verstand nicht.

»Tod oder Wiedergeburt?«, wiederholte Mephisto. »Sie kennen die Losung, also müssen Sie auch das Spiel kennen.«

»Wiedergeburt?«, antwortete Winter unsicher. Er hatte keinen Schimmer, was hier vor sich ging. Sein Herz pochte so heftig, als wollte es seinen Brustkorb sprengen, und er begann zu schwitzen.

»Wiedergeburt«, gab Mephisto die Antwort an den schmalen Mann weiter und streckte Winter seine Hand entgegen.

Winter gab ihm sein letztes Geld und erhielt im Gegenzug dafür einen Wettschein. Verstört sah er sich um. Jetzt erst bemerkte er die Blutlache in der Mitte der Manege. Sie und die Schleifspuren, die von ihr wegführten, ließen nur einen Schluss zu: Hier war vor Kurzem jemand eines gewaltsamen Todes gestorben und wie ein verendetes Stück Vieh weggezogen worden.

Tod oder Wiedergeburt? Mephistos Frage war keine Metapher gewesen, sondern blutiger Ernst, und das hier war keine Bühne für harmlose Auftritte wie die im *La Belle*. Das hier war eine Arena des Todes.

Er dachte an den Geschichtsunterricht in der Schule, an die Erzählungen von Gladiatorenkämpfen im alten Rom. Die grausamen Spiele im Kolosseum. Konnte es sein, dass hier etwas Ähnliches stattfand?

Mit einem Mal begannen die Menschen rund um Winter herum rhythmisch zu klatschen und zu johlen. »Tod! Tod! Tod!«, begannen sie zu skandieren. Offenbar wollte die Meute jemanden sterben sehen.

Winter schauderte und versuchte, sich auf seinen Auftrag zu konzentrieren. Irgendwo hier steckte Irina Novotny, sie musste der Schlüssel zur Klärung des Falles sein.

Plötzlich wurde das Grölen leiser, und ein groß gewachsener Mann in Frack und Zylinder betrat die Arena. Als er in der Mitte der Manege angekommen war, ließ er seinen stechenden Blick über das Publikum schweifen. Dieser Mann strahlte eine Autorität aus, gegen die sich niemand aufzulehnen gewagt hätte. Die wenigen Menschen, die jetzt noch sprachen, verstummten, und selbst Winter hielt den Atem an. »Tod oder Wiedergeburt. Alles oder nichts«, begann er zu sprechen. »Ein weiterer Anwärter ist zu uns gekommen, der ein neues Leben will oder gar kein Leben, der um eine menschenwürdige Existenz kämpft oder um einen glorreichen Tod.« Mit einer eleganten Geste deutete er auf den Blutfleck vor ihm. »Das hier ist unser Palast, das Königreich derer, die der Staat vergessen hat. Das Königreich derer, die eine zweite Chance bekommen wollen, weil sie ihre erste verwirkt haben oder nie eine hatten. Das Königreich der Lebenden und der Toten. Willkommen im *Paradies*.«

Die Masse jubelte und applaudierte, steigerte sich in einen fiebrigen Rausch.

Winter wollte nicht glauben, was gerade vor sich ging. Offenbar starben hier Menschen zum Amüsement der Umstehenden, damit sich eine voyeuristische Masse an ihrem Tod ergötzen konnte. Er betrachtete die Männer im Publikum. Viele von ihnen trugen Narben und Tätowierungen. Sie schienen harte Hunde zu sein, abgebrühte Kerle, deren Seele durch Krieg und Lebensumstände eine dicke Schicht Hornhaut verpasst bekommen hatte. Die wenigen Frauen im Raum stellten eiserne und verwegene Blicke zur Schau, die deutlich machten, dass man es sich mit ihnen besser nicht verscherzen sollte. Wenn jemand von ihnen herausfinden würde, dass er Polizist war, würde er diesen Ort nicht lebend verlassen. Er fasste in die Hosentasche und betastete seine Polizeimarke, die sich plötzlich riesengroß und zentnerschwer anfühlte.

Erneut aufbrandender Beifall riss ihn aus seinen Gedanken. Der Zeremonienmeister hob seine Hand, woraufhin ein schmächtiger Mann in einer zerrissenen Hose die Arena betrat. Er wirkte abwesend, fast ein wenig entrückt, und selbst als die Umstehenden in tosenden Applaus ausbrachen, zeigte er keinerlei Gefühlsregung.

Der Mann im Frack klatschte in die Hände, woraufhin zwei Gehilfen hinter ihm hervortraten. Einer trug einen großen silberfarbenen Kelch, der andere ein schwarzes Tuch.

Der Anwärter wusste offenbar, was zu tun war. Ohne lange zu zögern, drehte er dem Zeremonienmeister seinen Rücken zu, sodass dieser ihm mit dem Tuch die Augen verbinden konnte. Dann griff er in den Kelch und fischte einen Zettel daraus hervor.

Der Zeremonienmeister nahm ihn entgegen, wandte sich an das Publikum und las laut vor, was darauf geschrieben stand: »Die Herausforderung lautet: Revolverlotterie.«

Die Zuschauer brachen in Hurrageschrei aus.

Der Anwärter in der Mitte der Arena, der die Augenbinde wieder abgenommen hatte, verzog keine Miene. Was auch immer ihn in seinem Leben draußen erwartete, musste schlimmer sein als die Aussicht, hier und jetzt zu sterben.

»Viel Vergnügen, der Herr. Ich denke, Sie sind versorgt.« Mephisto deutete eine Verneigung an und verschwand.

Winter schenkte ihm keine Beachtung, seine volle Aufmerksamkeit war auf das andere Ende des Raumes gerichtet, wo er glaubte, Irina Novotny zu erkennen, die das Geschehen aus sicherer Distanz beobachtete. So unauffällig wie möglich versuchte Winter, sich zwischen den sensationslüsternen Gaffern durchzudrängen und zu ihr zu gelangen.

Der Zeremonienmeister präsentierte einen Revolver. Vor aller Augen steckte er eine Patrone in die Trommel und ließ sie rotieren. »Pro Versuch«, verkündete er bedeutungsschwanger, »pro Versuch einhunderttausend Kronen«.

Einer seiner Gehilfen trat neben ihn und präsentierte einen Koffer voller Geld.

Die Menge johlte, als der Zeremonienmeister dem Anwärter die Schusswaffe reichte.

Der Mann nahm den Revolver entgegen und hob ihn langsam an seine Schläfe.

Das Geschrei verebbte, plötzlich war es so ruhig, dass man eine Stecknadel hätte fallen hören. Auch Winter konnte jetzt nicht anders, als seinen Blick dem Geschehen zuzuwenden.

Der Anwärter atmete schneller, Schweiß bildete sich auf seiner Stirn. Er starrte auf die Blutlache zu seinen Füßen.

Winter stockte der Atem.

Der Mann schloss die Augen und drückte ab.

Nichts geschah.

Einige Zuseher waren offenbar erleichtert, während jene, die auf seinen Tod gewettet hatten, lauthals fluchten.

»Für hunderttausend Kronen kann man einen kleinen Schritt in ein neues Leben machen.« Der Zeremonienmeister hob die Hand, woraufhin sein Gehilfe einen weiteren Koffer holte. »Für zweihunderttausend einen großen.«

Der Anwärter zögerte, streckte aber dann seine Hand aus, um den ersten Koffer entgegenzunehmen und dem grausamen Spiel um sein Leben ein Ende zu setzen.

Während einige Menschen im Publikum applaudierten, mischten sich Aufforderungen darunter, eine weitere Runde zu spielen.

Winter graute vor der Vorstellung, dass ein Menschenleben nichts weiter wert war als ein paar Bündel Geldscheine, und dass die Verzweiflung jemanden wie den Mann in der Mitte der Arena so weit trieb, dafür seinen Tod zu riskieren.

»Noch eine Runde«, wurden die Stimmen lauter. »Noch eine Runde. Noch eine Runde.«

Der Mann zögerte, ließ seine Hand auf dem Griff des Geldkoffers ruhen und wischte sich mit der anderen den Schweiß aus dem Gesicht.

»Zweihunderttausend Kronen«, sagte der Zeremonienmeister in einem verführerischen Tonfall. »Das ist genug Geld für ein neues Leben in Übersee. Es ist genug Geld für Amerika oder Indien. Genug für eine neue Existenz ohne Zwänge und Sorgen – und das alles bei einer Chance von fünf zu eins.« Er gab dem Gehilfen neben sich einen Wink, woraufhin dieser den zweiten Koffer öffnete und das Geld präsentierte.

Winter sah, wie der Mann mit sich rang. Unsicher blickte er zwischen dem Zeremonienmeister und dem Publikum hin und her. Seine Hand ruhte immer noch auf dem Griff des ersten Koffers. Er atmete tief durch.

»Noch eine Runde. Noch eine Runde.« Die Menge begann wieder zu skandieren, das Publikum verwandelte sich in eine brodelnde Masse. »Auf nach Amerika«, schrie ein Mann neben Winter. »Komplett neu anfangen.« Die Worte mussten bis zum Anwärter durchgedrungen sein, denn er begann zu lächeln, deutete auf den zweiten Koffer und wandte sich dem Publikum zu, das jetzt »Amerika, Amerika!« brüllte.

Winter stöhnte innerlich auf. »Nein«, wollte er ihm zurufen. »Tu es nicht!«

Der Mann nickte, die Zuseher jubelten, und der Zeremonienmeister reichte dem Anwärter erneut den Revolver.

Während das Publikum seine Aufmerksamkeit wieder auf die Mitte der Arena richtete, riss sich Winter endlich von dem grausamen Spektakel los und sah sich erneut nach Irina um.

Sie stand noch immer an demselben Platz wie gerade eben, doch sie schien ihn jetzt bemerkt zu haben und starrte ihn an. Als er einen Schritt auf sie zu machte, drehte sie sich um und verschwand durch eine unscheinbare Tür hinter der Manege.

Er blickte sich um, niemand schien ihn zu beobachten, also folgte er ihr. Hinter der Tür lag ein schmaler niedriger Tunnel. Aus den blutigen Schleifspuren auf dem Boden schloss Winter, dass dies der letzte Weg jener Anwärter sein musste, die ihren Auftritt in der Arena nicht überlebt hatten.

Er passierte zwei offene Lagerräume und kam schließlich zu einer kleinen Tür, die nur angelehnt war. Vorsichtig schob Winter sie auf und fand dahinter eine notdürftig eingerichtete Schlafstätte vor. Eine kleine Matratze lag auf dem Boden, daneben stand eine Kerze auf einer umgedrehten Weinkiste.

»Keinen Schritt weiter.« Irina Novotny war aus dem Schatten getreten und richtete eine Pistole auf ihn. »Wer hat Sie geschickt? Er war es, nicht wahr? Sie sind einer von seinen Handlangern. Einer seiner Häscher.«

Winter hob die Hände abwehrend vor sich. »Ich will Ihnen nichts tun«, sagte er und versuchte dabei, so beruhigend wie möglich zu klingen.

»An die Wand.« Ihr Tonfall war herrisch und bestimmt, ließ keinen Widerspruch zu. »Beine auseinander.« Sie begann, ihn von hinten abzutasten, fasste dabei auch in seine Hosentasche und hielt inne. Sie zog die Marke hervor, las, was darauf stand, und starrte Winter voller Abscheu an.

»Verdammtes Schwein.« Ihre Stimme bebte. »Dreh dich um und sieh mich an.«

Winter spürte ihre Entschlossenheit und folgte ihrem Befehl. »Bitte nicht, ich kann …«

»Hör auf zu jammern. Es nutzt nichts.«

»Ich will nur reden.«

»Karl, der Zeremonienmeister, ist ein Freund von mir«, ging sie nicht darauf ein. »Es ist überhaupt kein Problem, auch deine Leiche wegschaffen zu lassen. Auf einen mehr oder weniger kommt es hier auch nicht mehr an, das kannst du mir glauben.« Sie spannte den Hahn. Tränen füllten ihre Augen, trotzdem blieb ihr Blick hart. »Das ist für Mizzi und Traude«, sagte sie und legte den Finger an den Abzug.

Ein Schuss hallte durch das Gewölbe.

23

Die Zuschauer in der Arena schrien so laut, dass der Lärm bis zu Irina und Winter vordrang. Der Spieler hätte die Hunderttausend nehmen sollen.

Für den Bruchteil einer Sekunde war Irina abgelenkt, Winter nutzte den Moment und packte ihr Handgelenk. Die Pistole fiel zu Boden und schlitterte in eine finstere Ecke.

Blitzschnell wand sich Irina aus seinem Griff, duckte sich unter seinem Arm hindurch und versetzte ihm einen Stoß in die Magengrube. Winter krümmte sich, sie war stärker, als sie aussah. Er riss sich zusammen, richtete sich wieder auf und starrte sie an. Was nun? *Tu einfach immer genau das Gegenteil von dem, was du normalerweise tun würdest.* Emmerich würde nicht zögern, eine Frau zu hauen, wenn es darum ging, einen Mörder zu fassen. Entschlossen ballte Winter seine Hand zur Faust und schlug mit ganzer Kraft zu. Er erwischte Irina mit voller Wucht am Mund, woraufhin ihre Lippe aufplatzte und einige Spritzer Blut auf Winters Hemd landeten. Wimmernd hielt sie sich die Hände vors Gesicht. Schnell drehte er ihr die Arme auf den Rücken und hielt sie fest.

»Und jetzt?« Sie presste die Worte mühsam hervor. »Willst du mich auch umbringen? So wie dein Freund es mit Mizzi und Traude gemacht hat?« Sie spuckte Blut auf den Boden. »Dann mach es wenigstens schnell.«

Dein Freund? Was sie wohl damit gemeint hatte?

Er schob die Frage beiseite – für ein Verhör war später noch genügend Zeit. Zuallererst musste er Irina irgendwie hier rauskriegen. »Sie sind verhaftet.«

Winter atmete kurz auf, sah sich aber bereits mit dem nächsten Problem konfrontiert: Plötzlich näherten sich Schritte, und Irina begann sich zu winden. »Hilfe!«, schrie sie. »Helft mir!«

Die Tür wurde aufgerissen, und zwei grobschlächtige Kerle erschienen. Winter erkannte, dass sie gerade dabei gewesen waren, den toten Spieler abzutransportieren. Sie ließen die Leiche auf den Boden fallen und wandten sich ihm und Irina zu.

Wie aus dem Nichts erschien plötzlich Mephisto neben ihnen. »Lass die Novi in Ruhe!«, schrie er und begann, Winter wild zu beschimpfen. Vom Manierismus keine Spur mehr, Mephisto beherrschte offensichtlich auch die derbere Wiener Mundart. »Worauf wartet ihr?« Er gab den vierschrötigen Kerlen ein Zeichen, woraufhin einer von ihnen ausholte und Winter einen Leberhaken verpasste, sodass dieser ächzend zu Boden ging.

Sofort setzte Mephisto nach und trat ihm ins Gesicht. Winter stöhnte, für einen kurzen Augenblick verschwamm seine Sicht. Als er seine Umgebung wieder halbwegs klar wahrnehmen konnte, ragte plötzlich ein weiteres Paar Beine vor ihm auf.

Winter machte sich auf das Schlimmste gefasst, sah hoch – und schaute in das Gesicht von Veit Kolja.

»Du elender Idiot«, murmelte Kolja und zog Winter hoch, der Mühe hatte zu verstehen, was hier vor sich ging. »Wir müssen verschwinden.«

»Nicht ohne sie.« Winter deutete auf Irina.

Kolja schnaubte und packte sie am Arm. Als ihr Mephisto

zu Hilfe kommen wollte, baute sich Kolja vor ihm auf. »Raus, oder ich erzähle Karl, dass du unschuldige Gäste verprügelst.«

»Diese Art von Gästen ist im *Paradies* ohnehin nicht willkommen.« Mephisto war außer sich vor Wut. »Was tust du hier?«, fragte er. »Ich dachte, du seist seriös geworden. Hab gehört, du machst jetzt einen auf Politiker.«

»Sei froh, dass ich hier bin«, ging Kolja nicht auf die Frage ein. »Du warst kurz davor, einen Polizisten umzubringen. Ich kenne seinen Vorgesetzten. Den Ärger, den der euch deswegen beschert hätte, willst du dir nicht ausmalen.«

Mephisto schürzte die Lippen und verschränkte die Arme. »Lass dein G'friss bloß nie wieder hier blicken«, schnauzte er Winter an und trat ihm gegens Schienbein. Dann ging er hinaus und bedeutete den beiden grobschlächtigen Kerlen, mit ihrer makabren Totengräbertätigkeit fortzufahren.

»Los.« Kolja hielt Irina mit eisernem Griff am Arm gepackt und zerrte sie nach draußen, den Männern mit der Leiche hinterher.

Winter steckte seine Marke ein, die Irina auf den Boden hatte fallen lassen, und folgte ihnen durch den Tunnel. Wenige Meter später durchschritten sie ein vergittertes Eisentor, das mitten in den Wald hineinführte. Er roch die milde Sommerluft, den Duft von warmem Holz. Er war dem *Paradies* entkommen.

Kolja zog eine Taschenlampe aus seiner Jacke und knipste sie an. Neben dem Tor erkannte Winter nun einen Karren, auf dem zwei Tote lagen. Dahinter stand ein elegantes Automobil.

Kolja bugsierte Irina auf die Rückbank, und Winter setzte sich neben sie, während Kolja den Wagen startete. »Was machen Sie hier?«, fragte Winter.

»Bitte, gern geschehen«, murrte Kolja und trat aufs Gaspedal.

»Danke«, sagte Winter und lehnte sich zurück.

Kolja nickte und zündete sich eine Zigarre an. »Ich konnte dich nicht blindlings ins Verderben stürzen lassen. August hätte mir das nie verziehen.«

Winter blickte durch das Autofenster und starrte mürrisch in den dunklen Wald, der draußen an ihnen vorüberzog. Kolja war ihm also gefolgt. Erneut hatte er eine Ermittlung nicht aus eigener Kraft beendet. Erneut hatte ihm jemand zu Hilfe kommen müssen. Doch nicht nur sein Ego schmerzte, auch sein rechtes Auge und seine Nase taten höllisch weh – Mephisto hatte ihn voll erwischt.

»Was für ein Problem hast du mit Otto Zabanyi?«, fragte Kolja plötzlich.

»Mit Zabanyi? Gar keines.«

»Oh doch. Du musst eines haben. Der Mann ist nämlich nicht dumm. Der weiß genau, was er tut. Und einen unschuldigen Grünschnabel wie dich allein ins *Paradies* zu schicken bedeutet …« Kolja suchte nach den richtigen Worten. »Nun ja«, sagte er schließlich. »Es bedeutet eben genau das.«

Donnerstag,
14. Juli 1921

24

Das schrille Geräusch der Trillerpfeife fühlte sich an, als würde man ihm mit einer glühenden Nadel direkt ins Gehirn bohren. Schwitzend machte Emmerich eine Rumpfbeuge nach der anderen, während die anderen Kursteilnehmer im Innenhof ihre Runden drehten.

Loos hatte zwar erwirken können, dass er sein Knie nicht mehr belasten musste, aber so ganz vom Haken wollte er ihn auch nicht lassen, das wäre zu auffällig.

»Ein g'sunder Geist braucht einen g'sunden Körper«, hatte Konrad verkündet und darauf bestanden, dass Emmerich sich an der Leibesertüchtigung beteiligte. »Runter aufn Bodn und hundert Aufrichter. Los. Los. Zack. Zack.«

Emmerichs Bauchmuskeln brannten, Schweiß triefte aus jeder seiner Poren.

»Na, Hinkebein, ist das alles zu belastend für dich?« Czerny, dem die anstrengenden Übungen nichts auszumachen schienen, stoppte und grinste hämisch. »So wie ich das sehe, ist der Innendienst genau das Richtige für dich.«

Pötzlein und Baumgartner lachten.

»Disziplin, meine Herren! Wir sind hier nicht im Kindergarten.« Konrad ließ einen Pfiff los, und die Truppe setzte sich wieder in Bewegung. Anschließend wandte er sich an Emmerich. »Machen S' eine kurze Pause und fahren S' anschließend damit fort.« Er drückte ihm einen Expander zum Trainieren der Armmuskulatur in die Hand.

Emmerich nickte und zog halbherzig an dem Gerät. Er war müde und hatte die ganze Nacht vor lauter Grübeln kein Auge zugetan. Wer von den anderen beabsichtigte wohl, den Bundeskanzler zu ermorden? Lügen, Diebstahl, Körperverletzung – all diese Dinge traute er ihnen zu, aber ein Attentat auf Schober? Das war dann doch eine andere Liga. Dazu gehörten Durchtriebenheit und Heimtücke, ein kühler Kopf sowie die Fähigkeit, strategisch zu denken, was auf keinen von ihnen zutraf. Dennoch würde er vor allem Czerny im Auge behalten müssen, der binnen kürzester Zeit Pötzlein und Baumgartner zu seinen Verbündeten gemacht hatte. Vielleicht war es genau dieses Talent, das ihn dazu prädestinierte, eine Verschwörung gegen den Bundeskanzler anzuzetteln. An Bösartigkeit mangelte es ihm jedenfalls nicht.

Oder war der Verdächtige doch eher unter den Vortragenden zu finden? Konrad wäre dazu in der Lage, einen solchen Schachzug zu planen. Er hatte dank einer militärischen Ausbildung die nötige Disziplin und vor allem auch die körperliche Ausdauer.

Als Konrad mit einem strengen Blick an ihm vorbeilief, führte Emmerich pro forma einige Übungen mit dem Expander durch, dann hing er weiter seinen Gedanken nach.

Brühl war bekennender Monarchist, dem die neue Staatsform seit ihrer Geburtsstunde ein Dorn im Auge gewesen war. Als Kaiser Karls Restaurationsversuch vergangene Ostern nicht den gewünschten Erfolg gezeigt hatte, war Brühl untröstlich gewesen – doch würde er so weit gehen, das rechtmäßig gewählte Staatsoberhaupt zu töten, nur weil er sich die Monarchie zurückwünschte?

Emmerich kam nicht dazu, weitere Überlegungen anzustellen, da Loos plötzlich auf dem Exerzierplatz auftauchte.

Wie immer war sein Äußeres makellos, doch Emmerich erkannte in seiner Miene etwas Rastloses, eine Nervosität, die er bisher nicht an ihm wahrgenommen hatte.

Ihre Blicke trafen sich.

»Inspektor Emmerich.« Loos räusperte sich. »Ich muss Sie dringend sprechen. Wenn Sie mir bitte folgen würden.«

Emmerich ließ das Foltergerät auf den Boden fallen und setzte an, ihm nachzugehen.

Sofort lief Konrad zu ihnen und erhob Einspruch. »Wo wollen Sie hin?«, rief er. »Ist das Ihre Vorstellung von Disziplin? Die Leibesertüchtigung ist noch nicht zu Ende.« Er zeigte auf den Expander. »Und so können Sie auch nicht mit Staatseigentum umgehen.« Er verschränkte die Arme und wandte sich an Loos. »Darf ich fragen, worum es geht? Kann es nicht bis zur Pause warten?« Sein Tonfall war ungehalten, und es schwang eine gehörige Portion militärischer Strenge mit.

»Eigentlich nicht«, entgegnete Loos zögerlich. Er hatte offenbar nicht mit Widerstand gerechnet.

»Die Einheit endet in exakt fünfzehn Minuten. Dann gehört Inspektor Emmerich ganz Ihnen.«

Loos überlegte kurz und nickte schließlich. »Natürlich«, murmelte er und sah Emmerich an. »Wir sehen uns dann gleich.«

Emmerich schaute zu, wie er davonging. Ein mulmiges Gefühl beschlich ihn, etwas an Loos' Verhalten hatte ihn beunruhigt. Die Anspannung in seiner Stimme, der nervöse Blick. Er hatte das schon oft gesehen – an der Front und in den Gesichtern von Zeugen und Opfern.

Loos hatte Angst.

Panische Angst.

25

Winter war unausgeschlafen und müde. Die Hitze setzte ihm zu, und seine Nase tat weh, genauso wie sein geschwollenes Auge. Am meisten schmerzte aber sein Stolz. Er war von einer Frau überwältigt und von einem Verbrecher gerettet worden – eine durch und durch schmachvolle Bilanz.

Bereits frühmorgens war die Straßenbahn überfüllt, doch Winter schenkte seiner Umgebung keine Aufmerksamkeit, ignorierte die menschlichen Ausdünstungen und die Enge zwischen den schwitzenden Körpern, die sich dicht an dicht in den Waggons drängten. Das Erlebte von gestern steckte ihm noch zu tief in den Knochen. Es würde lange dauern, all das zu verarbeiten: die Bilder wie aus einem Gemälde von Hieronymus Bosch, der tote Anwärter, die geifernden Zuschauer …

Der Gedanke daran ließ ihn noch immer erschaudern. Aber eines beschäftigte ihn besonders: Koljas Behauptung, dass Zabanyi ihn mit voller Absicht ins Verderben schicken wollte. Warum würde er so etwas tun? Nur, weil er ihn mit seinen sexuellen Eskapaden konfrontiert hatte?

Vielleicht konnte Irina Novotny diese Frage beantworten. *Willst du mich auch umbringen? So wie dein Freund es mit Mizzi und Traude gemacht hat?*, hallten ihre Worte in seinen Ohren. Welcher Freund? Was genau hatte sie damit gemeint?

Winter stieg in der Schlickgasse aus und quälte sich durch die Hitze. Als er an einer Litfaßsäule vorbeikam, stach ihm ein Plakat ins Auge: Es war die Ankündigung einer Sommerredoute auf dem Platz des Eislaufvereins. So ein Ball wäre an sich nichts Besonderes gewesen, doch ein Name war in Kapitälchen und extra dickem Schriftzug hervorgehoben: Leopold Wölfling. Der ehemalig Erzherzog Leopold von Toskana würde bei der Veranstaltung aus seinen Memoiren »Habsburger unter sich« vorlesen. Freimütige Schilderungen wurden angekündigt, pikante Details und skandalöse Einblicke.

Winter seufzte. Großmutter würde toben. Diese Schaustellung eines Mitgliedes der ehemaligen kaiserlichen Familie würde ihr ganz und gar nicht schmecken, und sie würde ihm wahrscheinlich tagelang damit in den Ohren liegen. »Wie kann er sich nur so lächerlich machen?«, hörte er sie schon lamentieren, während er am Haupteingang des Polizeigebäudes vorbeilief. »Wie kann er das Haus Habsburg nur so in den Dreck ziehen?«

Als er vor einem unscheinbaren Tor ankam, das im Vergleich zum Rest des Baus viel zu klein geraten wirkte, wurde Winter klar, dass er weitaus größere Probleme hatte als das Gejammer seiner blaublütigen Großmutter. »Kriminalinspektor Ferdinand Winter«, wies er sich aus.

Ein Uniformierter, der in einer Art Verschlag saß und den Eingang bewachte, musterte ihn misstrauisch, was vermutlich an seiner geschundenen Visage lag.

Winter seufzte und präsentierte seine Marke. »Ich komme, um mit Irina Novotny zu sprechen. Ich habe sie gestern Nacht hier abgeliefert.«

Endlich nickte der Mann und drückte auf einen Knopf. Kurz darauf erschien ein Aufseher aus dem hinteren Teil des Gebäudes. »Irina Novotny in den Verhörraum 1«, sagte der Wachbeamte.

Winter folgte dem zweiten Wärter durch eine gelb gestrichene Metalltür in den Gefängnistrakt. Ihre Schritte hallten durch die langen Flure, deren Böden aus eisernen Blechplatten gefertigt waren.

»Ich bringe die Gefangene gleich zu Ihnen.« Der Aufseher öffnete eine schmale Tür und bedeutete Winter sich zu setzen.

Der Verhörraum war ganz in Grün getüncht. In dessen Zentrum war ein Metalltisch auf dem Boden fixiert, ein massives Bollwerk, das die Trennlinie zwischen Gut und Böse, zwischen Täter und Ermittler darstellte.

Winter war noch nie allein hier gewesen, immer nur mit Emmerich. Er setzte sich auf den harten Stuhl und wartete. Die abgestandene Luft roch unangenehm, nach Angstschweiß, Tränen und Demütigung – besonders Letzteres hatte er in den vergangenen Tagen selbst schmerzhaft am eigenen Leib zu spüren bekommen. Nervös trommelte er mit den Fingern auf die Tischplatte.

Endlich ging die Tür auf, und Irina Novotny wurde in Handschellen hereingeführt. Wie Winter sah man auch ihr die Spuren der letzten Nacht deutlich an. Ein blauer Fleck am Kinn und etwas Blutkruste auf der Unterlippe zeugten von seinem Faustschlag.

Winter fühlte sich unwohl, als er sie sah – immerhin war er es gewesen, der sie so zugerichtet hatte. Dass es in Notwehr geschehen war, machte es für ihn nicht besser. Er würde sich wohl nie damit anfreunden können, jemanden zu verprügeln, schon gar keine Frau.

Irina war blass und hatte dunkle Schatten unter den Augen, doch ihr Blick war wach, wirkte gehetzt. Sie sah sich um, als wäre sie auf der Hut. Doch wovor?

»Setzen Sie sich«, sagte der Wärter. Als sie nicht sofort

gehorchte, schob er sie unsanft auf den Stuhl. »Kommen Sie allein zurecht?«, fragte er Winter und blieb abwartend stehen.

Er nickte und wartete, bis der Mann den Raum verlassen hatte. »Fräulein Novotny …«

Irina funkelte ihn zornig an. »Sie müssen mich hier rausholen«, zischte sie. »Jetzt sofort.«

Winter deutete auf die Handschellen, die sie trug. »Sie sind nicht wirklich in der Position, Forderungen zu stellen. Vor allem nicht solche. Wenn Sie aber kooperieren, können wir …«

»Ich werde kooperieren«, warf sie ein. »Ich tue alles, wenn Sie mich dafür hier rausschaffen.«

»Jetzt erzählen Sie erst mal.«

Irina schüttelte den Kopf. »Sie haben behauptet, mir nichts Böses zu wollen.« Ihre Stimme hatte etwas Flehendes, die Angst stand ihr ins Gesicht geschrieben.

Winter fragte sich, wovor oder vor wem sie sich auf einmal so sehr fürchtete – hier im Gefängnis, einem der sichersten Häuser von Wien. »Das stimmt, ich will Ihnen wirklich nichts Böses.«

»Ich bin in Gefahr.« Sie sank in sich zusammen wie ein Häufchen Elend. Der karge Raum ließ sie klein und verletzlich wirken.

Winter erinnerte sich an gestern Nacht, als er sie eingeliefert hatte. Sie hatte Zeter und Mordio geschrien, gebettelt, gedroht und gefeilscht. Um keinen Preis wollte sie in die Arrestzelle gebracht werden, sie scheute das Polizeigebäude wie der Teufel das Weihwasser. Winter hatte ihr Verhalten merkwürdig gefunden, war aber zu müde und ausgelaugt gewesen, um darüber nachzudenken. Deshalb hatte er sie einfach nur den diensthabenden Beamten übergeben. »Wenn Sie mir erzählen, was ich wissen möchte, sind Sie eine freie Frau.«

»Kein Wenn. Kein Aber. Ich muss hier raus.« Irina sah Winter eindringlich an. »Es ist ein Wunder, dass ich diese Nacht überlebt habe. Wahrscheinlich nur, weil er es noch nicht mitgekriegt hat. Sobald er herausfindet, dass ich einsitze, geht es mir an den Kragen.«

»Beruhigen Sie sich. Niemand tut Ihnen etwas. Sie sind in Sicherheit.« Winter deutete um sich. »Wenn man es ganz genau nimmt, sind Sie an einem der sichersten Orte der Stadt. Sie sind umgeben von dicken Mauern und einer Vielzahl von Polizisten. Vor wem auch immer Sie sich fürchten – er kann Ihnen hier drinnen nichts antun.«

Sie verdrehte die Augen und schnaubte. »Können Sie es nicht verstehen? Oder wollen Sie es einfach nicht?«

Winter zuckte fragend mit den Schultern.

Sie senkte die Stimme und beugte sich zu ihm. »Der Mann, der hinter mir her ist. Der Kerl, der Mizzi und Traude ermordet hat …«

»Was ist mit ihm?«

»Er ist einer von euch. Er ist ein Kieberer.«

26

Das kalte Wasser der Gemeinschaftsdusche prasselte auf Emmerichs Kopf, und er versuchte seine Gedanken zu ordnen. Weder hatte er einen Anhaltspunkt, wer den Anschlag auf Schober plante, noch wusste er, worauf sich Loos' Angst gründete. Das würde er ja sicher gleich erfahren. Plötzlich spürte er einen Schlag und einen scharfen Schmerz auf seinem Allerwertesten.

»Na Hinkebein, noch immer nicht bereit aufzugeben?« Czerny war zu ihm getreten, schwang ein nasses Handtuch und grinste abfällig.

Emmerich spannte seine Muskeln an. Was hatte der schäbige Kerl nun wieder im Sinn?

»Früher oder später kriege ich dich«, sagte Czerny. »Und dann wirst du dir wünschen, du hättest uns nicht allesamt in diese beschissene Lage gebracht.«

»Hör endlich auf, du gehst mir auf die Eier! Dir hätte so eine unbedachte Aussage genauso rausrutschen können. Du kannst Schober doch auch nicht ausstehen.«

Czerny hielt irritiert inne, und Emmerich fragte sich, ob er richtig geraten hatte.

»In Wahrheit findest du es doch gut, dass mal irgendwer dem Bundeskanzler die Meinung gegeigt hat«, legte er nach. »Schober ist keiner von uns. Kein einfacher, hart arbeitender Mann. Er ist ein geschniegelter Lackaffe, der alles verraten hat, wofür er sich eigentlich einsetzen sollte. Er biedert sich bei den Alliierten an, während die eigenen Leute hungern und darben. Die Preise werden wöchentlich erhöht. Kutschen, Postgebühren, Mieten, Lebensmittel, Zigaretten … Bald kann sich keiner mehr das Leben leisten.«

Die anderen Teilnehmer hatten mittlerweile einen Kreis um die beiden Kontrahenten gebildet und verfolgten interessiert den verbalen Schlagabtausch.

»Wir brauchen an der Spitze einen Mann, der für das Volk sprechen kann. Einen, der unsere Sorgen kennt.« Emmerich musterte die Gesichter der Umstehenden, doch keiner zeigte eine besondere Regung. Er musste größere Geschütze auffahren. »Ich wünschte, jemand würde Schober ausschalten.«

Das hatte gesessen. Wehle und Steiner rissen die Augen auf, selbst Czerny war kurz sprachlos. Pötzlein schien sich zu amüsieren, während Baumgartner nickte.

»Da sind Sie nicht der Einzige«, murmelte Letzterer. »Die Monarchisten wollen das auch.«

»Besprechen wir das später.« Emmerich trocknete sich ab, zog sein Hemd und seine Hose an, schnappte sich seine Schuhe und verließ den Raum. Als er die Tür hinter sich geschlossen hatte, hörte er, wie eine hitzige Diskussion über seine Rede ausbrach. Er lächelte. Der Same war gepflanzt. Bald konnte er hoffentlich die Früchte ernten.

Er humpelte eilig durch die Flure, die langsam begannen, sich vertraut anzufühlen. In Gedanken an die wichtige Enthüllung, die ihm Loos gleich mitteilen würde, bog er um die Ecke und hätte beinahe Frau Rottmann über den Haufen gerannt.

»Herr im Himmel«, schnaubte sie und fasste sich demonstrativ ans Herz. »Das Rennen in den Fluren ist strengstens untersagt.«

»Ich bin nicht … Kann ich gar nicht. Ich habe einen Granatsplitter im Bein. Ach, wissen Sie was? Vergessen Sie es einfach.« Er wollte weitergehen, doch sie stellte sich ihm in den Weg und streckte ihm einen Zettel entgegen.

»Und noch etwas, und das sage ich Ihnen zum letzten Mal: Ich bin nicht Ihre Sekretärin. Ab sofort nehme ich keine Telefonate mehr für Sie an. Ihr Assistent muss lernen, allein klarzukommen.«

»Wenn es nur so einfach wäre«, murmelte Emmerich und faltete das Papier auf. Er las und erstarrte.

Es führt eine Spur ins Paradies. Für ein paar Ratschläge wäre Herr Winter äußerst dankbar, stand auf dem Zettel.

»Wann?«, presste Emmerich hervor. »Wann hat er angerufen?«

»Gestern, kurz vor Dienstschluss.«

»Gestern?« Emmerich riss die Augen auf und rang nach Atem. »Verdammt.« Ohne Fräulein Rottmann eines weiteren Blickes zu würdigen, lief er los.

»Auf dem Flur wird nicht gerannt«, schrie sie ihm nach.

Er ignorierte den Schmerz in seinem Bein, schob die Gedanken an Loos beiseite und eilte zum Sekretariat. Das *Paradies* war ein Ort, den nicht einmal er freiwillig besucht hätte. Wenn Winter wirklich allein dorthin gegangen war … Er wollte es sich gar nicht ausmalen.

Emmerich riss die Tür zum Sekretariat auf und den Hörer vom Telefon. Er war so aufgebracht, dass er drei Versuche benötigte, um die richtige Nummer einzustellen. Wie um alles in der Welt war Winter auf die dumme Idee gekommen, Wiens gefährlichstes Pflaster aufzusuchen? Woher wusste er überhaupt von diesem vermaledeiten Ort?

Endlich hob jemand ab, und er hörte eine vertraute Stimme.

»Grete, ist Inspektor Winter da?« Die Worte sprudelten so schnell aus seinem Mund, dass er sich beinahe verhaspelte.

»Inspektor Emmerich? Sind Sie das?«

»Winter«, wiederholte er. »Ist er da?«

Einen viel zu langen Moment blieb es still in der Leitung. »Nein.«

»Wissen Sie, wo er steckt?«

»Nein. Er ist heute noch nicht in der Abteilung erschienen. Ist alles …«

»Scheiße!« Noch bevor Fräulein Grete fertigreden konnte, hatte er aufgelegt. »Ferdinand«, murmelte er. »Verdammt, Ferdinand.« So schnell er konnte, rannte er die Treppe hinunter zum Ausgang. Er pfiff auf den Kurs, pfiff auf seine Karriere, pfiff auf Schober. Wenn nur Winter nichts Schlimmes geschehen war.

Er hätte den Kleinen niemals allein ermitteln lassen dürfen – nicht in diesem Milieu. Wenn ihm etwas zugestoßen war, dann war auch er daran schuld. Das würde er sich niemals verzeihen können. Er ging schneller und immer schneller, eilte quer über den Innenhof in Richtung Portier.

Plötzlich hörte er ein Geräusch, einen erstickten Schrei, der von oben zu kommen schien. Noch ehe er sich umdrehen konnte, nahm er im äußeren Sichtfeld eine Bewegung wahr, einen Schatten, der nur wenige Meter von ihm entfernt vorbeisauste. Er schnellte herum, und das Geräusch von zerberstenden Knochen ließ ihn instinktiv zurückspringen.

Emmerich erstarrte. Direkt vor ihm lag ein verdrehter Männerkörper auf dem Innenhof, unter dessen Kopf sich langsam eine Blutlache ausbreitete. Er erkannte den Mann, der da gerade vom Himmel gefallen war und dessen weit aufgerissene Augen ihn leblos anstarrten. Es war niemand Geringerer als Richard Loos alias Sebastian Schäfer.

Automatisch wanderte sein Blick in Richtung Dach, wo er den Schatten eines Mannes wahrnahm. Er stand genau dort, wo Emmerich letzte Nacht selbst mit Loos gestanden hatte. Trotz der hohen Temperatur lief ihm ein Schauer über den Rücken. »Na warte«, murmelte er. »Wer auch immer du bist – dich hol ich mir.«

Das schmerzende Bein, die Hitze und die Sorgen um seinen Assistenten waren vergessen. Der Jagdinstinkt hatte das Kommando übernommen.

So schnell es ihm möglich war, rannte Emmerich zurück über den Innenhof, hinein in die Kaserne und durch das menschenleere Treppenhaus.

Als er plötzlich Schritte hörte, die ihm entgegenkamen, blieb er stehen und hielt den Atem an. Der andere war ein kaltblütiger Mörder, jemand, der höchstwahrscheinlich in eine Verschwörung verwickelt war und gerade einen Mann in den Tod gestoßen hatte. Wenn sein Verdacht sich bestätigte und es sich um Czerny oder Baumgartner handelte, hatte er es zudem mit einem kräftigen Kerl zu tun.

Instinktiv fasste Emmerich an die Stelle, an der sich normalerweise seine Dienstpistole befand – und griff ins Leere. »Verdammt«, murmelte er. Sie hatten ihre Waffen nicht in den Kursus mitbringen dürfen.

Leise lief er einen Halbstock nach unten, wo sich ein Haufen Bauschutt befand, bewaffnete sich mit einem Holzbrett und wartete.

Nichts geschah.

War er zu langsam gewesen? Hatte er den Täter etwa verpasst?

Emmerich rief sich den Grundriss des Gebäudes ins Gedächtnis und ging in Gedanken die Wege ab. Wenn er sich nicht irrte, musste sich der Mörder noch immer über ihm befinden.

Vorsichtig stieg er ein paar Stufen nach oben und lauschte. Da war jemand, direkt hinter der nächsten Ecke. Er konnte die Gegenwart des anderen förmlich spüren. Auf Zehenspitzen schlich er näher und vernahm tatsächlich leise Atemgeräusche. Außerdem roch es säuerlich nach Schweiß.

»Kommen Sie raus!«, rief Emmerich. Er umfasste das Brett und brachte sich in Stellung. »Zeigen Sie mir dabei Ihre Hände, und machen Sie keine Mätzchen.«

Nichts geschah.

»Das Spiel ist aus!«, versuchte Emmerich es erneut.

Dann ging alles ganz schnell: Stahl blitzte auf, und eine Gestalt huschte aus dem Schatten. Emmerich holte aus und schlug zu. Der Klang von berstendem Holz erschallte, gefolgt von einem Schmerzensschrei. Sein Gegner taumelte, stolperte über die Stufen und blieb auf dem Treppenabsatz liegen.

Emmerich trat die Pistole, die dem anderen aus der Hand gefallen war, zur Seite und riss erstaunt die Augen auf. »Sie?«

27

»Er ist Polizist?« Winter schaute ungläubig.

»Pssst, halten Sie doch den Mund. Oder wollen Sie mich ins Grab bringen?« Irina sah sich ängstlich um. »Das Polizeigebäude ist so ziemlich der gefährlichste Ort, an dem Sie mich haben unterbringen können. Hier hat er direkten Zugriff auf mich.« Sie blickte zur Tür. »Wenn Sie die Wahrheit gesagt haben, wenn Sie mir wirklich nichts Böses wollen, dann lassen Sie mich bitte gehen.«

»Immer schön langsam.« Winter musterte ihr Gesicht, während er versuchte, das eben Gehörte zu verarbeiten. »Sind Sie sicher?«

»Ja.« Sie wurde ungeduldig. »Mizzi, Traude und ich sind in der Nacht von Montag auf Dienstag nach Hause gekommen und haben einen Kerl dabei überrascht, wie er die Wohnung auf den Kopf gestellt hat. Traude hat ihn angeschrien und ihm gedroht. Daraufhin hat er sie attackiert.«

»Wer? Wie heißt der Mann?«

Irina Novotny schüttelte den Kopf. »Keine Ahnung.«

»Und woher wissen Sie dann mit Sicherheit, dass er Polizist ist?«

»Er hatte eine Legitimationsmarke. Bei dem Gerangel mit Traude ist sie ihm kurz aus der Tasche gerutscht.«

»Welche Abteilung?«, bohrte Winter weiter.

»Ich weiß es nicht.«

»Wie sah er aus?«

Sie sah ihn verärgert an. »Es war spät. Es war dunkel. Wir hatten getrunken. Wenn Sie in Ihrer Wohnung einen Einbrecher überraschen, würden Sie ihn dann anglotzen und sich sein Aussehen einprägen?« Als Winter schwieg, fuhr sie fort. »Eben. Dachte ich es mir.« Sie starrte auf ihre Arme. Die Handschellen hatten die Haut an den Gelenken aufgescheuert. Ihr Blick veränderte sich, der Trotz verflog für einen Augenblick, und ihr Ausdruck wurde weicher, die Augen feucht. »Der Kerl war nicht besonders groß, aber er war gefährlich«, sagte sie leise. »Ich habe jeden Tag mit Männern zu tun. Man kriegt ein Gespür für so etwas. Als der auf uns losgegangen ist, bin ich gerannt. Ohne Ziel, Hauptsache fort. Erst als ich nicht mehr konnte und stehen bleiben musste, habe ich gemerkt, dass Mizzi und Traude nicht mitgerannt waren.« Sie blinzelte und fuhr stockend fort. »Als ich mich in die Wohnung zurückgetraut habe, waren sie beide tot. Umgebracht von einem Polizisten. Darum ...«

»Darum haben Sie sich an einem Ort versteckt, an den kein Polizist freiwillig gehen würde.«

Sie nickte.

Winter überlegte. »Was glauben Sie ... warum ist der Mann bei Ihnen eingebrochen?«

Irina kaute auf ihrer Unterlippe und schwieg.

»Wenn ich Sie hier rausholen soll, müssen Sie offen und ehrlich sein. Keine Geheimnisse. Keine Lügen. Ich kann Sie nur beschützen, wenn Sie mir die volle, ungeschönte Wahrheit sagen.«

»Wir haben manchmal was mitgehen lassen«, murmelte sie.

»Was?«

»Wir haben manchmal etwas mit ...«

»Das habe ich schon verstanden«, unterbrach Winter sie mitten im Wort. »Ich meinte, was genau haben Sie gestohlen?«

»Alles Mögliche.« Sie zuckte mit den Schultern. »Manche Kerle im *La Belle* haben mit Geld für Zigarren, Champagner und Frauen nur so um sich geschmissen. Den meisten ist es gar nicht aufgefallen, wenn ein bisschen was gefehlt hat. Die hatten mehr als genug.«

»Wegen ein paar Dollar bricht aber keiner in eine Wohnung ein und tötet zwei Frauen.«

Irina zögerte. Offenbar hatte Winter einen wunden Punkt getroffen. »Traude und ich waren vorsichtig. Wir haben hie und da mal ein paar Scheine eingesteckt, aber Mizzi ...« Sie seufzte. »Mizzi hat oft gleich das ganze Portemonnaie stibitzt. Manchmal hat sie auch Aktentaschen gestohlen oder Uhren, Hüte und Mäntel. Sie konnte alles zu Geld machen.« Irina bekam feuchte Augen. »Ich hab ihr immer wieder prophezeit, dass ihr das eines Tages zum Verhängnis werden wird.«

»Verstehe.« Winter fasste an sein geschwollenes Auge und zuckte vor Schmerz zusammen. »Sieht aus, als hätte Mizzi versehentlich etwas gestohlen, das sie nicht hätte stehlen dürfen«, überlegte er laut. »Ich muss herausfinden, was das war, und dafür brauche ich Ihre Hilfe. Wer war Mizzis Hehler? Wohin hat sie ihr Diebesgut gebracht?«

Irina Novotny dachte nach. »Schwören Sie, dass Sie mich so schnell wie möglich hier rausholen, noch heute, am besten jetzt gleich?« Als Winter nickte, beugte sie sich vor. »Einmal hat Mizzi erzählt, dass sie eine teure Krokodilledertasche zum Tandelmarkt getragen hat. Wahrscheinlich hat sie das mit den anderen Sachen auch gemacht.«

Winter stand auf und ging zur Tür.

»He!« Irina sprang hoch. »Sie können mich nicht hierlassen! Sie haben es mir versprochen.«

»Ich werde den Wärtern sagen, dass niemand zu Ihnen darf«, versuchte Winter, sie zu beruhigen.

»Sind Sie noch ganz bei Trost? Was, wenn er ein hohes Tier ist? Höher als Sie? Was, wenn seine Anordnungen wichtiger sind als Ihre?«

Winter sah die nackte Angst in ihren Augen und hielt inne.

Sie bemerkte sein Zögern. »Wenn mir etwas zustößt, ist es einzig und allein Ihre Schuld«, appellierte sie an sein Reuegefühl. »Wollen Sie das? Wollen Sie mich auf dem Gewissen haben?« Sie starrte ihn eindringlich an.

»Nein.« Winter rang mit sich. »Natürlich nicht.«

»Ich kann Ihnen helfen, den Mörder zu finden«, legte sie nach. »In gewissen Kreisen reden die Leute eher mit jemandem wie mir als mit jemandem wie Ihnen.«

Winter zog die Augenbrauen hoch. Er gab es nur ungern zu, aber sie hatte vermutlich recht. Er dachte an Emmerich. Was würde er machen? Natürlich das Gegenteil von dem, was Winter tun wollte. »Na gut«, sagte er. »Aber es gelten meine Regeln. Sie müssen immer in meiner Nähe bleiben, Sie reden mit niemandem außer mit mir, und Sie befolgen alle meine Anweisungen.«

»Versprochen.« Irina nickte erleichtert.

Winter ging zur Tür des Verhörraumes, rief nach dem Wärter und überlegte fieberhaft, was er ihm sagen sollte. Er räusperte sich. »Fräulein Novotny ist unschuldig. Ich werde sie mitnehmen.« Er wischte sich mit dem Handrücken den Schweiß von der Stirn. »Ich meine, ich ordne Ihre unverzügliche Freilassung an. Leiten Sie alles Notwendige in die Wege, ein bisschen plötzlich, wenn ich bitten darf.«

Der Wärter nickte kaum merklich und schlurfte davon.

Winter sah Irina an. Zum ersten Mal seit ihrem Aufeinandertreffen lächelte sie, doch er hatte keinen Schimmer, was das offizielle Protokoll jetzt vorsah. Konnte er einfach mit ihr das Gebäude verlassen? Wurde sie später abgeholt? Diese Dinge hatte sonst immer Emmerich geregelt.

Gerade als die Stille unangenehm zu werden drohte, kam der Wärter zurück und legte einige Dokumente auf den Tisch. »Da bitte unterschreiben.«

Winter holte einen Federhalter aus seiner Jackentasche und erledigte die Formalitäten.

Der Wärter trat neben die Tür und gab den Weg frei, was wohl bedeutete, dass sie gehen konnten.

Eilig durchschritten Winter und Irina die kargen Flure und verließen das Polizeigebäude. Doch kaum standen sie auf der Rossauer Lände, wandte sich Irina ab und huschte in Richtung Augartenbrücke davon.

Winter hastete ihr hinterher und erwischte sie am Arm. »Wo wollen Sie denn hin? Sie sollten mir doch helfen, den Mörder Ihrer Freundinnen zu finden.«

»Alles, was ich will, ist von hier zu verschwinden. Das ist ein zu gefährliches Pflaster für mich.« Sie wollte davonstürmen, aber Winter packte fester zu.

»Wir haben eine Vereinbarung. Ich hole Sie aus dem Gefängnis, wenn Sie mir bei den Ermittlungen helfen.«

Sie versuchte erneut, sich aus seinem Griff zu befreien, als ein Streifenpolizist an ihnen vorbeiging. Er nickte Winter kurz zu und beäugte Irina, die offenbar einsah, dass hier kein angemessener Ort war, um den Aufstand zu proben. »Na gut.« Ihre Gegenwehr ließ nach. »Aber lassen Sie uns abhauen, jeder Meter, der mich vom Häfn wegbringt, ist ein guter Meter.«

Es war nicht weit bis zur Berggasse, wo sich der sogenannte Tandelmarkt befand, trotzdem gestaltete sich der kurze Weg äußerst beschwerlich. Die dörrende Sonnenglut brannte stärker denn je, und als eine Kehrmaschine an ihnen vorbeifuhr und dabei haushohe Staubwolken aufwirbelte, bekam Winter einen Hustenanfall.

Irina jedoch schienen weder die Hitze noch der Staub etwas auszumachen. Mit jedem Schritt, den sie sich dem Tandelmarkt näherten, wurde sie entspannter. Als sie endlich in das Gewirr der Markthalle eintauchten, in der eine Vielzahl von Altwarenhändlern ihre Schätze anpriesen, war sogar der Hauch eines Lächelns auf ihren Lippen zu erahnen.

Winter wischte sich den Staub aus dem Gesicht und sah sich neugierig um. Obwohl es so nah bei seiner Arbeitsstätte lag, hatte er dieses Gebäude noch nie betreten, dessen Architektur bewusst an einen orientalischen Bazar erinnerte. Trotz der heißen, trockenen Luft konnte er sich der Faszination dieses Ortes nicht entziehen. Neben ihm feilschte eine alte Frau um ein Teeservice, während vor ihm ein verlotterter Greis versuchte, einen schmutzigen Muff aus Pelz an den Mann zu bringen. Fasziniert sah Winter sich um, wurde aber jäh aus seinen Gedanken gerissen, als er feststellte, dass Irina verschwunden war. Hektisch blickte er zurück zum Eingang. Dieses verdammte Weibsbild. Er hätte wissen müssen, dass man einer wie ihr nicht trauen konnte.

Eilig suchte er die Umgebung ab. Hatte sie sich hier irgendwo versteckt, oder war sie schon längst über alle Berge?

Plötzlich sah er sie nur einige Meter weiter bei einem Laden stehen.

Schnell zog er sie weg. »Sie bleiben nahe bei mir und sprechen mit niemandem«, zischte er. »Wie versprochen.«

»Sie tun mir weh, lassen Sie mich.«

»Wo hat Mizzi die Sachen verkauft?«

»Ich glaub, es ist da hinten.« Irina zeigte ans andere Ende der Halle.

Sie gingen zwischen Verkaufsständen hindurch, auf denen sich Hausrat und Kleidung neben kitschigen Ölgemälden und mottenzerfressenen Teppichen stapelten. Winter versuchte, nichts zu berühren, da er fürchtete, manche der hier gehandelten Waren könnten von Ungeziefer und Krankheitserregern befallen sein. Irina hingegen ließ sich voll und ganz von dem bunten Treiben mitreißen. Sie berührte hier ein geblümtes Kleid, griff dort nach einer glitzernden Brosche und bewunderte kunstvoll bemalte Teller, bis sie endlich ihr Ziel erreicht hatten: einen unscheinbaren Stand, an dem mit Lederwaren gehandelt wurde.

Schuhe, Gürtel, Aktenmappen und Brieftaschen lagen auf dem Verkaufstisch. Dahinter saß eine rundliche alte Frau, die von dem lauten Tohuwabohu um sie herum nichts mitzubekommen schien.

Direkt neben ihnen versuchte ein buckliger Mann ein Paar brauner Lederstiefel anzuprobieren. Winter atmete flacher, als ihm die Ausdünstungen der verschwitzten Füße in die Nase stiegen.

»Die passen nicht.« Der Mann hatte die Schuhe wieder ausgezogen und reichte sie der Tandlerin, die sie ungerührt entgegennahm und zurück auf den Verkaufstisch stellte. Der Bucklige ging weiter, Winter rümpfte die Nase und räusperte sich.

»Verzeihen Sie, ich hätte eine Frage.«

Die Frau blickte kurz auf. »Wilde Nacht?« Sie deutete auf Winters blaues Auge und die blutverkrustete Lippe von Irina.

Winter schüttelte verlegen den Kopf und betrachtete die Waren, die sie feilbot.

»Hundert Kronen für das Portemonnaie.« Sie deutete auf eine abgenutzte Geldbörse und sah die beiden abwartend an. »Neue Manschettenknöpfe gibt's gleich nebenan.«

Winter blickte auf die Büroklammern, die noch immer seine Hemdsärmel verschlossen. Der Gedanke an seine Familienerbstücke versetzte ihm einen Stich. »Es geht um Mizzi Proll«, kam er direkt zur Sache. »Ein Fräulein, das Ihnen ab und an Sachen verkauft hat.«

Die Alte deutete erneut auf die Brieftasche. »Machen wir neunzig.«

Winter wurde ungeduldig. Er war gekommen, um einen Mord aufzuklären, nicht um eine hässliche Geldbörse zu kaufen. Als er in seine Jackentasche griff, um die Polizeimarke herauszuziehen, spürte er Irinas Hand auf seinem Arm. Sie hatte sich blitzschnell vor ihn gedrängt und deutete auf einen schmalen schwarzen Gürtel. »Wie viel soll der kosten?«

Das Gesicht der alten Frau hellte sich auf. »Für Sie hundertsechzig.«

Irina drehte sich zu Winter und hielt ihm die Hand hin, woraufhin er sie empört vom Stand wegzerrte.

»Hundertsechzig Kronen, das ist Wucher. Dafür könnte ich diese Halsabschneiderin ins Gefängnis befördern. Wir sind nicht hier, um überteuerten Krempel zu kaufen, wir sind hier, um den Mörder Ihrer Freundinnen zu finden.«

Irina schnaubte. »Eben. Wenn Sie wollen, dass die Frau kooperiert, heißt es geben und nehmen. Leben und leben lassen. Also her mit der Marie, und legen Sie am besten noch ein paar Kronen drauf.« Erneut streckte sie die Hand aus.

Seufzend holte Winter ein Bündel Scheine aus der Hosentasche und reichte es ihr. Da sein Abstecher ins *Paradies* sein ganzes Gehalt verschlungen hatte, war ihm nichts anderes übrig geblieben, als sich Geld von seiner Großmutter zu leihen. Wenn das so weiterging, musste er die entwürdigende Prozedur in diesem Monat wohl noch einmal über sich ergehen lassen. Seine Selbstachtung war derzeit wirklich schwer angeschlagen. Wenig erfreut sah er zu, wie Irina der Verkäuferin die Banknoten in die Hand drückte.

»Stimmt so«, sagte sie zu der alten Frau.

»Dankschö, gnädiges Fräulein, da haben S' a wirklich gutes Stück ausg'sucht.« Die Tandlerin lächelte und verstaute das Geld in ihrer Kittelschürze.

»Wissen S', so einen ähnlichen Gürtel hat meine beste Freundin auch gehabt, die Mizzi Proll, Gott hab sie selig. Ich glaube, Sie kannten sie.« Irinas Augen wurden feucht, eine Träne löste sich und rann leise über ihre Wange.

»Jössas na, was ist denn passiert?« Die Verkäuferin fasste sich ans Herz.

»Sie wissen das noch gar nicht?« Irina wischte sich mit dem Handrücken den Rotz von der Oberlippe. »Die Mizzi wurde ermordet.«

»Ermordet?« Damit hatte sie sich endgültig die Aufmerksamkeit der Tandlerin gesichert. »Herrje. Das arme Ding.« Die alte Frau schüttelte den Kopf. »Ich hab ihr immer g'sagt, dass es ned guad is, in dem Club Libelle zu arbeiten.«

»Das *La Belle* war nicht das Problem. Das hier war es.« Irina deutete auf die Waren. »Mizzi wurde erschlagen, weil sie Männer bestohlen hat, und Sie haben ihr die Sachen abgekauft, nicht wahr?«

Die Tandlerin sah sich hektisch um und zog Irina hinter ihren Verkaufstisch, in einen kleinen Bretterverschlag, in dem sich gebrauchte Lederwaren bis unter die Decke stapelten. Winter folgte ihnen, was die Verkäuferin misstrauisch beäugte.

»Ich hab's nicht fürs Geld getan, sondern für die Mizzi«, flüsterte sie. »Wir haben hier am Markt einen Ehrenkodex. Mit gestohlenen Waren handelt man nicht. Wenn das rausgekommen wär', hätte ich nicht nur mit der Kieberei, sondern auch mit den anderen Standlern ein Problem bekommen.«

»Aber?«, fragte Winter.

»Aber die Mizzi ist die Tochter einer Freundin, ich kenn sie, seit sie klein war. Ich konnt' einfach nicht mitansehen, wie das dürre Ding sich im Club Libelle an die grauslichen Mannsbilder verkauft hat – an die alten, die fetten, die stinkerten. Drum hab ich ihr hie und da was zugesteckt. Die Mizzi, stolz wie sie war, wollt' aber keine Almosen und hat mir als Gegenleistung dauernd Zeug vorbeigebracht.« Sie zog ein Taschentuch aus ihrer Schürze und schnäuzte sich lautstark. »Das arme Ding«, murmelte sie und schüttelte den Kopf. »Das arme, dumme Ding.«

»Welches sind die Sachen, die die Mizzi hergebracht hat?« Irina sah sich suchend um.

Die Tandlerin kramte in dem Berg aus Lederwaren und fischte drei Geldbörsen daraus hervor. »Ein paar Sachen hab ich natürlich schon verkauft …«

Winter riss ihr das Diebesgut aus der Hand. »Die sind alle leer«, stellte er fest, nachdem er einen Blick hineingeworfen hatte. Hektisch durchsuchte er die Portemonnaies ein zweites Mal, wieder fand er nichts. Auch eine Aktentasche, die die Tandlerin herausgesucht hatte, war abgesehen von einem Kaufbeleg für teure Zigarren vollkommen leer, nichts gab einen Hinweis auf ihren Besitzer. Das einzig Auffällige daran war ein silberfarbenes Ornament auf der Vorderseite. »Wo ist der Inhalt?«

»Das Geld hat sich wahrscheinlich die Mizzi genommen.«

»Da ist meistens nicht nur Geld drinnen.« Winters Stimme zitterte vor Anspannung. Was, wenn auch diese Spur sich als Sackgasse entpuppte? »Haben Sie denn keine Dokumente, Fotografien, Karten oder dergleichen beim Ausräumen gefunden?«

»Ich hab nix ausg'räumt.« Die Tandlerin verschränkte die Arme vor der Brust. »Das hat die Mizzi schon selber g'macht.«

Winter sah Irina an.

»Bei uns daheim hat sie den Inhalt nicht abgeladen.«

»Glauben Sie, sie hat die Sachen einfach weggeschmissen?«

»Heutzutag schmeißt man doch nix weg«, mischte sich die Tandlerin ein, »zumindest nicht die armen Leut'. Alles wird verwertet. Papier, Stoff, Metall … Gut möglich, dass die Mizzi das Zeug aus den Taschen zu ihrer Mutter und den Geschwistern gebracht hat.« Sie seufzte. »Die armen Schwein' ham ja nix. Z'wenig zum Leben, z'viel zum Sterben.«

»Wo finde ich die Familie?«

»Draußen im Negerdörfl.«

»Im Negerdörfl? Den Baracken in Ottakring?« Winter hatte von der provisorischen Notstandssiedlung gehört, deren Name sich nicht auf eine Hautfarbe bezog, sondern darauf, dass hier die Ärmsten der Armen wohnten – jene Menschen, die überhaupt nichts mehr hatten und komplett pleite waren bzw. »neger«, wie man im Wiener Dialekt sagte.

»Genau dort«, bestätigte die Tandlerin. »Wundert mich, dass ein feiner Pinkel wie Sie das kennt.«

»Worauf warten Sie? Los!«, wandte Winter sich an Irina und nahm der Tandlerin die Hehlerware ab.

»Halt, ned so schnell.« Empört zerrte sie an der Aktentasche. »Das müssen S' aber schon bezahlen.« Winter seufzte und drückte ihr einige Geldscheine in die Hand. Endlich hörte sie auf zu zetern und ließ ihn ziehen.

Die Portemonnaies steckte Winter ein, die Aktenmappe klemmte er sich unter den Arm. »Wir müssen auf einen Sprung ins Polizeigebäude. Das sind Beweisstücke. Die müssen so schnell wie möglich in die Spurensicherung.«

Irina blieb wie angewurzelt stehen. »Sind Sie wahnsinnig? Was, wenn ich dort auf den Mörder treffe?«

»Umso besser. Dann können Sie ihn gleich identifizieren, und der Fall ist erledigt.«

»Oder ich bin erledigt.«

Winter fiel etwas ein. »Wenn der Mörder tatsächlich nach Ihnen sucht – was glauben Sie, wo er Sie am allerwenigsten erwartet?«

Sie schwieg, offenbar fiel ihr kein Gegenargument ein. Trotzdem rührte sie sich nicht von der Stelle.

Winter sah sich um und ging zu einem Stand, an dem eine Frau Kopftücher verkaufte. Er nahm das erstbeste, bezahlte und drückte Irina das Stück Stoff in die Hand.

Widerwillig legte sie es an und verbarg damit ihre auffällige Frisur. »Von Mode haben Sie wohl keine Ahnung, was?«

»Wenig. Von Mördern hingegen schon.« Winter ging entschlossenen Schrittes Richtung Rossauer Lände, und Irina folgte ihm mit gesenktem Haupt bis in die Abteilung Leib und Leben.

Sie eilten gerade durch den Flur in Richtung Büro, als ihnen Fräulein Grete entgegenkam.

»Inspektor Winter? Um Gottes willen, wie sehen Sie denn aus?« Sie schlug die Hände vor den Mund.

Winter blieb stehen und fasste sich irritiert ins Gesicht. »Ach so, das, äh … Das erkläre ich Ihnen später. Wir müssen jetzt …«

»Wir?« Fräulein Grete musterte Irina von oben bis unten. Ein argwöhnischer Zug legte sich auf ihr Gesicht. »Wollen Sie mir Ihre Begleitung denn gar nicht vorstellen?« Ihr Tonfall war kalt, ihre Worte spitz wie Nadeln.

»Natürlich, das ist Irina Novotny. Sie ist …« Er überlegte. »Eine Zeugin.«

»Soso, eine Zeugin.« Fräulein Grete nickte nur kurz und verschwand um die Ecke.

Irina konnte sich ein Grinsen nicht verkneifen.

Winter sah sie irritiert an und schüttelte dann den Kopf. »Kommen Sie.« Er öffnete die Bürotür, trat ein und riss die Augen auf.

Er konnte nicht glauben, wen er dort sah.

28

Emmerich atmete erleichtert auf, als Winter das Büro betrat. Der Kleine war am Leben, das *Paradies* hatte ihn nicht verschlungen. »Ferdinand.« Er sprang auf und umarmte ihn. »Wo warst du nur? Niemand im Haus wusste, wo du steckst. Ich war krank vor Sorge.« Er fasste ihn an den Schultern, musterte ihn von oben bis unten und zeigte auf dessen zerschundene Visage. »Vom *Paradies*?«

Winter nickte.

»Immerhin bist du mit halbwegs heiler Haut wieder rausgekommen.« Er schenkte seinem Assistenten einen anerkennenden Blick. »Respekt. Was ist passiert?«

»Das erzähle ich gleich. Jetzt erst mal zu Ihnen. Was tun Sie denn hier?« Winter strahlte seinen Vorgesetzten an, doch dann erstarb sein Lächeln plötzlich. »Warum sind Sie nicht in der Schwarzenbergkaserne? Bitte sagen Sie nicht, dass Sie aus dem Disziplinarkurs geflogen sind.«

»Keine Sorge, der Kurs wurde abgebrochen. Und zwar weil …« Erst jetzt wurde Emmerich auf Irina aufmerksam, die in der Tür stand und die beiden beobachtete. »Wer ist das?«

»Ach so, Entschuldigung«, vor lauter Überraschung hatte Winter offensichtlich ganz vergessen, seine Begleitung vorzustellen. »Das ist Irina Novotny.«

»Na, schau mal einer an«, murmelte Emmerich. »Du schlägst dich besser als erwartet.«

»Nun ja«, Winter bekam ganz rote Wangen, »es war nicht allein mein Verdienst, dass ich halbwegs unversehrt aus dem *Paradies* herausgekommen bin. Es war so, dass …« Er winkte ab. »Erzählen lieber Sie erst.«

Irina räusperte sich. »Gehen wir jetzt ins Negerdörfl oder nicht?«

»Ins Negerdörfl?«, fragte Emmerich. »Was wollt ihr dort?«

»Wir müssen Mizzi Prolls Mutter befragen«, erklärte Winter. »Wahrscheinlich hat sie die Sachen, die der Mörder in der Brigittenau gesucht hat.«

»Wie? Was?« Emmerich runzelte die Stirn. »Ich glaube, wir haben so einiges zu besprechen. Aber ich würde das lieber nicht hier drin tun.« Er zündete sich eine Zigarette an und ging zur Tür.

Während sich die anderen Gäste um die kleinen Tische im Schanigarten vor der Tür drängten, nahmen Emmerich, Winter und Irina in der hintersten Ecke des Café Salztorbrücke Platz. Abgesehen von ihnen wollte niemand bei diesen Temperaturen seine Getränke in den stickigen Innenräumen des Kaffeehauses konsumieren, wodurch sie ungestört sprechen konnten.

Irina hatte das Kopftuch abgenommen und schaufelte hungrig ein Gulasch mit Semmelknödeln in sich hinein.

»Sie essen doch sicher gerne auch noch etwas Süßes.« Emmerich zeigte zur Kuchenvitrine.

»Aber ich …« Irina sprach mit vollem Mund und deutete auf ihr Gulasch. Dann blickte sie zwischen den beiden Männern hin und her und schien zu verstehen. »Bin schon weg.« Sie schnappte sich eine Zigarette von Emmerich, stand auf und ging zum Tresen, neben dem die Mehlspeisen in einem kleinen Glaskasten präsentiert wurden.

»Erzähl!«, forderte Emmerich Winter auf.

»Sie zuerst. Warum wurde der Kurs plötzlich abgebrochen? Haben die eingesehen, dass sie es mit hoffnungslosen Fällen zu tun haben?«

»Du bist ganz schön frech geworden. In meiner Abwesenheit hat sich offenbar einiges getan. Aber um auf deine erste Frage zurückzukommen ...« Emmerich zündete sich eine Zigarette an und lehnte sich zurück. »In der Schwarzenbergkaserne ist heute jemand vom Dach gefallen, oder besser gesagt: Es wurde jemand aus dem obersten Stockwerk gestoßen.«

»Wie bitte?« Winter, der gerade angesetzt hatte, einen Schluck Kaffee zu trinken, hielt in der Bewegung inne. »Jemand wurde ermordet? Wer? Und von wem?«

»Der Kurs war nur ein Vorwand, ein Mittel zum Zweck. Eigentlich ging es darum herauszufinden, wer von den Anwesenden ein Attentat auf Schober verüben will.«

»Jemand will Schober umbringen?« Winter stellte seine Tasse so ungeschickt zurück auf den Tisch, dass der Kaffee überschwappte und eine kleine braune Pfütze bildete. Er schien es nicht zu bemerken.

Emmerich nickte und erzählte von den anderen Männern, von Loos, von dem belauschten Telefonat, wie Loos daraufhin den Kursus in die Wege geleitet und weshalb er exakt jene Teilnehmer dazu verdonnert hatte. »Es war reiner Zufall, dass ich im Innenhof war«, erklärte er schließlich. »Ich wollte mich gerade heimlich aus dem Staub machen, um nach dir zu sehen. Loos landete nur wenige Meter neben mir.« Er zeigte auf seine Hose, auf der noch die Blutspritzer zu sehen waren.

Winter rümpfte angeekelt die Nase.

»Schön war das nicht. Aber immerhin war ich zur richtigen Zeit am richtigen Ort.« Emmerich konnte sich ein Lächeln nicht verkneifen. »Nur weil ich die Regeln gebrochen habe und den Kursus vorzeitig verlassen wollte, konnte ich den Mörder dingfest machen. Nur deswegen sitzt er jetzt ein.«

Winter stöhnte leise. »Sie sind also nicht geläutert?«

»Im Gegenteil.«

»Gott steh uns bei.«

»Die Farce wurde jedenfalls für beendet erklärt.« Emmerich nahm einen Löffel und aß von Irinas Gulasch.

»Wer war es denn jetzt?«, fragte Winter. »Welcher der Kursteilnehmer war der Mörder?«

»Es war Alfred Pötzlein. Unscheinbarer Typ, aber mit hohem Aggressionspotenzial.« Emmerich wischte sich den Mund mit der Hand ab und blies Rauchkringel in die Luft.

»Tischmanieren standen wohl definitiv nicht auf dem Lehrplan«, stellte Winter fest.

»Trotzdem hätte ich ihm so etwas nicht zugetraut«, ignorierte Emmerich die Spitze.

Winter runzelte die Stirn. »Der Attentäter ist verhaftet, der Fall abgeschlossen – warum wollten Sie vorhin im Büro nicht über die Sache sprechen? Wozu die Geheimniskrämerei?«

»Der Anruf«, sagte Emmerich. »Es ist ja nicht so, als ob man beim Telefonieren mit einer Wand spricht. Verstehst du? Am anderen Ende der Leitung ist immer eine weitere Person.«

Langsam dämmerte Winter, worauf Emmerich hinauswollte. »Sie glauben, die Gefahr ist noch nicht gebannt. Sie glauben, es handelt sich um ein Komplott.«

»So ist es.« Emmerich nickte. »Man plant, den Bundeskanzler zu ermorden, wenn man entweder völlig irr oder Teil einer Verschwörung ist. Pötzlein ist offenbar beides.

Und jetzt sitzt der Kerl im Arrest und schweigt wie ein Grab. Bei seiner Verhaftung hat er ein paar komische Bemerkungen gemacht – wenn du mich fragst, stecken noch mehr Leute hinter der Sache, wahrscheinlich auch einige wichtige Männer, vielleicht sogar noch mehr Polizisten.«

»Wer weiß außer Ihnen noch von der Intrige?«

»Da Loos tot ist, nur wir beide, Schober selbst und eine Handvoll Männer vom Evidenzbüro. So soll es auch bleiben. Niemand sonst darf davon erfahren. Jeder könnte mit drinstecken.«

Winter sah zu Irina, die rauchend in der Eingangstür des Cafés lehnte und mit dem Kellner flirtete. »Der Mörder der beiden Nackttänzerinnen«, überlegte er laut. »Er ist ebenfalls Polizist. Kann das ein Zufall sein?«

Emmerich war hellhörig geworden. Er setzte sich aufrecht hin und kniff die Augen zusammen. »Zufälle gibt es genauso wenig wie Wunder.«

»Dann sollten wir dringend eine Gegenüberstellung machen.« Winter stand auf, legte einige Geldscheine auf den Tisch und ging zu Irina.

Emmerich überraschte die Entschlossenheit seines Assistenten, offenbar hatte dieser in seiner Abwesenheit mehr gelernt, als er vermutet hatte.

Auf dem Weg ins Polizeigefängnis legte sich Irina wieder das Kopftuch an. »Warum muss ich dabei sein?«, zeterte sie. »Genügt es denn nicht, wenn Sie mir ein Foto von dem Kerl zeigen?«

Winter schüttelte den Kopf. »Die Gegenüberstellung ist wichtig. Wir müssen ganz sicher sein, dass wir den Richtigen beschuldigen.«

Als sie durch die schmale Tür traten, hinter der sich der Zellenblock befand, senkte Irina den Blick und presste die

Lippen aufeinander. »Warum tue ich mir das überhaupt an?«, schnaubte sie.

»Für Mizzi«, sagte Winter, während sie darauf warteten, dass alles vorbereitet wurde. »Und für Traude.«

Endlich führte ein Wachbeamter die drei in einen leeren Verhörraum. An der langen Wand gegenüber der Türe standen fünf Männer nebeneinander. Sie alle trugen Handschellen, links und rechts von ihnen waren uniformierte Gefängniswärter postiert.

Noch bevor Emmerich etwas sagen konnte, ballte Irina ihre Hände zu Fäusten. »Das ist er«, schrie sie und zeigte auf Pötzlein, der ungerührt nach vorn starrte.

Emmerich beugte sich zu Winter. »Das ist der Mann, der Loos aus dem Fenster gestoßen hat.«

Winter wandte sich zu Irina. »Sind Sie ganz sicher? Sie haben mir selbst gesagt, dass Sie den Täter in der Aufregung nicht genau erkannt haben. Nehmen Sie sich Zeit.« Er gab den Wärtern ein Zeichen, woraufhin diese den Verdächtigen befahlen, sich nach links zu drehen.

Die Männer folgten der Anweisung, doch da hatte sich Irina bereits mit einem Wutschrei auf Pötzlein gestürzt. »Du mieses Schwein!« Sie ergriff ihn am Hals und schlug auf ihn ein. Er ging überrumpelt zu Boden, doch sie ließ nicht von ihm ab, bis die beiden Wachmänner sie endlich packten und von ihm wegzerrten.

Einer der anderen Gefangenen, ein verwegen aussehender Kerl mit einer langen Narbe auf der Wange, stieß einen Pfiff aus und begann zu lachen. »Bist a ganz schön wilde Katz'.«

Irina spuckte auf den Boden und wand sich im Griff der Aufseher. »Halt's Maul. Ihr seid doch alle die gleichen Bastarde.«

Emmerich zog beeindruckt die Brauen hoch.

Inzwischen war Pötzlein wieder auf die Beine gekommen. Seine Augen funkelten. »Du und deine miesen kleinen Huren. Solche Luder wie ihr sind das Gift, an dem die Welt zugrunde geht.« Dann schaute er verächtlich zu Emmerich. »Und du bist ein elender Verräter. Sei doch froh, wenn irgendwer Schober, den Dreckskerl, aus dem Weg schafft.«

»Wir leben in einer Demokratie, und wir haben eine Verfassung, gemäß der Schober zum Bundeskanzler ernannt wurde.« Emmerich trat ganz nahe an Pötzlein heran. »Die Aufgabe der Polizei ist es, in diesem Staat für Sicherheit und Ordnung zu sorgen. Wir brauchen keine Selbstjustiz.«

Die Ader auf Pötzleins Stirn schwoll an, sein Gesicht verzog sich vor Hass. »Früher oder später wirst auch du verstehen, dass du in die falsche Richtung rennst. Erzähl mir nachher nicht, du hättest nicht die Chance gehabt, die Seiten zu wechseln, als es noch ging.«

»Schluss jetzt. Abführen, in eine Isolationszelle!«, befahl Emmerich.

Pötzlein brach in Gelächter aus. »Sobald alles erledigt ist, bin ich hier raus.« Der Wachmann stieß ihn auf den Flur, doch Pötzlein schrie weiter, seine Worte hallten durch den Korridor. »Dann werdet ihr euch noch wundern«, geiferte er. »Ihr werdet euch noch wundern, was alles möglich ist.«

29

»Schließen Sie die Tür.«

Der andere tat, wie ihm geheißen.

»Loos ist tot. Pötzlein hat ihn vom Dach gestoßen.«

»Ich weiß. Ich habe es gerade gehört.«

»Haben Sie auch gehört, dass August Emmerich ihn festgenommen hat?«

Der andere nickte. »Keine Sorge. Pötzlein wird die Operation nicht in Gefahr bringen.«

»Wie können Sie da so sicher sein?« Er wollte sich nicht aufregen, doch es fiel ihm schwer, Haltung zu wahren.

»Er kennt keine Details, alles was er hat, sind Mutmaßungen und Spekulationen. Außerdem weiß er, dass er nicht lange durchhalten muss. Maximal ein paar Tage.«

»Ein paar Tage können unter Umständen ganz schön lange sein.«

»Pötzlein schafft das. Er ist zäher, als er aussieht.«

Er schnaubte. »Pötzlein hat es nicht einmal geschafft, die vermaledeite Tasche wiederzubeschaffen.« Er ging auf und ab. »Budapest ist bereit. Der Löwe ist in Stellung«, zischte er. »Wegen Ihnen und diesem dämlichen Pötzlein ist alles in Gefahr. Nur weil Sie Ihren Schwanz nicht in der Hose behalten konnten.«

»Hören Sie auf, sich so aufzuspielen. Nichts ist in Gefahr.« Der andere blähte die Brust und reckte das Kinn. »Ich habe Ihre hochtrabende Art langsam satt. Was glauben Sie eigentlich, wer Sie sind? Ohne mich hätten Sie überhaupt nichts machen können. Es sind meine Kontakte, meine Expertise, meine Verbindungen und meine Herkunft, die überhaupt alles möglich gemacht haben. Wer sind Sie denn schon?«

»Im Gegensatz zu Ihnen bin ich jemand mit Werten. Jemand mit Moral und Anstand. Niemand, der es nur für Geld tut.«

»Sie haben keine Ahnung, wofür ich es tue.«

Er sah ein, dass es keinen Zweck hatte zu streiten. »Kühlen wir uns ab.«

»Gut.«

»Wie wollen wir weiter vorgehen?«

»Wir folgen dem Plan. Die Lawine rollt. Nichts und niemand kann uns mehr aufhalten.«

30

Emmerich hatte noch das Echo von Pötzleins Geschrei in den Ohren, als er schon längst mit Winter und Irina vor dem Polizeigebäude auf der Rossauer Lände stand. *Ihr werdet euch noch wundern, was alles möglich ist.* Was hatte der Kerl bloß damit gemeint?

»Wir müssen den Inhalt der Tasche finden«, riss Winter ihn aus seinen Gedanken und erzählte von Mizzis kriminellem Nebenerwerb.

»Dann nichts wie auf ins Negerdörfl.« Emmerich ging in Richtung Straßenbahnhaltestelle, Winter folgte ihm.

Irina hielt kurz inne, dann rannte sie den beiden hinterher.

»Müssen Sie auch in die Richtung?«, fragte Winter.

»Nein. Ich komme mit.«

»Wir fahren nicht zum Spaß ins Negerdörfl«, sagte Emmerich. »Wir ermitteln dort. Dabei können wir Sie nicht gebrauchen.«

Irina stellte sich ihm in den Weg. »Kaum ist er da«, wandte sie sich an Winter und zeigte auf Emmerich, »brauchen Sie mich nicht mehr.« Sie schnaubte verächtlich. »Typisch Mann, lässt einen fallen, sobald was Besseres daherkommt.«

»Ich dachte, Sie wollten sowieso lieber verschwinden?«

»Ach, und wohin?« Sie stemmte die Hände in die Hüften. »In die Wohnung geh ich sicher nicht zurück. Was soll ich denn dort, zwischen all dem Chaos, dem Blut und den schrecklichen Erinnerungen?«

»Was ist mit dem *La Belle*?«, schlug Winter vor.

»Das hat noch geschlossen, genau wie das *Paradies*.« Irina deutete auf ihre Lippe. »Außerdem lassen sie mich dort sicher nicht auftreten, so wie ich aussehe. Eigentlich sollten Sie mir den Lohnausfall ersetzen.«

Winter blickte peinlich berührt zu Boden.

»Also?« Irina sah trotzig zwischen den beiden Polizisten hin und her.

»Reindl, Häferl, flick, flick, flick«, erklang plötzlich der typische Ruf eines Pfannenflickers. »Töpfe, Eimer, flick, flick, flick.« Eine Horde von Kindern sprang um ihn herum, triezte ihn und lachte laut, als er eine Schimpftirade losließ.

Ein Bild blitzte vor Emmerichs innerem Auge auf. Ein blanker Busen, ein Säugling, kleine Rotznasen und neugierige Augenpaare. »Ihre Nachbarin meinte, Sie haben hie und da auf ihre Kinder aufgepasst?«

Irina sah ihn verwirrt an. »Ja, und?«

»Sehr gut, dann machen Sie jetzt Folgendes: Sie gehen in die Piaristengasse 28. Dort melden Sie sich bei Frau Seidl und stellen sich als Kindermädchen vor. Sagen Sie ihr, ich hätte Sie zur Unterstützung geschickt.«

Irina zögerte kurz. »Na gut, aber Sie bezahlen mir das.« Sie streckte ihm die Hand hin, er schlug ein. »Sehr gut. Dann bis später.« Irina drehte sich um und wollte gehen, doch Emmerich hielt sie zurück.

»Eines noch. Erwähnen Sie auf keinen Fall die Morde, das *La Belle* und schon gar nicht das *Paradies*.«

»Schon verstanden.« Sie zupfte das Kopftuch zurecht und ging von dannen.

»Irina soll auf Ihre Kinder aufpassen?« Winter packte Emmerich am Arm. »Sie ist Nackttänzerin und Prostituierte. Ich habe in ihrem Notizbuch gelesen, was sie regelmäßig mit Männern treibt. Ich kann Ihnen sagen ...« Er wurde ganz rot im Gesicht.

Emmerich deutete auf die Haltestelle, in die gerade eine Straßenbahn eingefahren war, und hastete los. »Du hast doch die Frauen kennen gelernt, die in diesem Gewerbe arbeiten. Die meisten von denen sind grundanständig, sie haben nur keine andere Wahl.« Er benutzte seine Ellenbogen und kämpfte sich durch die Menschentraube, die in die Straßenbahn Richtung Ottakring einsteigen wollte. »Und außerdem«, er drehte sich um, packte Winter, der sich brav hinten anstellen wollte, am Arm und zog ihn in den Waggon, »wenn Irina mit den Kerlen in solchen Etablissements klarkommt, wird sie mit den Kindern und Frau Seidl auch keine Probleme haben.« Er schob einen schmalen Mann zur Seite und drängte sich, begleitet von Beschimpfungen und Beschwerden, auf die offene Plattform am hinteren Teil der Tramway. Demonstrativ hielt er seine Marke in die Höhe und sicherte sich so den besten Platz.

Als die Straßenbahn endlich losfuhr, streckte Emmerich seine Nase in den lauen Fahrtwind und kaute in Gedanken noch einmal den Fall durch. Hätte er früher erkennen können, dass der Mord an den beiden Nackttänzerinnen von einem Polizisten verübt worden war? Die verwischten Spuren hatten zumindest in diese Richtung gedeutet ... Sein Grübeln endete erst, als der Schaffner lauthals ihre Zielhaltestelle verkündete.

»Wie um alles in der Welt bist du eigentlich auf die Schnapsidee gekommen, ins *Paradies* zu gehen?«, fragte Emmerich, nachdem sie in der Thaliastraße ausgestiegen waren.

»Otto von Zabanyi hat mich hingeschickt.«

»Zabanyi? Wer soll das sein?«

»Ein alter Freund meines verstorbenen Onkels. Er ist politischer Berater bei den Christlichsozialen. Irinas Notizbuch hat mich zu ihm geführt. Er hat bei ihr, nun ja, sagen wir mal so: Er hat bei ihr gewisse Dienste in Anspruch genommen.«

»Das ist wieder mal typisch.« Emmerich schnaubte. »Die Christlichsozialen, die dauernd einen auf sittsam und tugendhaft machen.«

»Mich würde es nicht wundern, wenn sich in dem Notizbuch auch ein paar Sozialdemokraten finden würden.«

»Mich auch nicht. Im Gegensatz zu den anderen würden die aber zu ihrem Treiben stehen.«

»Wie auch immer«, winkte Winter ab, der offenbar keine Lust auf eine politische Diskussion hatte. »Zabanyi meinte jedenfalls, Irina sei im *Paradies* zu finden. Er hat mir den Weg beschrieben und die Parolen genannt. Ich hatte keine Ahnung, dass ich direkt in der Hölle landen würde. Ich dachte, es sei so ein ähnliches Etablissement wie das *La Belle*.«

»Tja, so kann man sich täuschen.« Emmerich deutete auf Winters blaues Auge. »Ich bin jedenfalls froh, dass dir nicht mehr passiert ist.«

Winter sah sich um und senkte seine Stimme. »Im *Paradies* sterben jede Nacht Menschen. Kann man das nicht irgendwie unterbinden?«

Emmerich schüttelte den Kopf. »Das *Paradies* ist ein Ort ohne Recht und ohne Gesetz. Dass die Leute sich dort selbst umbringen, ist nicht dezidiert verboten. Das ist eine rechtliche Grauzone. Auch alles andere ist zwar moralisch verwerflich, aber nur schwer vor Gericht zu kriegen.«

»Wie konnte es nur so weit kommen?« Winter seufzte

lautstark. »Unser schönes Land geht langsam aber sicher vor die Hunde. Früher, da hätte es so was Schreckliches nicht gegeben.«

Emmerich verdrehte die Augen. »Sag jetzt nicht, dass du dir auch den Kaiser zurückwünscht?«

»Es gibt viele Menschen, die sich nach einer starken Hand sehnen. Renner, Mayr und jetzt Schober. Die Republik ist noch keine drei Jahre alt, und wir haben schon den dritten Kanzler. Sie haben selbst gesagt, dass Schober sich nicht lange halten wird, es steht also ein vierter kurz bevor. Seit dem Ende der Monarchie herrscht nur Chaos. Chaos, das zu Armut und Not führt und zum Niedergang von Sitte und Moral.«

»Armut und Not gab es vorher auch schon. Nur, dass du sie damals nicht mitbekommen hast. Der einzige Unterschied zu früher ist der, dass das Elend jetzt alle gleichermaßen trifft.«

»Dann macht es für Sie ja keinen Unterschied, wer den Staat lenkt.«

»Oh doch, das tut es. Das Herrenhaus, Wahlrechtsprivilegien, die ausgebeutete Arbeiterklasse, die Tatsache, dass eine Minderheit der Gesellschaft der Mehrheit ihren Willen aufzwingt: All das ist endlich Geschichte.«

»Glauben Sie das wirklich?«, fragte Winter. »Ich kann in dem momentan vorherrschenden System keine Gerechtigkeit erkennen. Im Gegenteil.«

»Gib der Republik noch ein bisschen Zeit. Mit der neu gewonnenen Freiheit muss man erst mal umgehen lernen, und aus gehorsamen Untertanen müssen erst mündige Demokraten werden. Meine Kinder sollen es jedenfalls irgendwann besser haben als ich, und das wäre in der Monarchie kaum möglich gewesen. In einer Republik wird es weniger

Ungleichheit geben, es wird einfacher für sie sein aufzusteigen. Sieh dir doch nur mal Veit Kolja an.«

»Apropos.« Winter räusperte sich. »Da ist noch etwas, das Sie wissen sollten.« Er zauderte.

»Raus mit der Sprache.«

»Es gab Ärger im *Paradies*. Ich wurde als Polizist enttarnt und wäre beinahe ...« Winter schluckte den Rest des Satzes hinunter, als ihm dessen brutale Realität bewusst wurde. Das Gesicht des jungen Mannes aus der Gerichtsmedizin mit der Kopfschusswunde blitzte plötzlich vor seinem inneren Auge auf. »Die hätten mir den Garaus gemacht, wenn nicht plötzlich Kolja aufgetaucht wäre. Er war es, der mich am Ende rausgeholt hat.«

Emmerich zog die Augenbrauen hoch. »Kolja? Was zur Hölle hatte der dort verloren? Ich dachte, der macht jetzt einen auf seriös.«

»Kolja hat offenbar das Gespräch zwischen Zabanyi und mir belauscht und ist darum am Abend hingefahren.«

Die beiden Polizisten waren ausgestiegen und gingen nun die Straße entlang, auf der mehrere Kinder Fangen spielten. Beinahe hätten sie Winter über den Haufen gerannt, doch dieser schien sie kaum zu bemerken.

Emmerich beobachtete seinen Assistenten. »Da ist doch noch etwas.«

Winter nickte. »Kolja meinte, Zabanyi habe mich mit Absicht ins Verderben schicken wollen.«

»Interessant.« Emmerich runzelte die Stirn. »Warum sollte er das tun?«

»Ich weiß es nicht. Abgesehen von seinen sexuellen Vorlieben ist er eigentlich ein Ehrenmann.«

Emmerich lachte auf. »Weil er ein ›Von‹ im Namen trägt – oder besser gesagt: trug?«

Winter wollte etwas entgegnen, hielt dann aber inne. »Nun ja …« Offenbar wollten ihm keine weiteren Argumente einfallen, die für Zabanyis Redlichkeit sprachen. »Müssen wir hier lang?«, versuchte er abzulenken.

Emmerich nickte und betrat einen staubigen Pfad, der vom dicht verbauten Wohngebiet des 16. Bezirks zu einer Barackensiedlung führte, die aus acht einstöckigen Unterkünften bestand, die mehr als einhundert unterstandslosen und kinderreichen Familien ein Dach über dem Kopf boten. Was vor einigen Jahren übergangsweise errichtet worden war, hatte sich längst zu einer Dauerlösung entwickelt.

Winter betrachtete die baufälligen Fassaden. »Ziemlich desolat. Sollten diese Notstandsquartiere nicht schon längst wieder abgerissen worden sein?«

Emmerich schüttelte den Kopf. »Bei der momentanen Wohnungsnot? Wo sollen die Leute denn hin?« Er dachte an seine eigene Lage und schluckte.

Dieser Ort würde wohl noch lange bestehen bleiben, obwohl die Häuser nicht einmal aus Ziegeln gebaut waren. Sie bestanden aus Holzgerüsten, die man mit Pappe, Schutt und sonstigem billigem Füllmaterial ausstaffiert hatte. Die Witterung hatte ihnen stark zugesetzt, außerdem verfügten die Wohnungen weder über Strom noch Wasseranschlüsse.

Emmerich blickte um sich. Auf der Wiese zwischen den Häusern döste ein alter zahnloser Mann auf einem Hocker im Baumschatten, weiter hinten spielten einige Kinder mit einem Fetzenball. Im Wohnblock nebenan lehnte eine ältere Frau am Fensterbrett und beobachtete die Umgebung.

»Wissen Sie, wo die Familie Proll wohnt?«, rief er zu ihr hinauf.

»Wer soll das sein?«

»Eine Mutter mit recht vielen Kindern, sie muss irgendwo dort drüben leben.« Emmerich deutete auf die Baracken.

»Mit den Negeranten hab i nichts zu tun. Das ist ein elendiges G'sindel. Schrecklich ist das, mit solchen Nachbarn. Immer sinds b'soffen, immer machen's an Lärm. Die haben keinen Anstand und keine Arbeit.«

»Sie haben offenbar auch keine, oder warum haben Sie um diese Uhrzeit nichts Besseres zu tun, als aus dem Fenster zu starren?«

»Bei mir ist das ganz was anderes.« Die Frau war sichtlich empört.

Emmerich starrte sie an. »Nämlich?«

»Ich kann da nix dafür.«

»Weil?«

»Das geht Sie gar nix an.« Lautstark knallte sie das Fenster zu.

»Von wegen Negeranten«, brummte Emmerich und ging weiter.

Winter folgte ihm. »Was meinen Sie?«

»Schau dich mal um. Siehst du hier irgendwen faulenzen? Wo sind sie denn, die Taugenichtse, die nicht arbeiten wollen? Hier liegt niemand auf der faulen Haut. Der Greis da drüben ist sicher schon neunzig, der Rest schuftet tagtäglich als Dienstboten oder Hilfskräfte um einen Hungerlohn – und zwar nicht erst seit gestern, sondern schon seit Kaiser Franz Jo …«

Ein dumpfer Stoß am Hinterkopf unterbrach Emmerich in seiner Tirade. Er drehte sich um und starrte in die Gesichter einer Handvoll von Kindern. Dürre Beine ragten aus schlecht sitzenden Hosen. Sie hatten schmutzige Gesichter, löchrige Hemden und Kleider, alles nur notdürftig geflickt.

Ein rotznasiger Knirps mit einem Gebiss voller Zahn-
lücken bückte sich und hob den Fetzenball auf, der Emmerich getroffen hatte.

»Wisst ihr, wo ich die Familie Proll finden kann?«

Die Kinder redeten wild durcheinander, und Emmerich
machte eine Vielzahl von Sprachen und Dialekten aus, darunter Italienisch und Tschechisch. Sie kamen wohl aus Böh-
men, Mähren, Ungarn und anderen ehemaligen Kronlän-
dern.

»Was wollen Sie von denen?«, fragte der Bub.

»Das sag ich ihnen selbst.«

»Dann müssen Sie sie auch selber finden.«

Emmerich verdrehte die Augen und kramte in seiner Hosentasche nach ein paar Münzen. »Wo finde ich die Familie
Proll?«, fragte er erneut und hielt das Geld in die Höhe.

Mit einem Mal war er von Mädchen und Buben umringt,
die laut durcheinanderriefen und ihm die paar Kronen aus
der Hand reißen wollten.

»Schleichts euch!« Der rotznasige Knirps schrie so laut,
dass die anderen Kinder verstummten und zurückwichen.

Emmerich musste grinsen, der Kleine imponierte ihm.

»Ich bring Sie hin.«

Emmerich und Winter folgten dem Jungen über einen
steinigen, mit Gras und Unkraut bewachsenen Weg. Bald
standen sie vor einer schmalen Veranda, die dem Hausein-
gang als Windfang diente. Die anderen Kinder zogen in an-
gemessenem Sicherheitsabstand hinterher und tuschelten
aufgeregt.

»Oben, die zweite Wohnung.« Der Knirps streckte die
Hand aus, Emmerich gab ihm die Münzen, woraufhin der
Junge davonstob und die gesamte Kinderhorde die Verfol-
gung aufnahm.

Emmerich und Winter betraten das Haus und stiegen über eine windschiefe, gefährlich knarrende Treppe ins erste Obergeschoss. Es roch nach Kraut und gedünsteten Zwiebeln, dem typischen Armeleuteessen.

»Frau Proll?« Emmerich klopfte an eine offene Tür und betrat, noch bevor irgendwer ihm antworten konnte, gemeinsam mit seinem Assistenten die Wohnung.

Es war ungelüftet und stickig. Die dünnen Wände bildeten nur eine unzureichende Barriere gegen die Hitze. Der vordere Raum versank in einem Chaos aus Kleidung, Stoffresten und Alltagsgegenständen. In dem hinteren, noch kleineren Zimmer herrschte dieselbe Unordnung.

Mitten in dem wilden Durcheinander stand ein schmales Bett, in dem sich ein kleines Kind unruhig hin und her warf und weinte.

»Frau Proll?«, wiederholte Emmerich.

»Was wollen Sie?«

Erst jetzt sah er die Frau, die an einem kleinen Tisch in einer dunklen Ecke hinter einer Nähmaschine saß. Sie sah müde aus, abgerackert, der Schweiß stand ihr auf der Stirn. Dass plötzlich zwei wildfremde Männer in ihren vier Wänden standen, schien sie nicht zu beunruhigen.

»Das Nähen dauert momentan ein bissl länger, ich hab grad keine Hilfe, und der Kleine ist krank«, erklärte sie, als wäre das Erscheinen der beiden Polizisten das normalste der Welt.

»Sind Sie die Mutter von Mizzi Proll?«, fragte Winter.

»Ja. Hat sie schon wieder was ang'stellt, die Rotzpipn? Die wird was erleben, wenn sie das nächste Mal hier auftaucht.«

Emmerich zog seine Polizeimarke hervor. »Mein Name ist August Emmerich, Kriminalinspektor bei Leib und Leben, und dies ist mein Kollege Ferdinand Winter. Frau Proll, es tut mir sehr leid, aber ich muss Ihnen mitteilen, dass wir Ihre Tochter vorgestern tot aufgefunden haben.«

Mizzis Mutter wurde blass. Endlich nahm sie ihren Blick von dem Kleid, das sie gerade bearbeitet hatte, und sah Emmerich an. »Die Mizzi? Tot?« Tränen stiegen ihr in die Augen.

»Wann haben Sie Ihre Tochter das letzte Mal gesehen?«

»Am Sonntag.« Frau Proll schien das soeben gehörte noch nicht verarbeitet zu haben. Leicht verwirrt schüttelte sie den Kopf und runzelte die Stirn. »Sie kam jeden Sonntag her. Was ist denn passiert?«

»Sie wurde ermordet.« Emmerich stellte sich neben sie und legte eine Hand auf ihre Schulter. »Wir sind da, um herauszufinden, wer es getan hat. War sie in letzter Zeit anders als sonst? Ist Ihnen irgendeine Veränderung aufgefallen?«

»Nein. Sie war wie immer. Frech und vorlaut, und völlig unbedarft. Das Mädel hat ja überhaupt keinen Realitätssinn gehabt, die hat sich dauernd mit den falschen Leuten eingelassen.« Frau Proll zog ein Stückchen Stoff aus dem Stapel neben der Nähmaschine und schnäuzte sich. »Dieser schreckliche Club *La Belle*. Irgendwann passiert dir da noch etwas, habe ich ihr immer gesagt. Aber sie wollte ja nicht hören.« Plötzlich begann das Kind auf dem Bett zu quengeln. Frau Proll streifte Emmerichs Hand von ihrer Schulter, stand auf und nahm es auf den Arm, wirkte aber ganz in Gedanken. »Die Mizzi ist einmal die Woche hier angetanzt gekommen mit ihrer Schminke und den schön frisierten Haaren. Sie hat ihren Geschwistern immer Zuckerl mitgebracht und Schokolade und solchen Schnickschnack. Dabei hätten wir das Geld für andere Dinge viel besser brauchen können.«

»Hat sie neben dem Süßkram sonst noch etwas mitgebracht? Vielleicht Akten oder Korrespondenzkarten? Schmuckstücke? Briefe? Fotografien?«

Frau Proll, noch immer völlig erschüttert, zögerte kurz und schüttelte dann den Kopf.

»Was auch immer es ist – wir werden Ihnen deswegen keinen Ärger machen«, sagte Emmerich mit sanfter Stimme. »Wir nehmen Ihnen auch nichts Wertvolles weg. Alles was wir wollen, ist den Mörder Ihrer Tochter zu finden.«

»Wenn Sie uns die Wahrheit sagen, können wir vielleicht weitere Morde verhindern«, fügte Winter hinzu.

Frau Proll wiegte das Kind, das nun laut zu weinen begonnen hatte. »Vor ungefähr einem Jahr hat sie mal einen teuren Füllfederhalter mitgebracht.« Sie lachte verächtlich. »›Was soll ich denn mit so was?‹, hab ich gefragt. Kann kaum meinen eigenen Namen schreiben.«

Emmerich schwieg und wartete ab, was sie noch zu erzählen hatte. »Vor ein paar Monaten kam sie mit einem goldenen Monokel an. Noch so etwas Unpraktisches. Aber sonst …« Sie zuckte mit den Schultern und fasste dem Kleinen an die Stirn. »Fieber«, murmelte sie. »Das hat mir grad noch gefehlt. Wir haben kein Geld für Essen, und für Medizin schon gar nicht.«

Emmerich erkannte, dass wohl nicht mehr aus ihr herauszubekommen war. »Hier«, er steckte ihr ein paar Kronen zu. »Bitte melden Sie sich im Polizeigebäude, wenn Sie sich doch noch an etwas erinnern.« Er gab Winter ein Zeichen und wandte sich zum Gehen.

»Warten S'«, hielt sie die beiden zurück. »Da fällt mir ein: Letztes Mal hat sie mir einen Stapel Zeitungen dagelassen.«

Emmerich blieb stehen und drehte sich um. »Was für Zeitungen?«

Sie zuckte mit den Schultern und deutete auf einen schmalen Ofen, neben dem ein geflochtener Korb voller Brennmaterial stand. »Auch wieder so eine dumme Idee von der Mizzi. Einfeuern ist so ziemlich das Letzte, was ich zurzeit will.«

Emmerich erkannte die *Reichspost* und drei andere Gazetten, die gar nicht zu Mizzi passten. Es gab darin nur seriöse Nachrichten, keine bunten Bilder, weder Klatsch noch Obszönitäten, und keine Frauenthemen. Er nahm eine Ausgabe des *Pester Lloyd* und blätterte ihn durch, während Frau Proll das Kind, das sich mittlerweile wieder beruhigt hatte, zurück ins Bett legte.

»Halt.« Winter zeigte auf eine markierte Stelle im Inseratenteil, die aus einer Abfolge von Zahlen bestand. »Was soll denn das bitte sein?«

Emmerich ging mit der Zeitung zum Fenster, wo es heller war. »Der verlorene König. 1-4-31 1-2-45 5-4-40 10-1-4 8-13-7 14-2-7 14-1-4 1-21-4 14-2-7 14-1-4 1-21-4 5-5-2 8-3-15 20-1-2 25-20-3 7-23-15 30-4-35 1-1-2 45-1-22 8-1-4. Gezeichnet: Edelweiß«, las er vor. »Das muss eine Art Code sein.«

Winter betrachtete die aneinandergereihten Zahlenkombinationen. »Irgendeine Ahnung, wie wir den knacken können?«

»Nicht die geringste«, murmelte Emmerich. »*Noch* nicht.«

31

Emmerich und Winter ließen das Negerdörfl hinter sich und gingen auf der Suche nach einem ruhigen Ort in Richtung Schmelz.

Dort, auf dem ehemaligen kaiserlichen Exerzierplatz, hatte Emmerich einst Franz Josef und seinem Heer bei der Frühjahrsparade zugesehen – es war einer der wenigen schönen Ausflüge gewesen, die er als Kind je erlebt hatte. Wie ungerecht das System war, dem der alte Monarch vorstand, wie ungleich es die Menschen machte, das hatte er erst viel später verstanden.

Heute erinnerte nichts mehr an den imperialen Glanz von damals. Auf der Fläche war eine Kleingartensiedlung entstanden, deren Erträge in den vergangenen Jahren viele Menschen vor dem Hungertod bewahrt hatten.

»Dort sind wir ungestört.« Emmerich zeigte auf eine Parkbank, die etwas abseits unter ein paar Bäumen stand.

Sie setzten sich und blätterten gemeinsam die Zeitungen durch. Seite für Seite, Zeile für Zeile, Wort für Wort lasen sie *La Suisse*, anschließend die *Reichspost*, den *Pester Lloyd* und schließlich das *Tagblatt* – in allen vieren entdeckten sie mysteriöse, mit einem Bleistift markierte Zahlenreihen, doch nirgendwo fanden sich Notizen oder andere Hinweise, die bei der Entschlüsselung geholfen hätten.

»Wenn es sich um Nachrichten handelt, dann müssten die Zahlen für Buchstaben stehen«, sagte Winter.

»So weit hab ich auch schon gedacht, Schlaumeier«, murrte Emmerich. »Fragt sich nur für welche. Wenn wir nach dem Alphabet gehen, müsste 1 für A stehen, 4 für D, aber was ist mit der 31? Es ist, als würden wir völlig blind durch die Nacht tappen.« Er atmete schwer und fuhr sich mit beiden Händen durch die Haare. »So kommen wir definitiv nicht weiter.«

»Wir könnten die Hühnerarmee um Hilfe bitten.«

»Zu gefährlich. Die jungen Damen sind zwar sehr effizient, aber leider auch sehr redselig. Und so lange wir nicht wissen, wer die anderen Verschwörer sind, darf kein Wort an die Öffentlichkeit gelangen.«

Winter antwortete nicht und starrte gedankenverloren in die Ferne. »Ich glaube, ich hab eine Idee«, sagte er plötzlich und klatschte sich mit der flachen Hand gegen die Stirn. »Aber natürlich«, murmelte er und sprang auf. »Der verlorene König.«

»Wo willst du denn hin?«, rief Emmerich, als sein Assistent plötzlich davoneilte.

»In eine Buchhandlung.«

Kurz darauf saßen sie erneut im stickigen Innenraum des Café Salztorbrücke, und Winter breitete mit vor Aufregung geröteten Wangen die Zeitungen vor sich auf dem Tisch aus.

»Willst du mir nicht endlich erklären, was es hiermit auf sich hat?« Emmerich drehte und wendete die Ausgabe der *Odyssee*, die sie gerade eben erstanden hatten, in seinen Händen hin und her.

»Ich hatte im Internat mal eine Liebschaft …«

»Du? Eine Liebschaft?« Emmerich riss die Augen auf. »Ganz egal, was unsere Ermittlungen noch ans Tageslicht befördern werden, das wird mit Sicherheit die größte Überraschung bleiben.«

Winter errötete. »Wie auch immer. Wir haben uns jedenfalls verschlüsselte Nachrichten geschrieben. Die sahen ganz ähnlich aus.«

»Was ist aus ihr geworden?«

Winters Wangen glühten jetzt förmlich. »Die Zahlen stehen für Seiten, Zeilen und Buchstaben«, ging er nicht auf die Frage ein. »Man kann den Code nur dann knacken, wenn man weiß, welches Buch die Grundlage dafür bildet.«

»Verstehe.« Emmerich schmunzelte noch immer. »Und wie bist du ausgerechnet auf das hier gekommen?«

»Es handelt von Odysseus, dem König von Ithaka. Er wollte nach dem Trojanischen Krieg in seine Heimat zurücksegeln, ging dabei aber verloren.«

»Interessant.« Emmerich zündete sich eine Zigarette an und lehnte sich zurück.

Winter nahm das Buch zur Hand und schlug es auf. Mit dem Finger fuhr er vier Zeilen nach unten und zählte anschließend bis zum einunddreißigsten Buchstaben. »L«, sagte er. »Merken Sie sich das.«

»Zu Befehl.«

Winter ignorierte seinen Vorgesetzten und wiederholte die Prozedur, nur dass es sich diesmal um die zweite Zeile und den fünfundvierzigsten Buchstaben handelte. »Ö.« Nach diesem Prinzip fuhr er fort, bis er alle Buchstaben beisammenhatte.

»Löwe, sei bald bereit.« Emmerich pfiff durch die Zähne. »Ich bin beeindruckt. Du hast den Code tatsächlich geknackt. Kannst du damit etwas anfangen?«

Winter schüttelte den Kopf. »Klingt nach einem Code im Code.«

»Hoffen wir, dass die anderen Nachrichten mehr Sinn ergeben.« Emmerich sah seinem Assistenten zu.

»Bin bereit. Jederzeit. Gez. Löwe«, las Winter die nächste Botschaft vor. »Das ist dann wohl die Antwort.«

»Weiter.«

»Freitag. Ödenburg«, las Winter die übersetzte Nachricht aus der *Reichspost* vor. »Klingelt da was bei Ihnen?«

Emmerich kratzte sich am Kopf. »Freitag würde Sinn ergeben. Die wollen Schober vor der Parlamentspause umbringen. Und die letzte Nationalratssitzung findet am Freitag statt.«

»Und Ödenburg?«

Emmerich zuckte mit den Schultern. »Schober wird hier in Wien sein, nicht drüben in Ungarn. Das wird immer mysteriöser.«

»Eine Nachricht haben wir noch.« Winter legte die *Reichspost* zur Seite und studierte das Titelblatt der nächsten Zeitung. Es war die *La Suisse*.

»Interessant«, sagte Emmerich. »Fremdsprachige Zeitungen wie diese gibt es hier bei uns nur in ganz wenigen Trafiken.«

»Dann sollten wir sie uns genauer anschauen.« Winter wies den Zahlen wieder ihre Buchstaben zu und las das Ergebnis vor. »Werde dort sein.«

»Wo dort? In Ödenburg?« Emmerich blies Rauch durch die Nase und schloss die Augen. Er nahm erneut einen tiefen Zug, schloss die Augen und kratzte sich am Kinn. »*La Suisse*«, sinnierte er, während er Rauchkringel in die Luft blies. »Warum steht das eigentlich in einer Schweizer Zeitung? Noch dazu in einer französischsprachigen? Die französische Schweiz, der verloren gegangene König ...« Und plötzlich hatte er eine Eingebung. »Diese Aktentasche, die du vorhin mit ins Büro gebracht hast. Das war doch die, die Mizzi im *La Belle* hat mitgehen lassen.«

Winter nickte.

»Die hatte ein schönes verschlungenes Ornament auf der Vorderseite. Ein Monogramm.«

Erneut nickte Winter.

»Ich verwette meinen Arsch darauf, dass es bei genauerer Betrachtung ein O, ein V und ein Z sind.«

»Otto von Zabanyi?«

»Von wegen Ehrenmann.« Emmerich schnaubte. »Zabanyi hat ungarische Wurzeln, und er war im Krieg, nicht wahr?«

Winter überlegte. »Soweit ich weiß, war er in Italien stationiert.«

»Ha!« Emmerich nickte. »Genau das dachte ich mir, und ich würde mein Jahresgehalt darauf verwetten, dass er in der 11. Armee im zwanzigsten Korps gedient hat.«

»Erst Ihren Allerwertesten und jetzt auch noch Ihr Jahresgehalt. Sie müssen ganz schön überzeugt von Ihrer Theorie sein.« Winter sah ihn fragend an.

Emmerich antwortete nicht, sondern tippte mit dem Finger auf eines der Inserate. »Gezeichnet: Edelweiß.«

Winters Miene wurde noch verwirrter.

»Karl war Feldmarschallleutnant im zwanzigsten Korps der 11. Armee – dem sogenannten Edelweißkorps.«

»Welcher Karl?«

»Herr Habsburg.«

»Der Kaiser?«

Emmerich verdrehte die Augen. »Der *ehemalige* Kaiser.«

»Er …«

»Ja, ich weiß«, schnitt Emmerich Winter das Wort ab. »Er hat zwar darauf verzichtet, sich an den Staatsgeschäften von Österreich und Ungarn zu beteiligen, ist aber niemals offiziell abgedankt.«

»Theoretisch ist er immer noch …«

»Vergiss die Theorie.« Emmerich zog den Aschenbecher, der auf dem Tisch stand, zu sich und drückte seine Zigarette darin aus. »Karl Habsburg hat damals jedenfalls das Edelweißkorps angeführt. Seine Männer waren ihm treu ergeben.«

»Die Nachricht … Edler Löwe. Der Löwe ist das Wappentier der Habsburger.«

»Und das Edelweiß ist das Symbol von Karls loyalen Offizieren.« Emmerich nahm die Zeitungen in die Hand. »All die Inserate, sie sind allesamt Nachrichten an Karl Habsburg.« Er nickte anerkennend. »Schlau sind sie, das muss man dem verdammten Monarchistenpack lassen. Seit seinem Restaurationsversuch an Ostern wird Habsburg genau überwacht. Für seine Anhänger ist es so gut wie unmöglich, ihm Botschaften zukommen zu lassen.« Er blickte auf die Annoncen. »Man muss die Kerle fast für ihre Dreistigkeit bewundern. Vor aller Augen haben sie die Nachrichten versteckt. Ich sehe ihn direkt vor mir, den ehemaligen Monarchen, wie er in seiner Villa im Schweizer Exil am Frühstückstisch sitzt und selbstverliebt die Zeitung liest. *Löwe, sei bereit. Bald.*«

»Schober soll also morgen umgebracht werden, damit Kaiser Karl die Macht wieder an sich reißen kann?« Winter schien völlig fassungslos zu sein. »Aber für eine Restauration Karls braucht es doch mehr als nur ein Attentat auf Schober.«

»Genauso ist es.« Emmerich zündete sich eine neue Zigarette an. »Hier kommt Ödenburg ins Spiel.« Er tippte sich gegen die Stirn. »Wir Idioten, wir hätten es längst ahnen müssen.«

»Ich verstehe nur Bahnhof. Was? Was hätten wir längst ahnen müssen?«

»Überleg doch mal. Warum versucht Habsburg ausgerechnet jetzt, die Krone wieder an sich zu reißen?«

Winter zuckte mit den Schultern.

»Die Spatzen pfeifen es von allen Dächern – beziehungsweise plärren es die Zeitungsjungen von allen Straßenecken.«

»Ich verstehe noch immer nicht.«

Emmerich nahm die *Reichspost*, die vor ihnen auf dem Tisch lag, schlug sie zu und drehte sie so, dass Winter das Titelblatt lesen konnte. »Dick und fett steht es hier geschrieben, direkt vor unserer Nase – genau wie all die anderen Vorgänge.«

Winter kniff die Augen zusammen. »Brand über Mitteleuropa?«, las er eine der Schlagzeilen.

»Nein. Darunter.«

»Die verzögerte Übergabe Westungarns. Was gedenkt die Entente zu tun?«

Emmerich nickte. »Diese durchtriebenen Aasgeier.«

Endlich schien auch Winter zu verstehen. »Die ungarischen Freischärler …«, sagte er mehr zu sich selbst. »Die bewaffneten Militärverbände, die versuchen, die Übergabe Westungarns an Österreich zu verhindern, sind größtenteils monarchistisch. Fanatische Hochschüler, ehemalige Berufsoffiziere, junge Aristokraten. Sie werden Kaiser Karl dabei helfen, den ungarischen Thron zu besteigen.«

»Ganz genau. Im Prinzip steht eine kleine Armee in Westungarn bereit, die Karl auf der Stelle unterstützen würde. Die Monarchisten müssen handeln, bevor der Konflikt um das Gebiet geschlichtet ist.«

»Und Schober?«

»Die Attentäter wollen Schober hier in Wien töten, und es würde mich nicht wundern, wenn gleichzeitig eine ähnliche Aktion in Budapest stattfinden würde, bei der Reichsverweser Horthy aus dem Weg geräumt wird«, erklärte Emmerich. »Währenddessen vereint Kaiser Karl in Ödenburg die bewaffneten Freischärler und bringt mit ihrer Hilfe Westungarn unter seine Kontrolle. Von dort aus wird er einen Feldzug starten und das Chaos nutzen, das durch den Tod der Staatsoberhäupter entstanden ist, um die Macht erneut an sich zu reißen.«

»Aber das ist doch Wahnsinn. Habsburg erneut auf dem Thron – das würde das Volk niemals zulassen.«

»Da wäre ich mir nicht so sicher.« Emmerich winkte dem Kellner und bestellte zwei Gläser Schnaps. »Und bitte schön voll!«, rief er, bevor er sich wieder an Winter wandte. »Schau dich doch nur mal in der Stadt um. All die Armut, das Elend, die vielen Verbrechen … Die Menschen fühlen sich gedemütigt durch die Präsenz der Siegermächte, durch die Auflagen des Friedensvertrags. Mayr wurde als Kanzler abgesetzt, weil er zu schwach war. Schober schlägt sich bisher auch nicht besser. Du hast doch vorhin selbst gesagt, dass die Leute des Chaos überdrüssig sind.«

Winter starrte Emmerich entgeistert an. »Ja natürlich, theoretisch …«

Emmerich deutete auf die Zeitungen. »Wir können davon ausgehen, dass die in Zabanyis Tasche waren. Er ist wahrscheinlich der Kopf der österreichischen Verschwörer und die Verbindung nach Ungarn. Er korrespondierte über die Zeitung mit Habsburg. Die Weichen waren schon gestellt, …«

»… doch dann stahl Mizzi im *La Belle* seine Tasche, während er mit Irina zugange war.«

Emmerich lachte kurz auf. »Das muss man sich einmal vorstellen – die Revolution scheitert an Zabanyis Perversitäten.«

»Vielleicht wollen die Verschwörer ihren Plan aber trotzdem durchziehen.«

»Stimmt, das ist möglich.«

Der Kellner brachte die Bestellung, und Emmerich trank seinen Schnaps auf ex. »Also, was ist passiert: Zabanyi hat herausgefunden, wo die Mädchen lebten, und schickte Pötzlein los, damit er die Tasche zurückstiehlt. Doch die Mädchen haben Pötzlein überrascht, sie waren wehrhafter als gedacht und wollten ihn nicht davonkommen lassen. Das bezahlten sie mit ihren Leben. Nur Irina ist entwischt.«

Winter rollte die Zeitungen zusammen und steckte sie ein. »Und jetzt? Wie wollen wir weiter vorgehen?«

»Ganz einfach.« Da Winter seinen Schnaps ignorierte, stürzte Emmerich auch noch das zweite Stamperl hinunter. »Wir warnen Schober und verhaften Zabanyi. So retten wir die Republik.«

32

Emmerich und Winter eilten die Rampe hinauf, die zum Eingang des Parlaments führte. Als sie das prunkvolle Vestibül betraten, wurden sie von zwei uniformierten Wachmännern aufgehalten, die einer Gruppe von Abgeordneten vorangingen.

Emmerich erkannte den Bundeskanzler, der gerade in ein Gespräch vertieft war. »Herr Schober«, zischte er, winkte und machte einen Schritt.

Sofort packten ihn die Wachebeamten an den Oberarmen und hielten ihn fest.

Auf Emmerichs Schläfen schwollen die Adern. »Lassen Sie mich durch, ich muss mit ihm reden!«

»Mit ihm? Mit *Herrn* Schober?« Der Uniformierte schnaubte. »Das heißt immer noch Herr Bundeskanzler.« Sein Griff wurde stärker, und der zweite Mann fasste an sein Holster.

»Österreich und seine Titelmanie«, grummelte Emmerich. »Kommen wir denn nie darüber hinweg?«

»Sie können den Herrn Bundeskanzler jedenfalls nicht einfach so ansprechen. Was glauben Sie eigentlich, wer Sie sind?«

Die Gespräche unter den Abgeordneten verstummten, alle Augen richteten sich auf die beiden Polizisten.

»Worum geht es denn?«, fragte einer der Politiker.

»Ähm, also …«, stammelte Winter.

»Ich brauche eine Wohnung!«, rief Emmerich. »Es kann ja wohl nicht sein, dass ein treuer Staatsdiener bald mit drei kleinen Kindern auf der Straße sitzt.«

Jetzt war auch Schober auf ihn aufmerksam geworden, seine Miene wurde ernst. »Schon gut«, wies er die Wachbeamten an. »Lassen Sie ihn durch.« Er murmelte etwas von wegen »Volksnähe« und wandte sich an die Gruppe. »Meine Herren, wir diskutieren später weiter. In punkto Gewerbeinspektion ist das letzte Wort sicherlich noch nicht gesprochen.«

Die Männer verabschiedeten sich und verließen das Gebäude, nur die beiden Uniformierten blieben einige Meter von Schober entfernt stehen.

»Ich habe etwas über das Attentat herausgefunden«, flüsterte Emmerich. »Wir müssen sofort handeln.«

Schober sah sich um und deutete auf eine der großen Säulen vor dem Eingang des Parlamentsgebäudes. »Ich verstehe Ihr Problem«, sagte er laut. »Das Thema Wohnraum ist tatsächlich ein äußerst dringliches.« Als er sicher war, dass niemand sie belauschte, senkte er seine Stimme. »Richard Loos ist tot. Ich habe es schon vernommen. Waren Sie es, der den Mörder verhaftet hat?«

Emmerich nickte. »Es stecken aber noch mehr Leute dahinter. Und es geht nicht nur um Ihren Tod, es geht um viel mehr. Und zwar um Karl Habsburg«, fackelte er nicht lange. »Unser ehemaliger Kaiser will erneut versuchen, den Thron zu besteigen.«

Schober schien ehrlich überrascht. »Sind Sie sicher? Das Evidenzbüro hat einen Maulwurf in Habsburgs Schweizer Haushalt, der seine gesamte Korrespondenz überwacht. Soweit ich informiert bin, gab es seit dem letzten Restaurationsversuch keine auffälligen Nachrichten.«

Winter, der den beiden gefolgt war, hielt Schober die Zeitungen hin. »Die Beteiligten haben sich über chiffrierte Inserate unterhalten.«

Schober nahm die Zeitungen, zog eine Augenbraue hoch und musterte Emmerich. »Es stimmt also tatsächlich, was man über Sie sagt. Sie sind so effizient wie ungehobelt.« Er schlug den Anzeigenteil auf und betrachtete die Zahlenreihen. »Sie konnten den Code entschlüsseln?«

»Ja, also, in erster Linie mein Kollege hier.« Emmerich zeigte auf seinen Assistenten. »Und wenn wir die Botschaften richtig gedeutet haben, sollen Sie ermordet werden, und zwar morgen. Reichsverweser Horthy drüben in Budapest soll wahrscheinlich Ihr Schicksal teilen. Wir glauben, dass die Verschwörer das daraus entstehende Chaos nutzen wollen, um mithilfe der westungarischen Freischärler die Monarchie zu reinstallieren.«

Schober schnaubte verächtlich. Es war das erste Mal, dass er seine Fassade kurz fallenließ und eine echte menschliche Regung zeigte. »Wer steckt dahinter?«

»Höchstwahrscheinlich Zabanyi. Otto Zabanyi aus dem Beraterstab der Christlichsozialen. Ein ehemaliger Baron mit guten Verbindungen nach Ungarn.«

»Zabanyi«, presste Schober hervor.

Emmerich holte seine Zigaretten aus der Hosentasche und zündete eine davon an. »Zabanyi stammt aus hohem Adel und weint wahrscheinlich seinen Privilegien hinterher.« Er nahm einen Zug und ließ den Rauch durch die Nase entweichen. »Der Kerl hat wohl an der Italienfront im Edelweißkorps unter Karl Habsburg gedient und ist ihm deshalb noch immer sehr verbunden.«

Schober winkte einen der beiden Uniformierten, die sie nach wie vor beobachteten, zu sich. »Schauen Sie, ob Heeresminister Reinmann noch hier ist. Wenn ja, holen Sie ihn.«

»Reinmann?« Der Mann schien überrascht.

»Ja, Sie wissen schon. Wohnungsnot, Kasernen als Unterkünfte und so weiter.«

Emmerich wartete, bis der Mann im Inneren des Parlaments verschwunden war. »Wir wissen nicht, wie viele Menschen an der Verschwörung beteiligt sind«, flüsterte er. »Wir haben auch keine Ahnung, wie und wo genau die Sie töten wollen. Alles, was wir wissen, ist, dass es morgen passieren soll. Bis dahin seien Sie auf der Hut. Am besten, Sie ziehen sich an einen sicheren Ort zurück und teilen niemandem mit, wo Sie sich aufhalten.«

»Ich kann mich doch nicht verstecken wie ein feiger Hund. Was sendet das für ein Signal?«

»Dass Sie am Leben hängen.«

»Hören Sie, Inspektor Emmerich, ich war im Krieg. Ich habe an der Front gedient, wo Millionen von Männern das höchste Opfer für das Vaterland gebracht haben. Und jetzt soll ich mitten in wichtigen Verhandlungen einfach von der Bildfläche verschwinden? Wie ein mieser Feigling?«

»Sie sind inzwischen Bundeskanzler, Sie sind dem Volk und der Demokratie verpflichtet. Das Land braucht Sie, und zwar lebend.«

Schober schüttelte energisch den Kopf. »Wenn ich mich verstecke, haben die Verräter schon gewonnen. Es muss eine andere Lösung geben. Ich werde Horthy warnen und meinen Personenschutz aufstocken. Finden Sie in der Zwischenzeit die Verschwörer und nehmen Sie sie fest.«

»Wie soll ich das anstellen? Wir können niemanden einweihen, und Beweise haben wir auch keine. Alles, was wir haben, sind vier Zeitungen, eine alte Aktentasche und eine Vermutung.«

»Was ist mit dem Mann, der Loos ermordet hat? Diesem Pötzlein?«

»Der Kerl schweigt wie ein Grab.« Emmerich sah Schober eindringlich an. »Um dieses Problem zu lösen, gäbe es aber Mittel und Wege«, machte er eine kryptische Andeutung. »Wenn Sie mir die Erlaubnis erteilen …«

Schober schüttelte energisch den Kopf. »Haben Sie denn in dem Kurs gar nichts gelernt?«

»Ich fürchte nicht«, murmelte Winter aus dem Hintergrund.

»Dann lassen Sie es mich Ihnen erklären.« Schober zwirbelte die Enden seines Schnurrbarts. »Es ist eine neue Zeit angebrochen. Dinge haben anständig abzulaufen, wir halten uns an Regeln und Gesetze.« Er wurde lauter. »Alles muss seine Richtigkeit haben – besonders in dieser Angelegenheit, da wir uns nicht sicher sein können, dass Zabanyi wirklich dahintersteckt. Haben Sie verstanden? Ich verbiete Ihnen jegliche Übertretung des Gesetzes. Wenn ich etwas Illegales autorisiere und meine politischen Gegner bringen das irgendwann ans Tageslicht, dann sind ich und mein Amt für immer schwer beschädigt.«

»Wenn wir die Attentäter nicht finden, sind Sie das morgen auch. Vielleicht nicht moralisch, aber körperlich auf jeden Fall.«

Schober schüttelte den Kopf. »Es bleibt dabei.«

»Da soll noch einmal jemand sagen, *ich* sei stur.« Emmerich nahm einen letzten Zug von seiner Zigarette und warf den Stummel auf den Boden. »Wie Sie meinen. Es ist Ihr Leben.« Er wandte sich zum Gehen. »Genau das ist es, was ich damals im Juni meinte …«, murmelte er in Richtung Winter.

»Halt«, stoppte Schober ihn. »Was meinten Sie damals?«

»Ach nichts«, winkte Emmerich ab. »Ich habe weder Lust noch Zeit, schon wieder zu einem Disziplinarkursus verdonnert zu werden.«

Schober schnaubte. »Bleiben Sie stehen: raus mit der Sprache.«

»Wie Sie meinen.« Emmerich trat nahe an Schober heran. »Sie handeln völlig unpraktisch und weltfremd. Ihr Leben steht auf dem Spiel, die Zukunft der Republik – und Sie wollen, dass ich mich an Gesetze und Vorschriften halte.«

»Diese Gesetze und Vorschriften, die Sie so verabscheuen, sind wichtig. Wenn wir sie einfach ignorieren, können wir gleich die Seite wechseln. Dann sind wir um nichts besser als die kriminellen Subjekte, die gerade mir und Horthy und damit der Demokratie den Todesstoß versetzen wollen. Außerdem ist Zabanyis Schuld nicht bewiesen. Solange Sie nicht mit konkreten Beweisen auftauchen, gilt für Sie der Grundsatz des Strafrechts, und der lautet nun mal: *in dubio pro reo*.«

Bevor Emmerich widersprechen konnte, trat plötzlich Reinmann zu ihnen. »Du hast nach mir geschickt, Johann?«

Schober setzte an, etwas zu sagen, doch Emmerich nahm ihn zur Seite. »Können Sie ihm trauen?«, flüsterte er.

Ungeduld sprach aus Schobers Augen. »Hören Sie endlich auf, andauernd meine Kompetenz infrage zu stellen.« Er machte sich los, ging zu Reinmann und begrüßte ihn mit Handschlag.

Reinmann musterte Emmerich. »Kann es sein, dass wir uns kennen? Ich habe Sie doch schon irgendwo einmal gesehen.«

Emmerich zuckte zusammen. Er hatte überhaupt keine Lust, dem Minister zu gestehen, dass er einer der Männer aus dem Disziplinarkursus war, den Reinmann ja kurz besucht hatte. »Ach, das passiert mir dauernd«, sagte er leicht-hin. »Wahrscheinlich habe ich ein Allerweltsgesicht.«

»Hör zu, Jodok.« Schober senkte die Stimme. »Wir haben ein ernsthaftes Problem. Wie es aussieht, will Karl Habs-burg einen erneuten Restaurationsversuch unternehmen. Die Monarchisten wollen morgen Horthy und mich aus-schalten und das Chaos nutzen, um ihn wieder auf dem Thron zu installieren.«

»Was?!« Reinmann schüttelte den Kopf. »Das ist ja völli-ger Wahnsinn. Geben diese Irren denn nie auf? Weißt du schon, wer dahintersteckt?«

Schober nickte und legte eine Hand auf Reinmanns Schul-ter. »Höchstwahrscheinlich Otto Zabanyi.«

»Zabanyi?« Reinmann sah ihn entgeistert an und rang nach Worten. »Das kann nicht sein. Nie und nimmer. Wer setzt denn solch infame Gerüchte in die Welt?« Empört sah er Emmerich an, der den Blick mit einem Schulterzucken erwiderte. »Zabanyi ist ein guter Mann, einer meiner engs-ten Vertrauten«, sagte er zu ihm. »Ich lege meine Hand für ihn ins Feuer. Kennen Sie überhaupt seine Verdienste um die Industrie und um Österreichs Geschäfte mit Ungarn?«

»Wissen Sie auch, welchen Umgang er privat pflegt, au-ßerhalb der Dienstzeiten? In welchen Etablissements er verkehrt?«

»Was geht mich Zabanyis Privatleben an?«, empörte sich Reinmann. »Beruflich habe ich jedenfalls nie schlechte Er-fahrungen mit ihm …«

»Das mag schon sein«, unterbrach Schober ihn. »Aber die Beweise sprechen eine andere Sprache.«

Reinmann schwieg und nestelte an seiner Krawatte he-rum. »Normalerweise bin ich ein Menschenkenner«, grü-belte er laut.

»Wahrscheinlich hat der Kerl dir bewusst etwas vorgemacht. Gut möglich, dass alles von langer Hand geplant war.« Schober klopfte Reinmann mit der Hand auf die Schulter. »Außerdem ist es nicht zu einhundert Prozent sicher.«

»Aber zu neunundneunzig«, brachte Winter sich in das Gespräch ein.

»Inspektor Emmerich und sein Assistent werden versuchen, ihre Theorie zu beweisen, die Identitäten sämtlicher Attentäter zu eruieren und sie unschädlich zu machen. Bitte sei so gut und unterstütze sie, wo auch immer es dir möglich ist. Zabanyi vertraut dir. Mit deiner Hilfe können sie es schaffen.«

»Inspektor Emmerich.« Reinmann musterte ihn erneut. Mit einem Mal trat ein spöttisches Lächeln auf seine Lippen. »Jetzt fällt mir ein, woher wir uns kennen. Sie waren im Disziplinarkursus in der Schwarzenbergkaserne. Sie sind der Kerl, der Johann bei der Abschiedsfeier beleidigt hat.« Er wandte sich an Schober. »Wie kommst du ausgerechnet auf ihn?«

»Lange Geschichte«, winkte der Bundeskanzler ab. »Jedenfalls ist er vertrauenswürdig und effizient. Einer der Besten. Dafür können wir über den Vorfall im Juni hinwegsehen.«

Reinmann überlegte, dann ging er einen Schritt auf Emmerich zu. »Wie viele Männer brauchen Sie?«, fragte er. »Ich kann Ihnen meine besten …«

Emmerich schüttelte den Kopf. »Wir dürfen niemandem vertrauen. Wenn die Verschwörer gewarnt werden, könnten sie sämtliche Beweise vernichten, oder, was noch schlimmer wäre, vorzeitig zuschlagen.«

»Haben Sie einen Plan?«

»Wir müssen unauffällig vorgehen.« Emmerich überlegte. »Verschaffen Sie mir Zutritt zu Zabanyis Haus. Wenn
ich mich dort umsehen kann, finde ich vielleicht irgendwelche stichhaltigen Beweise.«

Reinmann lächelte und sah auf seine Uhr. »Nichts leichter
als das.« Er musterte Emmerich und Winter. »Der junge
Mann kann so bleiben, aber Sie … Sie werden sich umzie-
hen müssen.«

33

»Dieser Anzug steht Ihnen wirklich gut«, sagte Winter zu Emmerich, als sie vor Zabanyis Villa im Währinger Cottageviertel angelangt waren. »Sehr elegant. Sie sehen richtig stattlich aus.« Er rückte die Fliege zurecht, die sein Vorgesetzter trug, und lächelte zufrieden. »Wie gut, dass Minister Reinmann und Sie ungefähr dieselbe Größe haben.«

Emmerich blickte an sich hinunter und rümpfte die Nase. »Ich fühle mich verkleidet, völlig lächerlich. Ich komme mir vor wie eines dieser tanzenden Äffchen im Prater.« Er griff mit den Fingern an den Hemdkragen und versuchte die Fliege zu lockern. »Außerdem ist es viel zu heiß für so eine Aufmachung.«

»Sie tragen den Anzug des Heeresministers, das ist eine große Ehre. Sie können von Glück sagen, dass Reinmann Ersatzkleidung im Klubraum hatte.« Emmerich verdrehte die Augen und wollte sich durch die akkurat zum Seitenscheitel gekämmten Haare fahren, doch Winter hielt seine Hand fest.

Emmerich seufzte. »Na schön, bringen wir es hinter uns. Je früher wir wieder draußen sind, desto besser.« Damit meinte er nicht nur Zabanyis Gartenfest, sondern auch seinen Aufzug.

Hinter ihnen blieb eine Kutsche stehen, und ein elegant gewandetes Paar stieg aus. Der Mann und die Frau gingen an ihnen vorbei und schritten durch das schmiedeeiserne

Tor, das den Zugang zu Zabanyis Anwesen eröffnete, einem riesigen Grundstück umgeben von Ginsterbüschen, Haselnussbäumen und einer mannshohen Mauer. Die Frau trug einen ausladenden Sommerhut, und Emmerich musste sich ducken, um nicht von den riesigen hellblauen Federn gekitzelt zu werden, die das modische Accessoire zierten.

»Verdammte Angeber«, presste er zwischen den Zähnen hervor, präsentierte einem stiernackigen Mann seine Einladung und betrat den Vorgarten.

Winter räusperte sich. »Wenn ich mir die Anmerkung gestatten darf, vermeiden Sie bitte Ihren sonst üblichen Umgangston. Wir sollten unauffällig vorgehen, das haben Sie selbst gesagt.«

Emmerich wollte zu einer ruppigen Entgegnung ansetzen, musste aber einsehen, dass Winter recht hatte. Er atmete tief durch und betrat die Auffahrt, die zu der Villa führte, einem imposanten Gebäude mit kleinen Türmchen und ausladenden Erkern.

»Sehen Sie die Kuppel ganz oben?« Winter deutete zum Dach. »Vor dem Krieg hat Zabanyi sich dort ein Observatorium einrichten lassen.«

So lebte es sich also, wenn man in Geld schwamm. Offenbar gehörte es zum guten Ton, sich sogar die Sterne vom Himmel ins eigene Haus zu holen.

Im Eingangsbereich war es ruhig, der Marmorboden war angenehm kühl, die Einrichtung edel. Auf einem Konsolentisch stand eine große Porzellanvase, die sehr wertvoll aussah, und die Königslilien darin verbreiteten einen betörenden Duft.

Emmerich ging gemeinsam mit seinem Assistenten geradeaus durch die Halle und warf einen Blick in die parkähnliche Anlage hinter dem Haus. Hier hatten sich die geladenen Gäste um Gartentische gruppiert, die mit weißem Damast bedeckt waren. Diener trugen Tabletts umher, auf denen sich alles fand, was in den Gaststätten Wiens schwer zu bekommen oder überhaupt verboten war: Erdbeeren mit Schlagobers, exquisite Käsehäppchen, kleine Schnitzel, die sicher in Butter gebraten waren und nicht in stinkender Kriegsmargarine. In einem kleinen hölzernen Pavillon spielte ein Streichquartett gerade einen Walzer von Johann Strauß. Emmerich suchte den Ort nach Zabanyi ab, konnte ihn aber nirgendwo entdecken.

»Wünschen Sie ein Getränk?« Ein Diener in blütenweißer Livree war an Emmerich herangetreten und offerierte ihm einen vollen Champagnerkelch.

Emmerich nahm ihn, trank ihn in einem Zug leer, unterdrückte einen Rülpser und ließ seinen Blick umherwandern.

Die Stimmung war ausgelassen, Gläser klirrten, einige Besucher saßen in niedrigen Gartensesseln und waren in Gespräche vertieft. Er konnte viele reiche Wirtschaftstreibende ausmachen und einige Nationalratsabgeordnete.

»Herr Baron von Bárány!« Ein glockenhelles Lachen erklang, als eine Frau in einem vornehmen weißen Kleid einen Mann in einer ungarischen Galauniform begrüßte.

Emmerich schüttelte den Kopf. Offenbar waren an diesem Ort die Uhren zurückgedreht worden, der Adel zelebrierte sich noch, als wären der Große Krieg und seine Folgen nie geschehen. Er hasste einfach alles hier: die Menschen, ihren Reichtum, ihr protziges Gehabe. Er musste zusehen, dass er seine Mission schnellstmöglich zu Ende brachte, bevor er sich vergaß. »Verzeihung«, murmelte er, als er sich an Bárány vorbeidrängte und den Garten betrat.

»Sehen Sie, da drüben, das ist Fritz Hochburger mit seiner Gattin.« Winter deutete mit dem Kinn auf einen korpulenten Mann mit einem stattlichen Bart, neben dem eine ebenso beleibte Frau stand.

»Wer soll das sein?«

»Einer der reichsten Maschinenfabrikanten des Landes, er hat es irgendwie geschafft, trotz der Wirtschaftskrise sein Geld beisammenzuhalten. Und dort drüben, die junge Frau in dem gelben Seidenkleid, das ist Viktória von Kertész, Tochter des …«

»Von von und zu möchte ich nichts mehr hören, das ist Geschichte«, knurrte Emmerich.

»Jedenfalls besitzt ihr Vater Janos vo … Janos Kertész ausgedehnte Ländereien in Westungarn. Und zwar ausgerechnet in dem Gebiet, das künftig als Burgenland an Österreich fallen soll.« Winter nannte ihm noch weitere Namen. Zabanyi hatte scheinbar viele Gäste aus dem Nachbarland eingeladen, darunter zahlreiche Adelige, die sich hier mit der Crème de la Crème der Wiener Gesellschaft ein Stelldichein gaben.

»Haben Sie schon gehört?«, fragte eine Frau mit üppigem Dekolleté eine fröhlich lachende Runde. »Leopold Wölfling – wie er sich jetzt nennt – wird tatsächlich auf der Sommerredoute auftreten.«

»Skandal«, attestierte ein älterer Herr mit Backenbart. »Das Kaiserhaus und alles, wofür es steht, so zu beschmutzen. Pfui Teufel.«

»Vielleicht braucht er das Geld?«, spekulierte die beleibte Dame und zückte einen Fächer.

»Von wegen«, entgegnete der Mann. »Einige Aristokraten haben zusammengelegt. Ganze hundertvierzigtausend Kronen haben Sie ihm angeboten, wenn er dafür diese schmähliche Farce unterlässt, doch er hat abgelehnt.«

»Furchtbar. Einfach nur schrecklich.« Sie fasste sich an die Brust und fächelte sich Luft zu.

»Sieh sie dir an«, murmelte Emmerich. »Selbstgefälliges Gesindel, die …«

Plötzlich stieß ihn Winter an und deutete unauffällig nach rechts.

Dort ging Zabanyi durch die Menge und blieb bei einigen seiner Gäste kurz stehen, um ihnen etwas in die Hand zu drücken.

Emmerich versuchte zu erkennen, was Zabanyi verteilte. »Was ist das?«

»Sieht aus wie schwarze Bänder.«

»Wofür stehen die?«, fragte Emmerich.

Winter zuckte mit den Schultern. »Keine Ahnung. Aber wir werden es hoffentlich gleich erfahren.« Rasch entfernte er sich von Emmerich, ging zu der Frau eines Nationalrats-abgeordneten, der gerade eines der Bänder erhalten hatte, und begrüßte sie mit einem formvollendeten Handkuss samt Verbeugung. Anschließend wandte er sich an ihren Gatten.

Emmerich verdrehte die Augen und verkniff es sich, böse vor sich hin zu grummeln.

Kurz darauf stand Winter wieder vor ihm. »Mit den Bändern will Zabanyi offenbar irgendwelchen Helden gedenken.«

»Welchen Helden?«

Winter zuckte mit den Schultern und überlegte. »Steht nicht bald das Jubiläum der Seeschlacht von Lissa an? Sie wissen schon, die Schlacht, bei der Admiral Tegetthoff die Italiener besiegt hat?«

»Ach Gott, Lissa«, murrte Emmerich. »Der große Sieg. Der Inbegriff des glanzvollen Großmachtgedankens. Der feuchte Traum eines jeden Monarchisten.«

»Ferdinand?«, wurde Emmerichs Tirade unterbrochen. »Freiherr Ferdinand von Winter?« Emmerich und Winter drehten sich im selben Moment um. Vor ihnen stand ein junger Mann, der sehr elegant gekleidet war. Er lächelte breit und schlug Winter auf die Schulter. »Wer hat dich denn so zugerichtet?« Er deutete auf Winters blaues Auge.

»Eduard, was für eine Überraschung. Wie lang ist das her, dass wir uns zum letzten Mal gesehen haben? Das war noch vor dem Krieg, oder?«

Der junge Mann nickte. »Du lässt ja gar nichts mehr von dir hören. Schämst du dich, weil du jetzt für den Pöbel arbeitest?«

Emmerich ballte die Hände zu Fäusten und war drauf und dran, dem arroganten Schnösel seine Meinung zu geigen, doch Winter sah ihn mahnend an. Also schluckte er seine Wut hinunter. »Wenn ich Ihnen den verehrten Freiherrn kurz entführen dürfte? Wir haben etwas zu besprechen.« Er zog Winter zur Seite. »Ich denke, es ist an der Zeit, die Zukunft des Pöbels zu retten.« Er deutete auf die Villa. »Wir müssen schleunigst die Beweise gegen Zabanyi fin … Oh nein«, murmelte er, als er ein bekanntes Gesicht unter den Gästen entdeckte. »Natürlich ist der Arschkriecher auch hier.«

Wenige Augenblicke später ging Brühl an ihnen vorbei, blieb stehen, drehte sich um und kam wieder zurück. Ungläubig starrte er ihn an. »Emmerich?«

Dieser breitete die Arme aus und deutete eine Verbeugung an.

»Was tun Sie hier? Haben Sie sich etwa heimlich hereingeschlichen? Auf Zabanyis Gartenfest kommt man nur mit persönlicher Einladung.« Brühl wedelte mit einer Karte aus weißem Büttenpapier und schien es immer noch nicht fassen zu können, wer ihm hier gegenüberstand.

Emmerich fasste in die Innentasche seines Jacketts und präsentierte eine der handgeschriebenen Einladungen.

»Die ist an Minister Reinmann adressiert«, sagte Brühl.

»Ich weiß. Er war leider verhindert und hat mich an seiner statt hergeschickt.«

Brühl schnappte nach Luft wie ein Fisch an Land.

»Tja.« Emmerich zupfte an seinen Perlmutt-Manschettenknöpfen. »So schnell können sich die Umstände ändern. Kaum habe ich ein paar Umgangsformen gelernt, schon bin ich ein ganz neuer Mensch. Wer weiß, vielleicht bewerbe ich mich um Gonskas Posten, sollte er frei werden. Dann wäre ich Ihr Vorgesetzter. Danke, dass Sie mir Manieren beigebracht haben – die werden mich weit bringen. Ich wünsche Ihnen noch einen angenehmen Abend.« Er verneigte sich leicht und ließ den fassungslosen Brühl einfach stehen.

Winter folgte ihm grinsend in die Villa.

»Kann ich Ihnen vielleicht helfen?«, fragte ein vorbeieilender Diener.

»Ich suche die Toilette«, erklärte Emmerich. »Der Herr von Welt muss sich schließlich auch einmal frisch machen.«

»Aber natürlich. Gleich da vorn, die zweite Tür links.«

»Herzlichen Dank.« Emmerich ging geradeaus, blieb auf halbem Weg stehen und wartete, bis der Mann verschwunden war. Dann stieg er die Treppe zum oberen Stockwerk hoch.

Winter hastete ihm hinterher. »Wollen wir es nicht doch erst auf die legale Art und Weise versuchen? Wir könnten warten, bis alle betrunken sind und ein paar Gespräche belauschen? Oder wir könnten den Müll durchsuchen.«

»Und dabei den schönen Anzug ruinieren?« Emmerich stieg unbeirrt weiter nach oben.

Das Gelächter und die Musik aus dem Garten waren nur mehr gedämpft zu hören, als sie durch den Flur der ersten Etage gingen. Emmerich öffnete eine Tür nach der anderen und blickte in die dahinterliegenden Zimmer. »Ich hab mich immer gefragt, was man mit so vielen Räumen macht.« Er schüttelte den Kopf. »Andere wären froh, sie hätten einen einzigen.« Er hielt mit seinem Lamento inne, als er endlich Zabanyis Büro entdeckte.

Winter positionierte sich vor der angelehnten Tür, um den Flur zu überwachen, während sich Emmerich drinnen umsah.

An den Wänden standen Bücherregale, gefüllt mit juristischer Lektüre, Codices, Gesetzestexten und einigen Romanen, allesamt Klassiker der Weltliteratur, darunter auch die Odyssee. Emmerich stellte sich neben die dunklen Vorhänge, die die Fenster einrahmten, und spähte vorsichtig hinaus.

»Du sollst der Kaiser meiner Seele sein. Du sollst den Purpur tragen ganz allein.«

Sogar Emmerich kannte die berühmte Sängerin, die gerade ein Lied aus der Operette *Der Favorit* von Robert Stolz zum Besten gab. »Ihr solltet euch nicht zu früh freuen«, presste er hervor. »Hier wird niemand mehr Kaiser von nichts. Nicht solange ich ein Wörtchen mitzureden habe.«

Er huschte zu Zabanyis Schreibtisch, einem massiven Möbel aus dunklem Holz, das die hintere Ecke des Raums einnahm, und versuchte, eine der Schubladen zu öffnen, doch sie war verschlossen.

»Beeilen Sie sich«, zischte Winter, der noch immer in der Tür stand.

Doch Emmerich ließ sich nicht hetzen und betrachtete die Dinge, die sich auf der Arbeitsplatte befanden: ein Telefonapparat, ein Füllfederhalter, ein schmaler Brieföffner aus

Metall sowie eine Schatulle, in der ein goldener Siegelring lag. Er betrachtete das Schmuckstück, dann zog er es sich über den Ringfinger. So fühlten sich also Reichtum und Macht an.

»Sind Sie wahnsinnig?«, zischte Winter, der ihn wohl beobachtet hatte.

Emmerich zuckte nur mit den Schultern, nahm den Brieföffner und machte sich am Schloss der Schreibtischschublade zu schaffen. Nach einigem Ruckeln sprang sie endlich auf.

»Und?«, fragte Winter.

»Sieh mal einer an.« Emmerich pfiff durch die Zähne. »Schuldscheine.« Er nahm sie heraus und blätterte sie durch. »Der gute Herr Zabanyi steht tief in der Kreide, und zwar bei einigen der gefürchtetsten Buchmacher und Geldverleiher der Stadt.« Er deutete zum Fenster, das zum Garten hinausging. »Karl Habsburg würde sich im Fall seiner Reinstallation sicherlich erkenntlich zeigen, und der Champagner könnte weiter in Strömen fließen.«

»Das ist ein Motiv«, flüsterte Winter. »Aber noch immer kein Beweis. Schnell. Machen Sie weiter.«

Emmerich wandte sich der nächsten Schublade zu.

Plötzlich schlüpfte Winter in den Raum, schloss leise die Tür hinter sich und legte den Zeigefinger an die Lippen. »Pssst.«

Von draußen waren Schritte zu hören, und beide hielten die Luft an.

»Was zur Hölle ist hier los?« Brühl hatte die Tür aufgerissen und sah die beiden triumphierend an.

Winter wurde bleich, Emmerich fluchte leise. Er versuchte den Siegelring abzustreifen, aber es gelang ihm nicht. Schnell steckte er die Hand in die Hosentasche.

»Ich wusste es«, sagte Brühl. »Ich wusste, dass Sie nicht von Minister Reinmann geschickt wurden. Deshalb habe ich Sie im Auge behalten, und dann sind Sie nicht mehr aus der Villa herausgekommen. Offenbar führen Sie mal wieder etwas Unlauteres im Schilde. Sie lernen es wohl nie.« Er wandte sich an Winter. »Ich verstehe nicht, warum Sie da mitmachen. Haben Sie es denn nicht satt, wieder und wieder von ihm in solch blamable Situationen hineingezogen zu werden?« Er trat neben Emmerich und schaute in die Schublade. »Sie wühlen in den privaten Sachen eines Ehrenmannes.«

»Von wegen Ehrenmann.« Emmerich präsentierte die Schuldscheine. »Ein charakterloser Blender ist er. Das da draußen ist nichts als bloße Scharade.«

»Es reicht.« Brühl trat ans Fenster, wohl um Zabanyi zu rufen.

»Bundeskanzler Schober schickt uns«, sagte Emmerich schnell.

Brühl lachte verächtlich. »Ja sicher, ausgerechnet Schober. Fällt Ihnen nichts Besseres ein?«

»Doch, ich schwöre es. Er hat uns mit einem wichtigen Auftrag betraut.«

Brühl streckte seine Hand aus. »Zeigen Sie mir den Durchsuchungsbefehl.«

»Es gibt keinen. Dafür war die Zeit zu knapp.«

Brühl schnaubte und öffnete das Fenster.

»Es stimmt, was er sagt«, bestätigte Winter, doch Brühl würdigte ihn keines Blickes.

»Natürlich lügen Sie für ihn. Aus irgendeinem unerfindlichen Grund sind Sie diesem Kretin so treu ergeben wie ein kleines Hündchen.«

»Er tut das Richtige«, entgegnete Winter.

»Das Problem ist nicht, was er tut, sondern wie. Der Zweck heiligt nicht die Mittel. Ein Mann von Ihrem Stand sollte das eigentlich wissen.« Brühl sah Winter nun in die Augen. »Was kann so dringend sein, dass es nicht auf einen Durchsuchungsbefehl warten kann?«

»Ich kann Ihnen jetzt hier nicht alles erklären«, sagte Emmerich. »Aber es geht um das Wohl der Republik.«

»Lügen, alles blanke Lügen.« Brühl beugte sich zum Fenster hinaus. »Baron von Zabanyi!«, schrie er. »Würden Sie bitte in Ihr Arbeitszimmer kommen? Es eilt.«

»Sie wissen gar nicht, was Sie gerade anrichten.« Emmerich schob Brühl vom Fenster weg. »Aber gut, nun ist es ohnehin egal: Otto Zabanyi ist Teil einer Verschwörung. Die Verräter wollen Karl Habsburg zurück auf dem Thron sehen und sind bereit, Schober und Horthy zu ermorden. Sie wollen die Republik zerstören und die Monarchie wieder einführen.«

Brühl hob die Augenbrauen. »Ach wirklich?« Er begann zu lächeln. »Das sind doch rosige Aussichten.« Anscheinend gefiel ihm der Gedanke.

Emmerich schnaubte.

»Was ist denn so dringend?!« Zabanyi war in der offenen Tür erschienen. Als er Emmerich an seinem Schreibtisch stehen sah, wurde er kreidebleich. Er hastete zu ihm und knallte die offene Schublade zu. »Wer sind Sie? Was erlauben Sie sich? Sie können doch nicht einfach in meinen privaten Sachen herumwühlen.« Er schaute im Raum umher, als wolle er kontrollieren, ob sein Mobiliar Schaden genommen haben könnte. Dabei blieb sein Blick auf einem Gemälde ruhen, das an der Wand neben dem Schreibtisch hing. Erst dann schien er Winter zu bemerken. »Ferdinand? Was machst du denn hier?«

»Die beiden verfolgen irgendeine völlig abwegige Verschwörungstheorie«, erklärte Brühl. »Sie behaupten, Sie wollen Schober und Horthy ermorden und den Kaiser zurückholen.«

Zabanyi rang sichtlich nach Worten. »Was für eine infame Lüge!« Er ließ seinen Blick zwischen Emmerich und Winter hin und her wandern. »Wie kommen Sie nur auf so einen Unsinn?«

»Hören Sie doch auf«, blaffte Emmerich. »Sie wissen ganz genau, wovon wir sprechen. *Löwe, sei bereit. Bald. Gezeichnet Edelweiß.*«

Zabanyi sah Brühl an. »Wovon redet dieser Mann? Wer ist das überhaupt? Kennen Sie ihn?«

»Leider. Wir arbeiten in derselben Abteilung. Darf ich vorstellen? Der berüchtigte Inspektor August Emmerich.« Brühl seufzte und wandte sich Emmerich zu. »Sie haben sich im Disziplinarkursus wohl zu viel mit Bruno Baumgartner abgegeben. Seine Hirngespinste spotteten ja ebenfalls jeglicher Beschreibung.«

»Es sind keine Hirngespinste. Wir sind im Auftrag von Bundeskanzler Schober und Heeresminister Reinmann hier. Herr Zabanyi ist an einer Verschwörung beteiligt und plant einen Anschlag auf die Demokratie.«

»Also bitte! Warum sollte ich das tun?«, fragte Zabanyi. Er ging zum geöffneten Fenster und rief nach draußen: »Albert, kommst du mal hoch?«

»Warum Sie das tun sollten?« Emmerich hielt die Schuldscheine in die Höhe. »Geld«, begann er aufzuzählen. »Gefolgt von Stolz, oder sollte ich besser sagen Eitelkeit? In einer Monarchie würden Sie alle Ihre Titel und Adelsprivilegien wieder zurückbekommen. Ach ja, und wahrscheinlich spielt auch Loyalität eine Rolle.«

Zabanyi schüttelte ungläubig den Kopf. »Loyalität? Wem gegenüber?«

»Karl Habsburg. Immerhin waren Sie gemeinsam mit ihm an der Italienfront.«

Zabanyi runzelte die Stirn. »Nein, war ich nicht.«

»Sie waren in der 11. Armee im zwanzigsten Korps – dem Edelweißkorps.«

»Nein. Ich war im kaiserlich-königlichen Husarenregiment Graf Radetzky Nummer 5.« Zabanyi holte eine flache Kassette aus einem der Regale, nahm etwas heraus und baute sich vor Emmerich auf. »Hier bitte.« Er hielt ihm ein goldenes Abzeichen in Form des Doppeladlers mit einer ausgestanzten Nummer »5« im Wappenschild unter die Nase. »Mein Tschakoadler.«

Emmerich musterte die kleine Plakette, die die Angehörigen des 5. Regiments an ihren Kappen getragen hatten. Jetzt war es an ihm, nach Worten zu ringen. »Warum haben Sie Inspektor Winter ins *Paradies* geschickt?«, presste er schließlich hervor.

»Na, um ihm zu helfen. Er hat nach Irina Novotny gesucht, und die treibt sich hin und wieder dort herum.«

»Sie haben einen jungen, arglosen Burschen allein an einen der gefährlichsten Orte Wiens geschickt?«

»Er ist Polizist, und ich kein Kindermädchen.«

»Und die Aktentasche? Wir haben in Zusammenhang mit der Verschwörung eine Tasche mit Ihrem Monogramm gefunden.«

»Ich bin ja wohl nicht der Einzige mit solchen Initialen. Fragen Sie Ophelia von Zevoian oder Oleg van Zoot.«

Emmerich begann zu schwitzen – diesmal nicht aufgrund der Hitze. »Das kann doch nicht sein«, murmelte er. Er dachte nach, dann ging er zu der Wand neben dem Schreibtisch und betrachtete das Gemälde, das Zabanyi vorhin angesehen hatte. Er bemerkte leichte Kratzspuren an der Wand, als hätte man das Bild viele Male ab- und wieder hingehängt. Er ruckelte am Rahmen.

»Was fällt Ihnen ein. Lassen Sie die Finger von meinem Besitz!« Zabanyi stürzte zu Emmerich, doch der hatte das Gemälde bereits blitzschnell von der Wand genommen. Dahinter war ein Tresor eingebaut.

»Was ist da drin?«

»Nichts, das Sie etwas angeht.«

»Öffnen Sie ihn und beweisen Sie es.«

»Jetzt gehen Sie endgültig zu weit«, schritt Brühl ein.

»Wenn er nichts zu verbergen hat, kann er uns ja einen Blick hineinwerfen lassen«, kam Winter seinem Vorgesetzten zu Hilfe.

Zabanyi wurde rot vor Zorn und trat ganz nahe an Emmerich heran. »Sie haben mich bereits genug bloßgestellt«, zischte er. »Es reicht jetzt wirklich!«

In diesem Moment erschien der stiernackige, hünenhafte Mann im Raum, dem Emmerich und Winter bereits am Eingang begegnet waren. »Sie haben nach mir gerufen, Herr von Zabanyi?«

»Albert, gut, dass du da bist«, sagte Zabanyi. »Die beiden Herren möchten gehen.«

Sofort packte Albert die beiden Polizisten am Oberarm, und Emmerich spürte seinen Griff so fest wie einen Schraubstock. Er sah ein, dass er hier nichts mehr würde ausrichten können, und ließ sich zusammen mit seinem Assistenten widerstandslos aus dem Raum führen.

»Das wird ein Nachspiel haben!«, hörte er Brühl hinter sich herrufen. »Ich werde morgen mit Gonska reden, darauf können Sie sich verlassen.«

»Passen Sie doch auf!«, schimpfte Emmerich. »Das ist der Anzug des Heeresministers.«

»Genau, und meiner gehört dem Kaiser von China.« Albert stieß Emmerich unsanft durch das schmiedeeiserne Tor hinaus auf die Straße.

»Schon gut, schon gut. Wir gehen ja freiwillig.« Winter hielt die Hände in die Höhe, trotzdem verpasste der Kerl ihm einen Fußtritt.

»Ich will keinen der beiden jemals wieder auf meinem Grund und Boden sehen«, wies Zabanyi seinen Rausschmeißer an. »Halten Sie sie von mir und meinem Haus fern. Auch Schober und Reinmann müssen sich hier vorerst nicht mehr blicken lassen.«

»Sehr wohl, Herr von Zabanyi.« Albert nickte und schlug das Tor zu.

Durch das Eisengitter sah Emmerich Zabanyi und Brühl süffisant grinsen. Er schluckte den Fluch hinunter, der ihm auf der Zunge lag, und strich den Ärmel des Anzugs glatt. Nebeneinander gingen die Polizisten die Straße hinunter.

»Der Kerl ist so schuldig, wie man es nur sein kann«, sagte Emmerich nach ein paar Schritten.

»Sind Sie da immer noch sicher? Zabanyi war nicht in diesem Edelweißkorps«, äußerte Winter Zweifel. »Und auch sonst haben wir keine Beweise gefunden.«

»Ich weiß. Die liegen sicherlich in dem Tresor.«

»Und wie wollen wir an den Tresor rankommen? Wir drehen uns im Kreis: Ohne Beweise kriegen wir keinen Durchsuchungsbefehl, und ohne Durchsuchungsbefehl keine Beweise.«

»Dann müssen wir eben den inoffiziellen Weg gehen.«

»Und wie? Zabanyi ist doch jetzt vorgewarnt. Er wird die Villa in eine Festung verwandeln. Und Schober und

Reinmann sind bis auf Weiteres auch nicht mehr willkommen.«

Emmerich zündete sich eine Zigarette an und grübelte. »Was ist los?«, fragte er, als sein Assistent ihn entgeistert anblickte.

Winter deutete auf Emmerichs Finger, an dem noch immer Zabanyis Siegelring steckte.

»Ich hab ihn nicht mehr runterbekommen.«

»Aber Sie können Zabanyi doch nicht einfach bestehlen.«

»Es war ja keine Absicht«. Emmerich starrte den Ring an, ein Lächeln schlich sich auf seine Lippen. »Außerdem wird Zabanyi bald mit ganz anderen Problemen beschäftigt sein, als den hier zu vermissen. Problemen wie zum Beispiel einer Anklage wegen Hochverrats.«

»Wenn er denn wirklich etwas damit zu tun hat – ich wiederhole: Er war nicht im Edelweißkorps.«

»Aber im *La Belle.*« Emmerich streckte seine Hand aus und hielt Winter den Ring vor die Nase. »Es hätte mir gleich auffallen müssen – das Ornament. Es ist dasselbe wie auf der Tasche.«

Winter kniff die Augen zusammen und begutachtete das Schmuckstück. »Stimmt«, sagte er. »Aber das reicht noch lange nicht, um einen Richter davon zu überzeugen, uns einen Durchsuchungsbefehl zu erteilen. Schon gar nicht, wenn man bedenkt, wie Sie an den Ring gekommen sind. Wir müssen einen anderen Weg finden.«

Emmerich nahm einen Zug von seiner Zigarette und betrachtete die Rauchschwaden, die in der Luft hängen blieben. »Ich habe da so eine Idee – aber sie wird dir nicht gefallen.«

»Das tun Ihre Ideen nie.« Winter seufzte leise. »Lassen Sie mich raten – wir müssen wieder mal die Regeln brechen.«

»Regeln sind dazu da, um gebrochen zu werden.« Emmerich lächelte. »Wie spät ist es?«

Winter blickte auf seine Taschenuhr. »Kurz vor neun.«

»Ich muss ein paar Sachen erledigen. Wir treffen uns genau hier wieder.«

»Wann?«

Emmerich starrte auf seine Hände und schwieg. »Um Mitternacht«, sagte er schließlich.

34

»Sie sind spät dran.« Helene Wissmayer schien nicht sonderlich überrascht von Emmerichs Erscheinen zu sein. Sie kniete im menschenleeren Gastraum der *Goldenen Traube* und wrang einen Putzlappen über einem Kübel mit Schmutzwasser aus. Dann stand sie ächzend auf, fasste sich ins Kreuz und wischte sich die Hände an ihrer Kittelschürze ab. »Haben Sie mein Geld?«

»Geld? Ich bin nur gekommen, um Ihnen eine gute Reise zu wünschen.«

»Sehr lustig.« Wissmayer zog die Mundwinkel nach oben. »Immer für einen Schmäh gut, der Herr Emmerich.« Sie deutete auf seinen Anzug. »Wenigstens haben Sie sich fein herausgeputzt.«

»Ich dachte, Sie verdienen das zum Abschied.«

»Spaß beiseite.« Sie deutete auf einen Tisch und setzte sich. »Ich wusste, dass Sie einen Weg finden würden, das restliche Geld aufzutreiben. Sie sind ein sturer Hund, ein hartnäckiger Durchbeißer. Der Sohn Ihrer Mutter.«

Emmerich schluckte. Es war das erste Mal, dass er etwas Persönliches über seine Mutter erfuhr. Stur war sie also gewesen, und hartnäckig. Ein Gedanke durchfuhr ihn. Er musterte Helene Wissmayers Gesicht und zeigte auf ihren Daumen, den sie sich bei ihrem letzten Zusammentreffen vor lauter Starrsinn ausgerenkt hatte. »Sagen Sie mir jetzt bitte nicht, dass Sie … dass Sie meine …«

»Um Gottes willen. Nein.« Sie lachte auf. »Das Kinderkriegen hab ich mir zum Glück erspart. Es genügt voll und ganz, wenn ich allein dieses Elend hier ertragen muss. Aber damit ist jetzt Schluss, morgen beginnt mein neues Leben. Also, wo ist mein Geld?«

Emmerich war erleichtert. Er hielt seine Hand hoch und deutete auf Zabanyis Siegelring.

»Was soll ich denn damit?«

»Das ist pures Gold. Sie werden in Amerika einen sehr guten Preis dafür bekommen.«

Wissmayer zog seine Hand zu sich und betrachtete den Ring von allen Seiten. »Na schön«, sagte sie schließlich. »Geben Sie her.«

Emmerich versuchte, das Schmuckstück abzubekommen, aber der Ring steckte immer noch fest.

Sie verdrehte die Augen und bedeutete ihm, ihr in die Küche zu folgen, wo sie an der Spüle den Hahn aufdrehte. »Drunterhalten!«, befahl sie und zog seine Hand unter das eiskalte Wasser. Beide standen schweigend nebeneinander, bis sie ihm signalisierte, es noch einmal zu versuchen. Ohne Erfolg.

»Dann wird uns wohl nichts anderes übrig bleiben, als …« Sie zog ein Küchenmesser aus einer Lade und drehte sich zu ihm um.

Emmerich wich zurück, als sie auf ihn zukam.

»Darf ich?« Sie griff hinter ihn, öffnete den Kühlschrank und holte einen großen Block Kriegsmargarine heraus. Davon schnitt sie ein Stück ab und rieb damit Emmerichs Hand ein. Ihm stieg der ranzige Geruch des künstlichen Fetts in die Nase. Dann zog sie so fest an seinem Finger, dass er befürchtete, sie würde ihn abreißen. Doch endlich ließ sich der Ring abstreifen.

Er schnappte sich ein Küchenhandtuch, das neben dem Herd hing, und versuchte die stinkende Schmiere zu entfernen. »Also los, wie heißt meine Mutter, und wo kann ich sie finden?«

Wissmayer inspizierte das Schmuckstück so genau, als wäre sie eine ausgebildete Juwelierin, und steckte es schließlich in ihre Rocktasche. »Anna. Anna Meierhofer.«

Emmerich stockte der Atem, und es traf ihn wie ein Paukenschlag. Seine Mutter war real. Sie war ein Mensch aus Fleisch und Blut, keine bloße Einbildung, die er sich über die Jahre zusammenfantasiert hatte. »Und wo …?«, setzte er an. Seine Stimme bebte. »Wo finde ich sie?«

Wissmayer zögerte einen kurzen Moment. »Im 17. Bezirk. Alszeile, Ecke Schultheßgasse. Nummer 27/19, wenn ich mich nicht täusche.«

Emmerich zog die Augenbrauen hoch. Das musste in der Nähe des Hernalser Friedhofs sein – und der war nicht einmal vier Kilometer von Frau Seidls Wohnung entfernt. Er hatte nicht damit gerechnet, dass seine Mutter ihm die ganze Zeit so nah gewesen war. Unwillkürlich tastete er nach dem Amulett, das er unter Reinmanns gestärktem Hemd trug. Gut möglich, dass sie sich sogar schon einmal über den Weg gelaufen waren. Er blickte auf die Uhr.

»Es ist schon spät. Vielleicht wollen Sie mit Ihrem Antrittsbesuch bis morgen warten. Auf den einen Tag kommt es nun auch nicht mehr an.« Helene Wissmayer konnte wohl Gedanken lesen.

Emmerich nickte. Die Versuchung, sofort hinzufahren war groß, doch er hatte noch etwas zu erledigen. Etwas, das keinen Aufschub duldete. »Danke«, sagte er. »Und alles Gute für Ihr neues Leben.« Dann verschwand er in die Nacht.

Freitag,
15. Juli 1921

35

Das Läuten der Türglocke riss Otto Zabanyi aus seinen Träumen. Er schmatzte leise und verzog den Mund. Auf seiner Zunge hatte sich ein pelziger Belag ausgebreitet, und auch der Rest seines Körpers fühlte sich nicht besonders gut an. Sein Kopf tat weh, sein Magen war von Übelkeit erfüllt, und damit nicht genug, schwitzte er auch noch stark. Er hätte nicht so viel trinken sollen. Nicht bei dieser Hitze, und vor allem nicht, da ein äußerst wichtiger Tag bevorstand. Ein Tag, der über Sein oder Nichtsein entscheiden würde, über Alles oder Nichts.

Erneut zerriss der laute Gong die angenehme Ruhe. Wahrscheinlich hatte einer der Gäste etwas Wichtiges vergessen: sein Portemonnaie, die Haustürschlüssel oder etwas in der Art. Wer es wohl war? Baron von Bárány hatte gegen Ende der Feier schon ziemlich bedient gewirkt.

Zabanyi wälzte sich zur Seite und vergrub sein Gesicht in der ägyptischen Baumwolle, mit der sein Bettzeug überzogen war. Er spielte mit dem Gedanken, einfach liegen zu bleiben, da durchfuhr es ihn plötzlich wie ein Blitz: Was, wenn es sich gar nicht um Bárány oder einen der anderen Gäste handelte? Was, wenn Pötzlein ausgepackt hatte? Was, wenn dieser verdammte Proletarier, dieser Inspektor Emmerich einen Weg gefunden hatte, alle nötigen Informationen aus ihm herauszupressen?

Kopfweh und Übelkeit waren mit einem Schlag verflogen. Er sprang aus dem Bett, zog seinen Anzug an, den er auf eine Stuhllehne gelegt hatte, eilte nach unten und riss die Eingangstür auf. »Albert?«, wunderte er sich, als er seinen Aufpasser sah. »Warum läutest du?«

Albert trat einen Schritt zur Seite und gab den Blick auf eine schmale Person frei.

Zabanyi schüttelte fassungslos den Kopf. »Du? Was willst du denn hier?«

»Sie behauptet, Sie haben sie herbestellt«, sagte Albert.

Irina lächelte, und noch bevor einer der beiden Männer wusste, wie ihm geschah, huschte sie ins Haus und fing an, wie eine Verrückte aus vollem Halse zu schreien.

Die beiden schlossen die Tür und folgten ihr in die Empfangshalle, wo ihr Schreien von den Wänden hallte.

In dem Moment erklang erneut der laute Gong der Türglocke.

36

Als Albert ihnen mit verdutzter Miene die Haustür öffnete, zückten Emmerich und Winter zeitgleich ihre Dienstmarken. »Was ist denn das für ein Geschrei?«, sagte Emmerich. »Hier scheint eindeutig Gefahr in Verzug zu sein.«

Er sah Irina gemeinsam mit dem verzweifelt dreinschauenden Zabanyi in der Eingangshalle stehen, und ihre Schreie wurden wieder lauter. »Hilfe!«, brüllte sie. »Warum hilft mir denn keiner?«

Im Haus gegenüber gingen die Lichter an, und Hunde begannen zu bellen.

»Alles in Ordnung?«, rief ein Mann aus einem der Fenster.

»Alles gut«, versuchte Zabanyi abzuwiegeln, der jetzt ebenfalls zur Haustür gekommen war. »Wir haben gefeiert, und sie hat zu viel getrunken. Frauen und Alkohol, Sie wissen schon.«

»Von wegen«, sagte Emmerich.

Das Gebrüll war nun so grell, dass man keine einzelnen Worte mehr ausmachen konnte.

»So tu doch einer was!«, rief der Mann von gegenüber.

Das war Emmerichs Stichwort. Er zog seine Waffe, schob Zabanyi und Albert zur Seite und drängte sich gemeinsam mit Winter ins Haus.

»Sie können nicht ... Sie dürfen nicht ...«, protestierte Zabanyi lautstark.

»Doch, ich darf«, erklärte Emmerich. »Ich muss sogar. Wenn ein Menschenleben in Gefahr ist, ist es meine Pflicht, als Polizist zu handeln. Wie gut, dass Inspektor Winter und ich zufällig in der Nähe waren. Sieht aus, als gäbe es eine Jungfrau in Nöten zu retten.«

»Gott sei Dank«, schluchzte Irina theatralisch. »Er wollte mich umbringen.« Sie zeigte auf Zabanyi.

»Wir sind ja jetzt da«, sagte Emmerich väterlich, hielt Albert mit der Waffe in Schach und gab Winter ein Zeichen.

Sein Assistent fackelte nicht lange und legte Zabanyis Aufpasser blitzschnell Handschellen an. »Das ist für den Fußtritt vorhin«, murmelte er, zog sie extrafest zu und fixierte den Hünen am Treppengeländer.

»Was soll diese verdammte Scharade?«, fragte der Hausherr.

»Nun ja«, sagte Emmerich, »die Geschichte ist Folgende.« Er bedeutete Irina zu erzählen.

»Otto Zabanyi ist schon seit Längerem mein Kunde. Wir treffen uns regelmäßig«, begann sie.

»Das stimmt«, sagte Winter. »Es ist alles genau in ihrem Notizbuch vermerkt.«

»Auch Albert wird das sicher vor Gericht bestätigen«, führte Irina weiter aus. »Er hat uns schon öfters zusammen gesehen. Jedenfalls mag der werte Herr Baron es gerne etwas härter. Er mag es, wenn man ihm ordentlich den Arsch versohlt. Doch heute … heute nach der Feier war er sehr betrunken und wollte den Spieß umdrehen. Er hat begonnen, mich zu schlagen.« Sie deutete auf ihre aufgeplatzte Lippe und den blauen Fleck am Kinn. »Ich habe in seinen Augen gesehen, dass er nicht eher von mir lassen würde, bis ich tot bin.«

»Gott sei Dank waren wir rein zufällig gerade in der Nähe«, erklärte Emmerich. »Wir haben Fräulein Novotnys Schreie gehört und sind unserer Pflicht nachgekommen.« Er lächelte.

Zabanyi klatschte in die Hände. »Eine schöne Geschichte haben Sie sich da ausgedacht. Gratuliere, Sie haben es in mein Haus geschafft – aus dem Ihr Kollege Brühl Sie gleich wieder rausschmeißen wird.« Er streckte eine Hand zum Telefonhörer aus.

»Das wird leider warten müssen.« Mit einem zufriedenen Lächeln legte Emmerich ihm ebenfalls Handschellen an und deutete nach oben. »Erst müssen wir aus ermittlungstechnischen Gründen einen Blick in Ihren Tresor werfen.«

Er führte den schimpfenden Zabanyi, begleitet von Winter und Irina, in dessen Büro, trat an die Wand und nahm das Gemälde ab. »Wollen Sie den Tresor für uns öffnen, oder müssen wir das selbst übernehmen?«

»Da ist nichts Spannendes drin.«

»Das würden wir gerne selbst beurteilen.« Emmerich zündete sich eine Zigarette an. »Ich werde hineinschauen. So oder so. Ich bin mir ganz sicher, der Schlüssel ist nicht weit weg, und auch wenn – ich bin recht gut im Schlösserknacken.«

Zabanyi schaute ihm in die Augen, Emmerich tat es ihm gleich.

»Sie sind ein ganz schön durchtriebenes Subjekt«, stellte Zabanyi nach einigen Augenblicken fest, in denen sie sich mit Blicken gemessen hatten.

»Sie müssen's ja wissen.«

Zabanyi seufzte, ging schließlich zum Schreibtisch und betätigte einen versteckten Hebel, woraufhin ein kleines

Türchen aufsprang. Er fasste in den Hohlraum dahinter, holte einen schmalen Schlüssel daraus hervor und öffnete den Tresor.

Emmerich schob ihn zur Seite und starrte hinein. Der kleine Safe war voll mit Papieren. »Hilf mir beim Durchschauen«, wandte er sich an Winter und begann die Dokumente zu sichten.

»Noch mehr Schuldscheine, Urkunden ...«, murmelte Emmerich leise und legte ein Schriftstück nach dem anderen zur Seite. »Was ist das?« Er hielt Zabanyi den Grundriss eines Gebäudes vor die Nase.

»Schloss Zichy.« Zabanyi seufzte. »Das ist seit Jahrhunderten im Besitz meiner Familie. Ich will es renovieren lassen.«

»Wenn Sie sonst keine Sorgen haben.« Emmerich legte die Pläne weg und nahm sich das nächste Dokument vor.

»Sie schwitzen.« Winter deutete auf Zabanyi. Tatsächlich rannen dem Politiker dicke Schweißtropfen über die Stirn und die Schläfen.

»Kein Wunder bei den Temperaturen.« Zabanyi wischte sich, so gut es mit den gefesselten Händen ging, übers Gesicht.

Emmerich legte den Kopf schief. »Nein«, murmelte er. »Es ist nicht die Hitze. Irgendetwas macht Sie nervös. Ist es das hier?« Er hielt ein Dokument in die Höhe.

Zabanyi blickte darauf und zuckte zusammen.

Emmerich nahm sich das Blatt genauer vor. Neun Namen standen dort; zwei waren durchgestrichen, neben den anderen sieben waren hohe Summen vermerkt. »Baron Miklas von Bárány: zehntausend Kronen«, las er vor. »Freiherr Richard von Sternheim: achtzehntausend Kronen, Graf Richard von und zu Lilienberg: vierzigtausend Kronen ...

Sind das Ihre Mitverschwörer? Und sind das die Summen, die sie dazu beigetragen haben, um Ihre Verschwörung zu finanzieren? Damit Sie Männer wie Pötzlein kaufen konnten?«

Zabanyi starrte auf seine Hände, er schien mit sich zu ringen.

»Es ist zu spät, noch den Ehrenmann zu spielen«, sagte Emmerich. »Wir haben die Namen. Wenn diese Männer an dem Komplott beteiligt sind, finden wir das sowieso heraus.«

Zabanyi haderte ganz offensichtlich mit der Antwort. »Wenn ich kooperiere, möchte ich, dass mir das später vor Gericht zugutegehalten wird. Habe ich Ihr Wort?«

Elender Opportunist, dachte Emmerich. Wie ein Fähnchen im Wind.

»Habe ich Ihr Wort?«

In Emmerichs Nicken hinein murmelte Zabanyi etwas Unverständliches.

»Etwas lauter, wenn ich bitten darf.« Emmerich hielt sich eine Hand ans Ohr und beugte sich zu ihm.

»Ja«, wiederholte Zabanyi. »Das sind meine Mitverschwörer.«

»Na also, geht doch.« Emmerich klärte Zabanyi über seine Rechte auf und wies Winter an, den ehemaligen Baron nach unten zu bringen, während er sicherstellte, keine wichtigen Unterlagen im Tresor vergessen zu haben.

»Was haben Sie jetzt mit dem Mistkerl vor?«, fragte Irina. Sie öffnete das Fenster und atmete durch.

»Wir bringen ihn in den Arrest. Danach veranlassen wir die Verhaftung der anderen Attentäter und geben bei Schober Entwarnung.«

Irina lächelte. »Das ist ja alles glattgelaufen.«

Emmerich trat neben sie, nahm einen letzten Zug von seiner Zigarette und sah dem Rauch dabei zu, wie er von der lauen Nachtluft davongetragen wurde. Sie hatte recht, überlegte er. Es war tatsächlich alles sehr glattgelaufen.

Zu glatt vielleicht?

37

»August! August!«, drang ein zartes Stimmchen in sein Ohr.

Emmerich murmelte etwas Unverständliches. Er war todmüde, der Stress der vergangenen Tage und vor allem die letzte Nacht steckten ihm in den Knochen. Er hatte lange Stunden hinter sich. Stunden voller Einsprüche, Proteste und Drohungen. Stunden voller Papierkram und Paragrafen.

Sie hatten alle Männer auf Zabanyis Liste verhaften lassen und sie anschließend getrennt voneinander befragt. Die feinen Herren hatten sich empört gegeben, hatten vehement alle Anschuldigungen abgestritten und ihre Rechtsbeistände aus den Betten geklingelt. Nach und nach waren die besten Advokaten der Stadt im Polizeigefängnis eingetrudelt. Die Crème de la Crème der Wiener Anwaltskammer hatte sich verschlafen und übellaunig in der Rossauer Lände eingefunden und dort einen ziemlichen Aufstand veranstaltet. Nach langen Diskussionen hatten sie ihren Klienten empfohlen zu schweigen, was diese dann auch getan hatten, eisern und voller Groll.

Emmerich war das egal gewesen, bald würden die Konspiranten trotzdem ihre Münder aufmachen. Zabanyi hatte nämlich geschworen, er würde auspacken, wenn ihm im Gegenzug Straffreiheit zugesichert würde. Sobald er die schriftliche Einverständniserklärung des Staatsanwalts in Händen hielt, würde er alles im Detail erzählen und anschließend ein Geständnis unterschreiben.

»August!«

Emmerich öffnete seine Augen einen Spaltbreit und erblickte ein Lächeln so voller Freude, wie nur Kinder sie ausstrahlen konnten. »Paul«, murmelte er. »Wie spät ist es?«

»Zehn«, verkündete der Kleine. Die Euphorie, die er dabei versprühte, war so innig, dass es Emmerich ganz warm ums Herz wurde. Er hatte das Kind schon lange nicht mehr so glücklich gesehen.

Er wischte sich übers Gesicht und blinzelte. »Was gibt es denn?«

»Der Rummel.« Pauls Lächeln wurde noch breiter, es reichte beinahe bis zu seinen Ohren. »Wollen wir?«

»Der Rummel?«

Paul nickte. »Du hast versprochen, wir gehen, wenn du wieder zurück bist.«

»Hör zu, ich hab gerade mal zwei Stunden geschlafen. Ich bin sehr müde. Ich …«

Pauls Lächeln erstarb, genauso wie das Glitzern in seinen Augen. Die traurige Miene, die er seit dem Tod seiner Mutter meist aufsetzte, hatte ihren Platz eingenommen.

»Können wir nicht vielleicht später gehen? Oder morgen? Der Rummel ist noch länger in der Stadt.«

Der Schatten, der sich über Pauls Gesicht gelegt hatte, wurde dunkler. »Später oder morgen musst du wieder arbeiten.« Seine Unterlippe bebte. »Immer musst du arbeiten.« Der Kleine drehte sich um und ging zur Tür.

Das schlechte Gewissen breitete sich in Emmerichs Brust aus und machte sich tonnenschwer. Er stöhnte leise und setzte sich auf. »Warte«, murmelte er und rieb sich die Augen. »Sag Emil und Ida Bescheid. Ich komme gleich.«

»Ja? Wirklich?«

»Ja. Wirklich.«

Paul stürmte aus dem Zimmer, und Emmerich quälte sich aus dem Bett. Er würde seine väterliche Pflicht erfüllen, ein, zwei Stunden auf dem Rummel verbringen und sich danach wieder hinlegen.

Er wusch sich das Gesicht, zog seinen Anzug an und humpelte ins Wohnzimmer, wo Frau Seidl und Irina am Tisch saßen und Tee tranken. Vor ihnen stand Paul und erzählte aufgeregt von dem bevorstehenden Ausflug.

»Das klingt toll«, sagte Irina.

»Kommst du mit?«, fragte der Kleine.

Sie überlegte und nickte. »Ja, das wird sicher lustig.«

Frau Seidl schien das anders zu sehen. »Sie sollten sich lieber um seine Wäsche kümmern.« Sie zeigte auf Emmerichs zerknitterten Anzug, dessen Hosenbein noch immer mit Loos Blut besudelt war. »Was auch immer das für Flecken sind – ich will es gar nicht wissen. Jedenfalls können Sie so nicht aus dem Haus gehen. Sie sehen aus wie ein Vagabund. Ein gefährlicher Vagabund. Ein gefährlicher, völlig irre gewordener …«

»Ich hab's verstanden.« Emmerich ging zurück in sein Zimmer. Da er nichts anderes Sauberes anzuziehen hatte, musste er noch einmal Reinmanns Anzug bemühen. »Besser?«, fragte er, als er wieder ins Wohnzimmer kam.

»Viel besser«, sagte Frau Seidl. »Ich wusste ja gar nicht, dass Sie so einen schicken Aufzug haben. Darin sehen Sie aus wie ein richtiger Mensch. Kleider machen Leute.«

»Leute machen Leute«, knurrte Emmerich und sparte sich jeglichen weiteren Kommentar. »Seid ihr fertig?«, wandte er sich den Kindern zu, die geschniegelt und gestriegelt im Flur auf ihn warteten.

Und ob sie das waren. Mit geröteten Wangen und glänzenden Augen fassten sie ihn an den Händen und zogen ihn hinunter auf die Straße, wo ein weiterer heißer Tag sie in Empfang nahm.

Den Kindern schienen die Temperaturen nichts auszumachen. Sie lachten und sprachen wild durcheinander, während sie durch die Straßen spazierten.

»Können wir einen Luftballon haben?«, fragte Paul.

»Können wir Dosenwerfen?«, fragte Emil.

»Und mit dem Karussell fahren?«, fragte Ida.

Emmerich sah nach, wie viel Geld er dabeihatte, und nickte. »Wenn wir dafür den Rest des Monats ein bisschen sparsam sind, geht sich das aus.«

Sie gingen über die Josefs- und die Stadiongasse in Richtung Rathausplatz. Als sie sich dem Parlament näherten, trieb Emmerich die drei zur Eile an. »Auf, auf«, scheuchte er sie voran. Er wollte sich nicht der Peinlichkeit aussetzen, Minister Reinmann in dessen Anzug zu begegnen.

Glücklicherweise ließen sich die Kinder das nicht zweimal sagen und rannten so schnell sie konnten dem Volksgarten entgegen.

Bereits von Weitem konnte man die Musik der Drehorgelspieler und die lauten Rufe der Schausteller hören. Ein roter Luftballon war von einem Windstoß erfasst worden und trieb nun der Sonne entgegen. Wie Ikarus würde er bald abstürzen.

Emmerich kam den Kleinen kaum nach. »Vielleicht nicht ganz so schnell.« Er warf einen Blick hinüber zum Parlament, das sich rechts von ihnen befand – und er hoffte, dass es ihnen wirklich gelungen war, alle wichtigen Drahtzieher der Verschwörung unschädlich zu machen und die Gefahr damit auch tatsächlich gebannt zu haben.

Er kam nicht dazu, sich groß weiter Gedanken darüber zu machen, da die Kinder ihn an den Hosenbeinen packten, über den Ring und mitten hinein ins Getümmel bugsierten. Sie passierten einen Jongleur, überquerten den vertrockneten Rasen, auf dem noch vor Kurzem saftiges Gras gesprossen war, und blieben vor einem Eiscremestand stehen.

»Können wir?«

Emmerich nickte, drückte dem Verkäufer ein paar Kronen in die Hand und sah den Kindern zu, wie sie andächtig die Sorten auswählten.

»Willst du nicht auch eines?«, fragte Emil.

»Ich will lieber so was.« Emmerich deutete auf einen Mann mit einem Bauchladen, der durch die Menge ging und Zigaretten verkaufte. »Eine Packung NIL bitte.« Er reichte dem Mann ein paar Münzen, nahm das Päckchen entgegen und zündete sich einen an.

»Erinnern Sie sich noch an den Nero? Den Hund vom Herrn von Szabo – dem Pächter des Volksgartencafés?«, fragte eine vorbeiflanierende Dame eine andere. »Den, der so gern Kutsche gefahren ist?«

»Aber ja, wie könnte ich den jemals vergessen«, erwiderte ihre Freundin. »Früher war hier alles viel schöner. Nicht nur die Zeit und die Menschen – sogar die Tiere waren nobler.«

Währenddessen hatten die Kinder ein Pferdekarussell entdeckt. Emmerich bezahlte den Schausteller und sah ihnen zu, wie sie sich erst langsam und dann immer schneller im Kreis drehten.

Sie waren gerade mal eine Viertelstunde im Volksgarten, aber Emmerich hatte bereits die Hälfte seiner Barschaft ausgegeben. Wenn das so weiterging, musste er bald wieder als Bittsteller bei Kolja vorstellig werden. Der Missmut, der ihn bei diesem Gedanken überkam, verschwand sofort wieder, als er die fröhlichen Gesichter der Kinder sah. Er erwiderte ihr Winken, mit dem sie ihn jedes Mal bedachten, sobald sie von den hölzernen Pferden an ihm vorbeigetragen wurden.

Er lehnte sich gegen die Außenwand des nahe gelegenen Schießstands, rauchte, winkte, winkte und rauchte, wobei er sich immer wieder dabei ertappte, nervös in Richtung Parlament zu schielen. Er erinnerte sich an Zabanyis Versprechen, ein Geständnis abzulegen, an die Liste mit den Mitverschwörern. Er dachte an die Tasche, das Monogramm, die Zeitungen, die Codes – alles ergab ein rundes Bild. Warum also die Zweifel? Er blickte zum Parlament, und je länger er auf das Gebäude starrte, desto mehr Raum nahm das ungute Gefühl ein.

»Emmerich!«, schrie da plötzlich jemand. »Inspektor Emmerich.«

Er drehte den Kopf und sah, wie Ferdinand Winter mit hochrotem Kopf auf ihn zugerannt kam, wobei er beinahe einen Stelzenläufer umgeworfen hätte. Hinter ihm hetzte Irina her.

»Was ist denn los?«

»Das Attentat.« Winter hielt sich die Seite und rang nach Atem.

»Was ist damit?« Emmerich spürte, wie sich die Nervosität in seiner Brust breitmachte.

Winter japste, brachte keinen Ton heraus. Er war völlig aus der Puste.

Emmerich schaute Irina fragend an.

»Keine Ahnung.« Sie zeigte auf Winter. »Er kam vorhin völlig aufgelöst zu Frau Seidl in die Wohnung gestürmt und wollte wissen, wo Sie sind. Er meinte, es ginge um Leben und Tod. Ich sagte ihm, Sie seien mit den Kindern auf dem Rummel im Volksgarten. Was ist denn jetzt los?«

Beide Augenpaare waren auf Winter gerichtet.

»Mir ist plötzlich etwas eingefallen«, presste der hervor. »Dieses Schloss Zichy ...«

»Das Gebäude, das Zabanyi renovieren lassen will?«

»Richtig ... Mein Onkel war oft dort, zum Jagen, zum ...«

»Ferdinand, komm mal auf den Punkt!«, forderte Emmerich.

»Zichy ist klein. Weitaus kleiner als das Gebäude auf den Skizzen. Ich bin also ins Büro gefahren und habe mir die Grundrisse noch einmal genau angesehen.« Winter zog die Pläne aus seiner Tasche, faltete sie auseinander und hielt sie Emmerich vor die Nase. »Das hier ist ...«

»... das Parlament«, vervollständigte Emmerich den Satz. Er starrte auf die gegenüberliegende Seite der Ringstraße, wo das Gebäude in all seiner Größe und Herrlichkeit aufragte. »Wahrscheinlich wollten sie Schober dort erledigen.« Unvermittelt musste er an Cäsar denken, der während einer Senatssitzung ermordet worden war.

»Da ist noch mehr.« Winters Atmung hatte sich wieder etwas beruhigt. »Die Liste, die Mitverschwörer ... Ich habe die Summen neben ihren Namen addiert. Es sind genau einhundertvierzigtausend Kronen.«

Emmerich überlegte. Er hatte von exakt dieser Summe schon einmal gehört. Und das war noch gar nicht so lange her. Doch in welchem Zusammenhang war das gewesen?

»Leo Wölfling«, erklärte Winter. »Der ehemalige Erzherzog Leopold von Toskana hat ein Skandalbuch geschrieben. *Habsburger unter sich.* Eine Gruppe von Aristokraten hat Geld gesammelt, damit er seinen Auftritt auf der Sommerredoute absagt. Es waren offenbar genau ...«

»... einhundertvierzigtausend Kronen.« Emmerichs Puls beschleunigte. Die bleierne Müdigkeit, die ihm in den Knochen steckte, wurde durch eine Welle von Adrenalin davongespült. »Die Liste. Sie umfasst gar nicht die Verschwörer.«

»Zabanyi hat uns allen etwas vorgemacht.« Winter packte ein Taschentuch aus und wischte sich damit übers Gesicht. »Er hat sich selbst als Bauernopfer dargebracht und uns in dem Glauben gelassen, wir hätten das Attentat verhindert, dabei …«

»Dabei sind die restlichen Verschwörer noch auf freiem Fuß und können jeden Moment zuschlagen.« Emmerichs Herz pochte nun so heftig, dass er fürchtete, es würde aus seiner Brust springen. »Ich Idiot«, sagte er resigniert. »Ich elender Idiot.«

Irina fasste ihn am Arm. »Noch ist Zeit. Vielleicht können Sie das Attentat doch noch verhindern. Gibt es irgendetwas, das ich tun kann?«

Er nickte und deutete auf das Karussell, auf dessen Holzpferden Emil, Ida und Paul noch immer ihre Runden drehten. »Kümmern sie sich um die drei.«

Noch ehe Irina antworten konnte, waren Emmerich und Winter im Getümmel verschwunden.

Sie stürmten durch den Volksgarten, über den Ring, am Pallas-Athene-Brunnen vorbei und über die Rampe zum Eingang des Parlaments. Emmerich ignorierte sein schmerzendes Knie, und Winter hatte offensichtlich Seitenstechen, hielt er doch die ganze Zeit seine Hand gegen den Bauch gepresst. Wenn sie zu spät kamen, wenn sie es nicht schafften, die Attentäter aufzuhalten, war nicht nur Schobers Leben verwirkt, sondern auch das Ende der Republik eingeläutet.

»Polizei.« Emmerich präsentierte einem Wachmann, der sich ihnen in den Weg stellen wollte, seine Marke.

Der Mann musterte ihn, ließ seinen Blick über den eleganten Anzug wandern und nickte. Dann sah er Winter an, der schweißdurchtränkt, mit hochrotem Kopf und zerschundenem Gesicht neben Emmerich stand. »Er auch?«

»Ich auch.«

»Wo ist Schober?«, fragte Emmerich. »Wo ist der Bundeskanzler?«

Der Mann zuckte mit den Schultern. »Ich denke im Plenarsaal.«

Emmerich packte Winter am Arm. »Hoffentlich kommen wir noch rechtzeitig.«

38

Veit Kolja saß im Plenarsaal und gähnte, während der Nationalratspräsident die Tagesordnung verkündete.

»Erster Punkt ist die dritte Lesung des Bundesgesetzes über die Staffelung der Lebensmittelpreise. Berichterstatter ist der Herr Abgeordnete Kollmann; ich erteile ihm das Wort.«

Kollmann stand auf, erzählte irgendetwas von wegen unveränderter Annahme des Gesetzes, und Koljas Gedanken schweiften ab. Früher, vor dem Krieg, sollte es im Parlament teilweise hoch hergegangen sein. Acht Nationen waren hier vertreten gewesen, elf verschiedene Muttersprachen, siebzehn Kronländer und mehr als dreißig Parteien und Gruppierungen. Regelmäßig war es zu heftigen Konflikten und Auseinandersetzungen gekommen. Von den sogenannten »Pultdeckelkonzerten«, bei denen Abgeordnete durch das Hin- und Herschieben der Pultdeckel so viel Lärm verursachten, dass der jeweilige Redner nicht mehr verstanden wurde, bis hin zu Handgreiflichkeiten war alles vorgekommen. Von diesem Elan war nicht mehr viel zu spüren. Themen wie die landwirtschaftliche Nutzung von Heerespferden oder das Dienstverhältnis der kriegsbeschädigten Bundesangestellten entlockte den meisten Anwesenden nicht mehr als ein gelangweiltes Ächzen.

Kolja beugte sich vor und schaute zu Adelheid Rupert, der grauen Maus. Wie sie schon wieder dasaß in ihrem unförmigen schwarzen Kleid, das trotz der Hitze langärmelig und hochgeschlossen war. Das angegraute Haar hatte die Sozialdemokratin zu einem strengen Knoten gebunden, die schmalen Lippen verbissen zusammengepresst.

Er lehnte sich wieder zurück und spürte auf einmal, dass sich die Stimmung im Saal verändert hatte. Die Atmosphäre, die bis gerade eben noch von Monotonie und Langeweile erfüllt gewesen war, prickelte plötzlich, als wäre sie elektrisiert worden. Eine gewisse Aufregung lag in der Luft, ein nervöses Brodeln. Er kannte diese Stimmung von früher, als er selbst noch Raubüberfälle und Einbrüche begangen hatte: So fühlte sich die Ruhe vor dem Sturm an. Doch was für ein Sturm zog hier gerade auf?

Adelheid Rupert hatte wohl etwas Ähnliches wahrgenommen, denn auch sie sah sich fragend um.

Ob es etwas mit den schwarzen Bändern zu tun hatte, die ein paar der Abgeordneten trugen? »He.« Kolja tippte dem Mann, der vor ihm saß, von hinten auf die Schulter. »Was hat es damit auf sich?« Er zeigte auf den schmalen Stoffstreifen, den dieser um den Oberarm gebunden hatte.

»Das werden Sie gleich sehen.« Der Mann blickte auf seine Uhr.

»Was? Was werde ich sehen?«

Anstatt zu antworten, starrte der Mann auf den Sekundenzeiger, der unermüdlich seine letzte Runde drehte, bevor die Stunde voll war. »Noch fünf«, sagte der Mann. »Vier, drei, zwei, eins.« Als der Zeiger die letzte Position erreicht hatte, stand er auf und beugte sich nah zu Kolja. »Ich weigere mich, Teil eines Systems zu sein, in dem Geschmeiß wie Sie über unsere Gesetze bestimmen darf«, flüsterte er und ging zur Tür.

Die Beleidigung war für Kolja völlig aus dem Nichts gekommen. Mit offenem Mund starrte er dem Kerl hinterher.

Der Mann war nicht der Einzige, der den Saal verließ. Alle Abgeordneten, die ein schwarzes Band trugen, waren aufgestanden und marschierten nun geschlossen in Richtung Ausgang.

»Ich erlaube mir anzufügen, dass die Deckung für diese Mehrauslagen in einem Teil der Mehreinnahmen …«, referierte der Bundesminister für Finanzen, hielt dann mitten im Satz inne und tat das, was auch der Rest des Saals tat. Er starrte den Abtrünnigen mit fragendem Blick hinterher.

»Was soll das?«, durchbrach Kolja die gespenstische Stille. »Wo wollen Sie alle hin?«

Die Männer ignorierten ihn. Schweigend verließen sie den Plenarsaal, und einer nach dem anderen trat hinaus auf den Flur.

Im Plenarsaal machte sich allgemeine Ratlosigkeit breit. Wohin man auch blickte, sah man in fragende Gesichter. Als die Tür mit einem lauten Knall zugeschlagen wurde, zuckte der Großteil der Abgeordneten und Minister vor Schreck zusammen.

Von leisem Murmeln begleitet, ging einer der Saaldiener zur Tür, öffnete sie und starrte hinaus.

»Was ist?«, rief Adelheid Rupert.

Der Saaldiener drehte sich um, und auf seinem Gesicht spiegelte sich blankes Entsetzen.

39

»Was ist denn da los?« Winter starrte den Männern hinterher, die mit angespannten Mienen und eiligen Schritten an
ihnen vorbei durch die große Halle des Parlamentsgebäudes hasteten.

Emmerich antwortete nicht, stattdessen fasste er seinen
Assistenten am Arm und zog ihn hinter eine der Marmorsäulen.

»Was geht hier vor?«, flüsterte Winter.

Emmerich bedeutete ihm zu schweigen, spähte an der
Säule vorbei und beobachtete drei breitschultrige Wachmänner, die dicke Holzbretter auf ihren Schultern trugen
und damit in das Vorzimmer des Sitzungssaals liefen. Er
wartete kurz ab und folgte ihnen so unauffällig wie möglich.

»Sie haben kein schwarzes Band«, hörte er einen Mann
sagen.

»Wie? Was? Was für ein Band?«, stammelte ein anderer.

Emmerich huschte an der Wand entlang durch den Raum
und starrte durch die Tür an dessen anderem Ende, hinaus
auf den Flur. Auf der gegenüberliegenden Seite konnte er
erkennen, wie ein Saaldiener völlig verdattert einen der
Wachmänner anstarrte, der ihm breitbeinig den Durchgang
versperrte.

»Wer kein schwarzes Band hat, darf den Saal nicht verlassen.« Mit diesen Worten verpasste der Wachmann dem

Saaldiener einen Schubser, sodass dieser zurück in den Plenarsaal taumelte, und schlug die Tür zu.

Augenblicklich begannen die beiden anderen Männer die Tür zuzunageln. Sie arbeiteten schnell und effizient, und aus dem Gebäude war weiteres Gehämmer zu vernehmen.

»Die verriegeln alle Türen des Plenarsaals«, flüsterte Winter, der Emmerich gefolgt war. »Wo ist der Sicherheitsdienst?«

»Ich fürchte, das ist der Sicherheitsdienst.« Emmerich unterdrückte den Drang, sich eine Zigarette anzuzünden. »Gib mir die Pläne«, flüsterte er und streckte seine Hand aus.

Winter tat, wie ihm geheißen.

Emmerich studierte die Grundrisse. »Scheiße«, murmelte er schließlich und zeigte auf ein kleines schwarzes X.

»Das habe ich auch schon gesehen«, sagte Winter. »Aber das ist im Souterrain, darum habe ich dem Kreuz keine Bedeutung zugewiesen. Die werden Schober ja wohl nicht im Keller umbringen wollen, oder?«

Emmerich massierte seine Nasenwurzel, das Dröhnen der Hämmer hallte wie ein unheilvolles Omen durch das Gebäude. »Mein Gott«, zischte er plötzlich. »Erinnerst du dich an die Explosionskatastrophe in Haschendorf vor einer Woche?«

Winter nickte. »Ein Sprengstofflager ist in die Luft geflogen.«

»Genau. Es wird angenommen, dass die Explosion einen Einbruch vertuschen sollte. Und rate mal, wer just zu dem Zeitpunkt dort war. Alfred Pötzlein.«

Winter ahnte wohl, worauf sein Vorgesetzter hinauswollte, denn er wurde ganz blass. »Scheiße«, murmelte jetzt auch er. »Die wollen das Parlament sprengen.«

40

Kolja stand auf, stapfte zur Tür und schob Bundeskanzler Schober, der ratlos davorstand, zur Seite. »Lassen Sie mich das machen«, sagte er und rüttelte am Knauf.

»Den Türknauf betätigen – was für eine brillante Idee«, ätzte Adelheid Rupert. »Darauf wäre außer Ihnen nie im Leben jemand gekommen.«

Kolja schenkte ihr einen genervten Blick, zog sein Jackett aus und drückte es ihr in die Hand. »Halt das mal, Pupperl«, sagte er und krempelte seine Hemdsärmel hoch. »Mit Wäsche kennt ihr Weiber euch ja aus.«

Demonstrativ ließ sie das gute Stück auf den Boden fallen.

Kolja tat, als hätte er es nicht gesehen, und trat gegen die Tür. Als dies nicht den gewünschten Erfolg erzielte, nahm er Anlauf und rammte seine Schulter gegen das Holz. Nichts passierte. So unauffällig wie möglich rieb er sich seinen schmerzenden Oberarm und sah sich um.

Das leise Gemurmel von vorhin war lauten Diskussionen gewichen. Manche Abgeordnete hämmerten verzweifelt gegen Türen, andere suchten sichtlich desperat nach weiteren Möglichkeiten, den Saal zu verlassen.

»Meine Herren!«, schrie der Nationalratspräsident. »Bewahren Sie Ruhe. Ich bin mir sicher, es gibt für all dies eine harmlose Erklärung.«

»Was, wenn nicht?«, schrie jemand. »Was, wenn die uns Böses wollen?«

Die Stimmen schwollen an, Schreie erklangen, Panik brach aus. Selbst Kolja empfand etwas, das er schon lange nicht mehr verspürt hatte: Angst. Wie eine eiskalte Woge breitete sie sich in seinem Körper aus. Er war wie eingefroren in der Zeit, konnte sich nicht bewegen, nahm alles um sich herum wie in einem schlimmen Traum wahr, aus dem er hoffentlich gleich erwachen würde.

»Sie!« Die kleine Adelheid Rupert hatte sich vor ihm aufgebaut. »Mit mir!«, befahl sie.

Da Kolja weder eine passende Entgegnung oder sonst etwas einfiel, folgte er ihr.

»Sie! Sie! Und Sie!« Nach und nach zeigte Rupert auf die größten und stärksten Abgeordneten und leitete sie zu dem Tisch, an dem normalerweise die Stenografen saßen. »Auf drei heben Sie ihn hoch. Wir verwenden ihn als Rammbock. Alles hört auf mein Kommando.«

Kolja schaute die resolute Politikerin an und verspürte zum zweiten Mal innerhalb weniger Minuten ein lange verschüttetes Gefühl.

Er empfand aufrichtigen Respekt vor einer Frau.

41

»Worauf warten Sie?« Winter fasste an seine Waffe und deutete auf die Sicherheitsmänner, die gerade dabei waren, den letzten Nagel einzuschlagen.

Emmerich schüttelte den Kopf und zeigte in die andere Richtung. Gemeinsam schlichen sie zurück in die Säulenhalle, während das Hämmern nach und nach verklang.

»Was tun Sie denn? Wir müssen doch die Abgeordneten retten«, zischte Winter.

»Ohne passendes Werkzeug würde es viel zu lange dauern, die Bretter wieder runterzukriegen. Außerdem sind die nicht nur zu dritt. Du hast es doch gehört. Alle Türen wurden verriegelt. Hier sind mindestens ein Dutzend Männer zugange. Das sind zu viele. Wir können es nicht mit allen aufnehmen, und die werden sich auch nicht von unseren Waffen einschüchtern lassen. Die sind zu allem bereit.« Er sah Winter eindringlich an. »Uns bleibt nur eine Möglichkeit. Wir müssen die Bombe entschärfen.«

Winter riss die Augen auf. »Wissen Sie denn, wie so etwas geht?«

Emmerich studierte die Pläne. »Das werden wir gleich herausfinden.« Er deutete in Richtung Atrium. »Wir müssen zurück ins Vestibül, von dort führt eine Treppe nach unten.« Er kontrollierte, ob die Luft rein war, und rannte los.

»Was ist denn bloß los?«, rief der Portier ihnen entgegen.

Ohne stehen zu bleiben, zückte Emmerich seine Marke. »Verschwinden Sie!«, rief er dem Mann zu. »Hauen Sie ab, so schnell wie möglich.« Gemeinsam mit Winter bog er nach rechts, wo eine schmale, geschwungene Treppe hinunter in die Untiefen des Parlaments führte.

Die Waffe im Anschlag und den Körper voller Adrenalin, liefen sie in den Keller und fanden sich in einem langgestreckten Korridor wieder. Hier, im Bauch der Republik, ging es schlichter als im Geschoss darüber zu, nach Zierrat oder Ornamentik suchte man vergebens. Der Boden war aus Stein, die Mauern grob verputzt, einfache Messinglampen, die an den Wänden montiert waren, spendeten spärliches Licht.

»Ich glaube, wir müssen uns links halten und dann weiter vorne rechts abbiegen«, sagte Winter, und Emmerich nickte.

Sie drangen tiefer in das unterirdische Labyrinth ein und passierten eine unglaubliche Anzahl von Wirtschaftsräumen, in denen alles hergestellt und gelagert wurde, was man benötigte, um die Demokratie am Laufen zu halten. Auch Abgeordnete mussten essen, trinken und die Toilette benutzen. Sie brauchten Möbel, Schreibutensilien, Licht, Wärme und frische Luft.

»Verlassen Sie das Gebäude!«, rief Emmerich einem verschwitzten Arbeiter zu, der ihnen mit einer Sackkarre voll leerer Wasserflaschen entgegenkam. »Laufen Sie. Laufen Sie so schnell Sie können. Sie auch.« Er präsentierte einem Wäschermädel, das einen Stapel frisch geplätteter Tischtücher trug, seine Marke. »Hier geht gleich eine Bombe hoch.«

Die beiden schauten schockiert und nahmen die Beine in die Hand.

Der verborgene Teil des Parlaments entpuppte sich als eine Art kleines Dorf. Hier unten gab es eine eigene Tischlerei, eine Schlosserei, eine Wäscherei, Maschinenräume und Lagerstätten – ein Motor, der das parlamentarische Werk am Laufen hielt. Hier schuftete das einfache Volk, während die feinen Damen und Herren über ihnen, die keine Ahnung vom harten Alltag der gewöhnlichen Leute hatten, über deren Leben entschieden.

Endlich erreichten Emmerich und Winter eine unscheinbare Metalltür, die die Aufschrift »Heizung und Ventilation« trug.

Emmerich sah auf den Plan. »Dahinter muss es sein«, sagte er und öffnete die Tür.

Vor ihnen lag ein großer Raum, dessen niedrige Decke von viereckigen Säulen getragen wurde, zwischen denen sich eine Vielzahl von Kreuzgewölben bildeten. Das schummrige Licht, das die wenigen schlichten Industrielampen verbreiteten, drang nicht bis in alle Ecken.

Emmerich richtete seine Waffe in das Zwielicht und wartete, bis sich seine Augen an die Düsternis gewöhnt hatten, dann betrat er das Gewölbe. Der Putz bröckelte vom rohen Mauerwerk herunter, und in den nackten Ziegelboden waren Belüftungsgitter eingelassen. Aus der Wand ragten schwere Eisenräder, mit denen man die Luftzufuhr in den darüberliegenden Räumen regulieren konnte. Daneben, in einer Ecke, standen Weinkisten übereinandergestapelt, davor lag ein Haufen Sperrmüll, den hier wohl irgendjemand zwischengelagert hatte: ein schiefes Pult, zwei zerbrochene Stühle und ein kaputter Lüster.

»Was ist das?«, flüsterte Winter und deutete auf den Boden.

Tatsächlich rumorte es unter ihnen. Leises Zischen und Rattern drang durch die Steine, ganz so, als würden sie auf einem lebenden Organismus stehen.

»Das muss das Ventilationssystem sein.« Emmerich huschte von Säule zu Säule und sondierte den Raum, bis er endlich sicher sein konnte, dass sie allein waren.

»Ich kann nirgendwo eine Bombe entdecken.« Winter sah sich fragend um.

»Sie muss aber hier sein.« Emmerich konsultierte noch einmal den Plan. »Wir sind im richtigen Raum, im Raum mit dem X.« Er schloss die Augen und versuchte, die Geräusche der Lüftungsanlage auszublenden. »Hörst du das?«, fragte er plötzlich. »Da ist ein Ticken.« Er rannte zu den Weinkisten und hob vorsichtig einen der Deckel in die Höhe. »Verdammt«, murmelte er.

Winter war neben ihn getreten und starrte in die Kiste, die mit einer durchscheinenden, blassgelben Masse gefüllt war. »Das sieht aus wie Sülze.«

»Das ist Sprenggelatine, die ist noch stärker als Dynamit.« Emmerich trat einen Schritt zurück, zählte die Kisten und überschlug, wie viel Explosivstoff sie wohl enthielten. »Das ist viel«, sagte er. »Verdammt viel. Die Schweine wollen auf Nummer sicher gehen. Wenn das alles in die Luft fliegt …« Sämtliche Farbe wich plötzlich aus seinem Gesicht. »Die Kinder«, murmelte er. »Hör zu.« Emmerich fasste Winter an den Schultern. »Die Uhr tickt, im wahrsten Sinne des Wortes. Wir haben keine Zeit für Diskussionen. Ich will, dass du ohne Widerrede genau das tust, was ich dir jetzt sage. Versprochen?«

Winter nickte.

»Wenn das alles explodiert, ist es möglich, dass auch die umliegenden Gebäude und Straßen etwas abbekommen. Gut möglich, dass auch der Rummel in Mitleidenschaft gezogen wird. Du musst die Kinder in Sicherheit bringen. Jetzt sofort.«

»Aber …«

»Tu's einfach. Du hast es versprochen.« Emmerich wandte sich den Kisten zu und nahm einen Deckel nach dem anderen ab. »Worauf wartest du?«

»Ich kann Sie doch hier nicht alleine lassen. Was, wenn Sie Hilfe brauchen?«

»Was ich brauche, ist ein kühler Kopf. Den habe ich aber nicht, solange die Kinder in Gefahr sind.«

»Wissen Sie denn überhaupt, wie man so eine Bombe entschärft?«

»An der Front habe ich mal zugesehen, wie eine gebaut wurde. Wenn ich mich nicht täusche, muss ich nur die Batterie vom Zeitschalter trennen.«

»*Mal zugesehen? Wenn ich mich nicht täusche?*« Winter schüttelte den Kopf. »Das ist viel zu gefährlich.« Er blickte auf seine Uhr. »Vielleicht ist noch ein bisschen Zeit. Vielleicht können wir jemanden finden, der sich besser auskennt.«

Behutsam zog Emmerich eine der Kisten ein paar Zentimeter nach vorn und fasste an das Kabel, das durch ein kleines Loch an ihrer Rückseite verlief. Vorsichtig folgte er dessen Verlauf. »Die Kabel enden alle in dieser Kiste hier. Darin muss der Zünder sein.« Emmerich ging in die Knie, ignorierte den Schmerz, öffnete besagte Kiste und betrachtete den Wecker, der sich darin befand. »Nur noch wenige Minuten«, sagte er. »Du musst verschwinden. Jetzt sofort. Bring so viele Menschen in Sicherheit, wie du kannst.«

»Sie haben nicht mal eine Zange oder sonst ein Werkzeug.« Winters Stimme zitterte.

»Lauf! Das ist ein Befehl!«, schrie Emmerich. »Niemandem ist geholfen, wenn wir beide sterben.«

»In Ordnung.« Winter fasste ihn am Oberarm. »Viel Glück, Herr Emmerich!« Dann verschwand er durch die Metalltür.

»Pass auf dich auf. Und auf die Kinder auch«, rief Emmerich ihm hinterher und versuchte dann, sich zu konzentrieren.

Wie war das gleich nochmal gewesen – damals in den Dolomiten? Er hatte das Gesicht des Sprengmeisters klar und deutlich vor Augen, konnte sich aber nicht mehr an dessen Worte erinnern. Wenn doch nur das elende Zischen der Ventilationsanlage endlich aufhören würde, genauso wie das verdammte Ticken des verfluchten Weckers. Wie sollte man da einen klaren Gedanken fassen?

Schweiß rann von seiner Stirn und über seine Nase und tropfte vor ihm auf den Boden. Er zog seine Jacke aus, öffnete die obersten Knöpfe des Hemds und krempelte die Ärmel hoch.

Die Bombe war zwar massiv, aber sie war nach einem äußerst simplen Prinzip gebaut. Der Wecker war an eine Batterie angeschlossen, die zur eingestellten Zeit eine elektrische Spannung erzeugen würde, die wiederum die Sprenggelatine in die Luft jagte. Wenn er sich nicht täuschte, war die Entschärfung eigentlich ganz einfach. Er musste nur die Verbindung von der Gelatine zur Batterie kappen beziehungsweise die von der Batterie zum Wecker. Er entschied sich für letztere Variante.

»Langsam«, sagte er zu sich selbst. »Immer mit der Ruhe.« Er starrte auf seine zitternden Hände und versuchte, seine Atmung unter Kontrolle zu bringen und seinen Herzschlag zu normalisieren. Er musste einfach nur das Kabel …

Er kam nicht dazu, den Gedanken weiterzuspinnen, denn ein Geräusch direkt hinter ihm ließ ihn hochschrecken.

Doch es war zu spät. Er nahm im Augenwinkel einen Schatten wahr und hörte zeitgleich, wie ein schwerer Gegenstand durch die Luft sauste. Als Letztes spürte Emmerich einen dumpfen Schlag auf den Hinterkopf, bevor die Welt verschwamm und alles schwarz wurde.

42

Ein schmerzhaftes Ticken drang durch den dichten Nebel, der Emmerichs Bewusstsein umhüllte. Jeder Sekundenschlag fühlte sich an, als würde jemand mit einem Gummiknüppel auf seinen Kopf dreschen, zusätzlich rann eine warme Flüssigkeit über seinen Nacken. Reflexartig wollte Emmerich hinfassen, doch es ging nicht. Er lag seitlich auf dem nackten Ziegelboden, und seine Hände – sie waren gefesselt, genauso wie seine Fußgelenke.

Die Bombe, fiel ihm siedend heiß ein. Der Schatten, das Sausen, der Hieb. Was war passiert? Wie lange war er bewusstlos gewesen? Er öffnete seine Augen und blickte auf ein Paar blank polierter Schuhe.

»Es stimmt, was man über Sie sagt«, hörte er eine bekannte Stimme. »Zäh wie ein sibirischer Häuselratz. Dachte ich mir doch, dass ich Sie vorhin durch die Säulenhalle habe huschen sehen.«

»Sie?!«, spuckte Emmerich aus.

»Hübscher Anzug, den Sie da tragen.« Reinmann grinste und prüfte die Kabel. »In wenigen Minuten ist es vollbracht.« Er hielt seine Taschenuhr so, dass Emmerich das Ziffernblatt sehen konnte. »Schließen Sie Frieden«, sagte er. »Mit Gott, mit der Welt und vor allem mit sich selbst. Sie haben sich tapfer geschlagen, weit besser, als ich es Ihnen zugetraut hätte. Sie haben keine Schande über sich und die Ihren gebracht.«

Emmerich starrte auf das schwarze Band, das um den Arm seines Widersachers gebunden war, und ließ seinen Blick anschließend zu den Zeigern der Uhr wandern. Unbeirrt zogen sie ihre Kreise, maßen die Zeit, die immer weiter voranschritt, dem scheinbar Unausweichlichen entgegen. »Ich vielleicht nicht, aber Sie.« Er spie die Worte förmlich aus. Spuckte sie dem anderen vor die Füße. »Sie werden als skrupelloser Verbrecher in die Geschichte eingehen.«

»Möglich. Vielleicht werde ich aber auch als Held gesehen werden, als jemand mit Mut, der das Richtige getan hat.«

»Das Richtige? Sie sind kurz davor, unschuldige Menschen zu töten.«

»Manchmal muss man etwas Schlechtes tun, um dadurch etwas Gutes zu erreichen. Gerade Sie müssten das doch wissen.«

Emmerich setzte an, um etwas zu sagen, schluckte die Worte aber wieder hinunter. Kein Argument der Welt würde sein Gegenüber umstimmen können, dessen Verblendung stärker war als jegliche Vernunft. Er wand sich im Staub und rüttelte an den Schnüren, mit denen seine Hände und Füße gefesselt waren, doch sie bewegten sich keinen Millimeter.

»Sehen Sie es doch endlich ein. Es gibt nichts mehr, was Sie noch tun könnten. Machen Sie sich bereit, Ihrem Schöpfer entgegenzutreten.«

»Dem Scheißkerl werd ich was erzählen.« Emmerich drehte sich auf den Bauch, robbte zur nächsten Wand und versuchte, seine Fesseln an einem hervorstehenden Eisenhaken durchzuwetzen.

Sein Peiniger seufzte und schüttelte den Kopf. »Ein kluger Mann weiß, wann es sinnvoll ist zu kämpfen. Er weiß auch, wann es an der Zeit ist zu sterben. Machen Sie Ihren Frieden.«

»Einen Dreck werde ich.« Emmerich schabte und rieb, bis warmes Blut an seinen Handgelenken herunterrann. Noch einmal blickte er auf die Zeiger der Uhr, die sich völlig gleichgültig nicht um das große Morden scherten, das kurz bevorstand. Gleich. Gleich würde er sterben, und mit ihm die Republik.

Reinmann griff nach dem Stuhlbein, mit dem er Emmerich vorhin niedergeschlagen hatte, und holte aus. »Tut mir leid«, sagte er. »Es wäre ein zu großes Risiko, Sie allein mit der Bombe zu lassen. Nachher finden Sie doch noch einen Weg, sie zu entschärfen.«

»Halt!«, schrie Emmerich und überlegte. »Eine letzte Zigarette.«

Reinmann hielt inne. Wie die Freiheitsstatue stand er da, den Prügel hoch über seinem Haupt erhoben.

»In meiner Brusttasche sind eine Packung NIL und ein Streichholzbriefchen.«

Reinmann sah auf seine Uhr und schüttelte den Kopf.

»Sie können einem Todgeweihten doch nicht seinen letzten Wunsch verweigern.« Emmerich sprach langsam, versuchte Zeit zu schinden, Zeit, die Reinmann nicht hatte, Zeit, die niemand in diesem Gebäude hatte. »Zumindest ein letzter Zug – das ist eine Sache der Höflichkeit und des Anstands.«

Reinmann schien zu zögern.

»Ein weiser Mann sagte einst: ›Wer nicht höflich genug, ist auch nicht menschlich genug.‹ Das wollen Sie doch nicht sein – unmenschlich? Oder?«

Reinmann seufzte. »Von mir aus.« Er bückte sich, um in Emmerichs Brusttasche zu fassen.

Schnell streifte Emmerich die Fesseln ab, packte Reinmanns Kopf und schlug ihn so fest wie möglich gegen die Wand.

Reinmann strauchelte, fiel zu Boden und blieb bewusstlos liegen.

Emmerich setzte nach, verpasste ihm einen Fausthieb und robbte mit noch immer gefesselten Beinen zu der Bombe.

Dieses Mal hatte er keine Zeit, um nachzudenken. Keine Zeit, sich an die Belehrungen des Sprengmeisters zu erinnern. Keine Zeit, an seiner Vorgehensweise zu zweifeln. Ohne zu zögern, riss er den Draht aus der Batterie, packte den Wecker und schmetterte ihn gegen die Mauer.

Das Ticken erstarb. Einzig das Zischen und Gurgeln der Ventilationsanlage und Reinmanns leises Stöhnen waren noch zu hören.

»Wie? Wie haben Sie das gemacht?« Dunkelrotes Blut rann über Reinmanns Stirn. Er versuchte aufzustehen, doch es wollte ihm nicht gelingen. Er schien noch völlig benommen zu sein und wand sich wie ein Wurm, wie ein heillos Betrunkener.

»Tja.« Emmerich präsentierte ihm seine Hand, deren Daumen in einem unnatürlichen Winkel abstand. »Eine weise Frau sagte einst: ›Es kommt immer darauf an, wie sehr man etwas will.‹«

43

Emmerich führte gerade Reinmann durchs Vestibül, als ein lauter Krach ertönte. Es klang wie das Splittern von Holz, gefolgt von Applaus und einem wilden Durcheinander. Schritte erklangen, kamen immer näher, bis eine Horde von Männern und eine Handvoll Frauen wie eine menschliche Woge aus dem Atrium geschwappt kam. Die Welle umspülte Emmerich, drängte ins Freie und nahm keine Notiz von ihm und seinem Gefangenen. Wie Motten schienen die Abgeordneten nur ein Ziel zu kennen: das Licht.

Eine einzige Gestalt arbeitete gegen die Strömung und schob sich von draußen ins Innere des Parlaments. »Sie haben es geschafft. Sie haben es tatsächlich geschafft«, rief Winter Emmerich entgegen.

»Wo sind die Kinder?«

»In Sicherheit. Ich habe Irina aufgetragen, so schnell wie möglich mit ihnen nach Hause zu laufen. Danach habe ich die Kollegen und die Feuerwehr gerufen und bin zurückgekommen.«

Gemeinsam mit Reinmann traten sie hinaus ins Freie, wo Emmerich den Gefangenen an zwei uniformierte Wachbeamte übergab, die mit zahlreichen Kollegen eingetroffen waren.

»Wie haben Sie das hinbekommen?«, fragte Winter.

Emmerich zündete sich eine Zigarette an, blickte in den

Himmel, wo zum ersten Mal seit langer Zeit dicke Regenwolken aufzogen, und lächelte. »Mit Höflichkeit, Ferdinand, mit Höflichkeit.«

»August, das war ja klar.« Der würzige Rauch einer teuren Zigarre begleitete die Worte. »Immer, wenn es irgendwo Ärger gibt, bist du nicht weit.« Veit Kolja war neben Emmerich getreten. »Verdammt, was war hier los?«

»Was hier los war? Ich würde sagen, Inspektor Emmerich hat Ihnen gerade das Leben gerettet«, erklärte Winter. »Ihnen, Bundeskanzler Schober und dem Rest der Regierung.«

»Stimmt das?«, fragte Kolja.

»Sieht ganz so aus.« Emmerich lächelte und konnte nicht umhin, sich an der verunsicherten Miene des sonst immer so souveränen Kolja zu ergötzen. »Was deine Dollar angeht, würde ich sagen, wir sind quitt«, sagte er und ließ den verdutzten Kolja einfach stehen.

Gemeinsam mit Winter spazierte er durch den einsetzenden Regen an der Ringstraße entlang. »Zur Feier des Tages gönnen wir uns ein Taxi«, sagte er und winkte einen Fiaker heran.

»Wohin soll es gehen?«, verlangte der Kutscher zu erfahren.

»In die Rossauer Lände, ins Polizeigebäude«, wies Emmerich an und ließ sich auf die weiche, ledergepolsterte Rückbank fallen. »Erledigen wir so schnell wie möglich den Papierkram«, sagte er zu Winter. »Danach geht es nämlich ins Museum.«

»Ins Museum?«, fragte Winter.

»Ich hatte den Kindern einen Ausflug versprochen – einen ohne Unterbrechungen.«

»Verstehe.« Winter überlegte. »Kann ich mitkommen?«

Emmerich musterte ihn und zeigte auf die leeren Manschetten und das zerschundene Gesicht. »So, wie du aussiehst?«

Lachend fuhren sie in Richtung Josefstadt, während schwere Regentropfen auf das Dach der Kutsche trommelten.

Samstag,
16. Juli 1921

44

»Gute Arbeit.« Oberinspektor Gonska hielt ein Blatt Papier in die Höhe.

»Was ist das?« Emmerich unterdrückte den Drang, sich eine Zigarette anzuzünden und das Büro seines Vorgesetzten mit blauem Dunst zu erfüllen.

Winter, der auch ins Polizeigebäude zitiert worden war, saß neben ihm und schaute ebenfalls fragend.

»Das ist eine Anweisung von ganz oben. Von Bundeskanzler Schober, um genau zu sein«, erklärte Gonska. »Sie beide wurden für eine Auszeichnung vorgeschlagen.«

Winter strahlte, während Emmerich die Nase rümpfte. »Eine Gehaltserhöhung wäre mir lieber.«

»Na, das mit der Höflichkeit müssen Sie wohl doch noch weiter üben.« Gonska lächelte und überreichte ihm die Anordnung. »Sie können jetzt beide gehen.«

»Na wunderbar«, murmelte Emmerich, als sie die Tür hinter sich geschlossen hatten. »Und dafür sind wir extra an unserem freien Abend hergekomm …« Er hielt mitten im Wort inne und grinste, als er sah, wie Brühl, der heute Bereitschaftsdienst hatte, sich auf dem Flur davonstehlen wollte. »Ohne zu grüßen, einfach gehen?«, rief Emmerich. »Das ist aber nicht sehr höflich. Ein weiser Mann sagte einst: Wer nicht höflich …«

Brühl murmelte kleinlaut etwas Unverständliches und verschwand hinter der nächsten Ecke.

»Dafür hat es sich doch rentiert.« Emmerich lächelte und stieg die Treppe nach unten.

Das Aufatmen nach dem langersehnten Regen war in der ganzen Stadt spürbar. Der berühmt-berüchtigte Wiener Grant wich für ein paar Stunden walzerseliger Zufriedenheit, auf den Straßen waren ausschließlich lächelnde Gesichter zu sehen, und aus vielen offenen Fenstern drang fröhliche Musik.

»Verraten Sie mir jetzt endlich, was Sie im 17. Bezirk wollen?«, fragte Winter, während sie in einem Fiaker Richtung Peripherie unterwegs waren. Emmerich hatte aus einem für Winter unerfindlichen Grund darauf bestanden, ein Stück weit mit ihm stadtauswärts zu fahren.

»Etwas Privates«, gab Emmerich sich wortkarg.

»Gonska hatte vorhin recht. Das mit der Höflichkeit müssen Sie …«

»Alszeile, Ecke Schultheßgasse«, rettete der Kutscher Emmerich. Mit einem sanften Ruck brachte er den Fiaker zum Stehen.

Emmerich bezahlte dem Mann die exorbitante Summe und stieg aus. »Der junge Herr fährt weiter nach Währing«, erklärte er.

»Von wegen. Immer wenn sie allein irgendwelche mysteriösen Unternehmungen tätigen, passiert eine Katastrophe.« Winter stieg aus und sah sich neugierig um. »Was wollen Sie denn auf dem Hernalser Friedhof?«

»Sind Sie sicher, dass wir hier richtig sind?«, rief Emmerich dem Kutscher zu.

»So sicher wie der Tod und die Steuer.« Der Mann fasste an seinen Zylinder und stob davon.

»Diese verdammte Wissmayer.« Emmerich spürte, wie

sich in seinem Hals ein Kloß bildete. »Meine Mutter«, sagte er schließlich zu Winter. »Mir wurde gesagt, ich würde sie unter dieser Adresse finden.« Er zündete sich eine Zigarette an, starrte auf das Friedhofstor und setzte an, sich wieder auf den Heimweg zu machen.

»Warten Sie«, hielt Winter ihn zurück. »Wissen Sie denn, wie sie hieß?«

»Anna. Anna Meierhofer. Sie war wohl ein stures, hartnäckiges Dienstmädchen.«

»Wenn wir schon mal hier sind, wollen wir dann nicht kurz guten Tag sagen? Sie haben so lange nach ihr gesucht. Es wäre doch schade, kurz vor dem Ziel umzukehren.« Winter wollte das Tor öffnen, doch es war verschlossen.

»Wir sind zu spät«, stellte Emmerich fest. »Offenbar kennt sogar der Tod Öffnungszeiten. Lass uns ein anderes Mal wiederkommen.«

»Seit wann lassen Sie sich von so was abhalten?« Winter streckte sich, fasste an die Oberkante der Mauer und zog sich hoch. »Worauf warten Sie?«

»Ich habe ein Monster erschaffen«, murmelte Emmerich und folgte seinem Assistenten.

Im abendlichen Dämmerlicht streiften sie zwischen den Gräbern hindurch. Manche waren karg und von Unkraut bewachsen, andere liebevoll geschmückt. Winter ging weiter voran.

»Das dauert viel zu lange«, murrte Emmerich, als Winter vorsichtig einige Efeuranken entfernte, die einen einfachen Grabstein aus Granit überwucherten. »Das ist einer der größten Friedhöfe Wiens. Hier liegen Tausende von Menschen begraben. Wenn wir so weitermachen, suchen wir bis zum Sankt-Nimmerleins-Tag. Gehen wir.« Er humpelte davon.

»Anna Meierhofer.«

Emmerich blieb stehen.

»Anna Meierhofer«, wiederholte Winter. »Sie sagten zum Kutscher vorhin 27/19. Das bezog sich auf die Reihe und die Grabstelle.«

Emmerich drehte sich um, trat näher und betrachtete mit klopfendem Herzen die ausgewaschene Schrift. *Anna Meier-hofer*, stand tatsächlich dort geschrieben. *17.09.1862 †10.08.1883. Beim Anblick ihrer Lebensdaten stiegen ihm Tränen in die Augen. »Sie wurde nur zwanzig Jahre alt.«

»Sind Sie nicht im August 1883 geboren worden?«, fragte Winter. »So wie es aussieht, hat sie Sie nicht weggegeben. Sie ist im Kindbett gestorben.«

Emmerich schluckte. Er war so von Gefühlen überwältigt, dass er kein Wort hervorbrachte.

Winter faltete die Hände und senkte den Kopf. »Gegrüßet seist Du Maria, voll der Gnade …« Mitten im Gebet hielt er inne. »Was ist das?« Er bückte sich und zog eine Keksdose aus Blech zwischen dem Unkraut hervor.

»Elendes Gesindel«, schimpfte Emmerich. »Manchen Leuten ist wirklich nichts heilig. Benutzen sogar den Friedhof als Mistkübel.«

Winter schüttelte den Kopf. »Sie war unter den Schlingpflanzen, trotzdem kann sie noch nicht lange hier liegen.« Er hielt Emmerich die Dose vors Gesicht. »Kein Rost.« Er öffnete sie und runzelte die Stirn. »Da steckt ein Brief drinnen, für Sie.«

»Ein Brief? Für mich?« Emmerich trat neben ihn. Tatsächlich lag in der Keksdose ein zusammengefaltetes Blatt Papier, auf dem in krakeliger, ungelenker Handschrift sein Name notiert war. Er nahm es heraus und las:

Es tut mir leid. Anna war ein Goldschatz. Meine beste
Freundin. Bringen Sie ihren Mörder zur Strecke. Sein Name
ist Baron Anselm von Breitenberg.
Herzlich,
Helene W.
PS: Von Breitenberg ist Ihr Vater.

Es dauerte einige Zeit, bis Emmerich diese Information ver-
daut hatte und seine Sprache wiederfand. »Mein Vater ist
der Mörder meiner Mutter«, flüsterte er.

»Sie stammen aus einer adligen Familie«, wisperte Winter.

Die beiden Männer sahen sich an.

Diese Geschichte war noch nicht beendet.

NACHWORT

Tatsächlich wurde Wien im Sommer 1921 von einer außergewöhnlichen Hitzewelle heimgesucht. Ich habe mir erlaubt, diese aus dramaturgischen Gründen vom August in den Juli zu verlegen, genauso wie den zweiten Restaurationsversuch Kaiser Karls, der eigentlich im Oktober stattfand. Die dritte künstlerische Freiheit, die ich mir genommen habe, ist das *Paradies* – soweit mir bekannt ist, hat solch ein Ort in Wien niemals existiert.

Alle anderen Rahmenbedingungen habe ich versucht, so akkurat wie möglich darzustellen. So wurde Johann Schober, der amtierende Polizeipräsident, tatsächlich im Juni zum neuen Bundeskanzler gewählt, nachdem sein Vorgänger, Michael Mayr, gestürzt worden war.

Das Polizeipräsidium am Schottenring, in dem Emmerich eingangs seinen Fauxpas begeht, war – so wie beschrieben – als Hotel für die Weltausstellung 1873 erbaut worden. Die Amtsgeschäfte wurden teilweise umrahmt von Samttapeten und unter Kronleuchtern abgehalten (nur in den Arrestzellen wurde das Interieur entfernt).

In der Stadt herrschte ein extremes Nebeneinander von schlimmstem Elend und überbordendem Luxus. Aufgrund der immer stärker werdenden Nachkriegsinflation konnten sich Ausländer mit ihren Devisen viele Annehmlichkeiten leisten, während der Großteil der einheimischen Bevölkerung darben musste. Bars und Bordelle, ähnlich dem fiktiven *La Belle*, schossen wie Pilze aus dem Boden. Man sprach von einer »Inflation von Moral und Werten«.

Wie im vorliegenden Buch beschrieben, wurden die Beförderungsentgelte im Juli 1921 über Nacht um das Sechzigfache angehoben; auch die Postgebühren, die Preise für Rauchwaren, Lebensmittel und andere Güter des alltäglichen Lebens stiegen rapide. Was die Menschen damals nur erahnen konnten, war die Tatsache, dass es noch schlimmer werden würde. 1922 setzte die Hyperinflation ein, der erst 1925 mit der Einführung des Schillings Einhalt geboten werden konnte.

Der Krieg und seine Folgen waren noch immer überall spürbar. Weißbrot, Schlagsahne etc. galten nach wie vor als Luxusgüter und waren mit einem Verbot belegt.

Der enormen Wohnungsnot, die nach dem Krieg herrschte, versuchte die sozialdemokratische Stadtregierung mit sozialem Wohnbau entgegenzuwirken (Rotes Wien). Heute leben knapp ein Viertel aller Wienerinnen und Wiener im sogenannten Gemeindebau.

Die Schwarzenbergkaserne, in der Emmerich interniert wurde, wird heute (angelehnt an ihre Adresse in der Marokkanergasse) Marokkanerkaserne genannt. Ursprünglich für die k.u.k. Armee errichtet, zog 1921 die Alarm- und Schulabteilung der Bundespolizeidirektion Wien ein. Zwischen 1928 und 1933 wurde der Bau erweitert – es entstand jenes Gebäude, das auch heute noch vorzufinden ist.

Eine wichtige Rolle in diesem Buch spielt der Westungarnkonflikt. Der Vertrag von Trianon sah vor, dass Ungarn jenen Landstrich, der heute Burgenland genannt wird, an Österreich abtreten muss. Nachdem die ungarische Regierung nichts dagegen tun konnte, versuchten irreguläre Truppenverbände den Anschluss an Österreich zu verhindern. Da diese Freischärler zum größten Teil monarchistisch bzw. legitimistisch eingestellt waren, sah Kaiser Karl (der offiziell niemals abgedankt hatte) die Chance gekommen, mit ihrer Hilfe erneut die Macht an sich zu reißen.

Nachdem ein Restaurationsversuch an Ostern 1921 gescheitert war, versuchte Karl es am 20. Oktober erneut, wieder ohne Erfolg. Dies hatte seine Exilierung auf der portugiesischen Insel Madeira zur Folge, wo er am 1. April des darauffolgenden Jahres an einer Lungenentzündung verstarb.

Leopold Wölfling, den ehemaligen Erzherzog von Toskana, gab es tatsächlich, und auch sein Skandalbuch entspringt der Realität, genauso wie die Tatsache, dass ein paar ehemalige Aristokraten 140.000 Kronen gesammelt hatten, um ihn davon abzuhalten, auf der Sommerredoute des Eislaufvereins aufzutreten (Wölfling ließ sich nicht kaufen, und es kam zu Ausschreitungen).

Auch den Tandelmarkt, das Negerdörfl und den Hernalser Friedhof gab es wirklich. Ersterer wurde 1944 durch Bomben schwer beschädigt und anschließend dem Erdboden gleichgemacht. Das Negerdörfl wurde 1950 abgerissen, auf seinem Areal wurde der Franz-Novy-Hof errichtet. Einzig der Hernalser Friedhof existiert noch immer. Ob es dort das Grab einer gewissen Anna Meierhofer gibt, kann ich nicht sagen.

Wie immer hätte ich dieses Buch ohne die Berichte und Beschreibungen von Zeitzeugen nicht verfassen können. Besonders das Projekt ANNO (AustriaN Newspapers Online), der virtuelle Zeitungslesesaal der Österreichischen Nationalbibliothek, war äußerst hilfreich.

QUELLENANGABEN

Salome, schönste Blume des Morgenlands
Text: Arthur Rebner (1890–1949)
Musik: Robert Stolz (1880–1975)

Hallo, du süße Klingelfee
Text: Arthur Rebner (1890–1949)
Musik: Robert Stolz (1880–1975)

Du sollst der Kaiser meiner Seele sein
Text: Fritz Grünbaum (1880–1941)
Musik: Robert Stolz (1880–1975)

Die Männer sind alle Verbrecher
Text: Rudolf Bernauer (1880–1953)
        Rudolph Schanzer (1875–1944)
Musik: Walter Kollo (1878–1940)

Ein jüdischer Antiquar ermittelt unter
falschem Namen für die Gestapo. Im Lager
des Feindes zieht sich das Netz immer
weiter zu – nervenzerreißende Spannung
vor großer historischer Kulisse.

368 Seiten, ISBN 978-3-7341-0984-3

Nürnberg 1942: Isaak Rubinstein, der ständig in Angst
um seine Familie lebt, bittet eine Widerstandskämpferin
um Hilfe. Doch ihre Gegenforderung ist hart: Isaak soll
die Gestapo infiltrieren und sich dazu als Sonderermitt-
ler Adolf Weissmann ausgeben – jenen Mann, der vom
Führerhauptquartier beauftragt wurde, den Mord an
einer berühmten Schauspielerin aufzuklären. Was niemand weiß: Der Kriminalist hat den Anschlag, den die
Widerstandsgruppe auf ihn verübt hat, überlebt. Mitten
unter Wölfen zieht sich das Netz immer weiter zu und
die Gefahr, enttarnt zu werden, ist allgegenwärtig ...

Lesen Sie mehr unter: **www.blanvalet.de**

Vom Gauner zum Meisterdetektiv – Felix Blom, das smarte Schlitzohr, wird Sie begeistern!

Alex Beer

KRIMINALROMAN

FELIX BLOM
Der Häftling aus Moabit

368 Seiten, ISBN 978-3-8090-2759-1

Berlin, 1878: Felix Blom wird nach drei Jahren Haft aus dem Gefängnis entlassen. Doch in Freiheit ist nichts mehr so, wie es mal war: Sein Hab und Gut gepfändet, seine Verlobte ist mit jemand Neuem liiert. Aber dann hat Blom eine geniale Idee: Warum sich nicht mit der neuen Nachbarin zusammentun, um an Geld und Arbeit zu kommen? Die ehemalige Prostituierte Mathilde führt eine Privatdetektei, allerdings sind die Aufträge rar. Ihr erster Fall führt die beiden gleich auf die Spur eines mysteriösen Mörders, der seinen Opfern Briefe mit der Botschaft zukommen lässt: »In wenigen Tagen wirst Du eine Leiche sein.« Als auch Blom eine solche Karte erhält, wird die Sache persönlich …

Lesen Sie mehr unter: **www.blanvalet.de**